汶川大地震十年再回眸丛书

十年再回眸

Shi Nian Zai Hui Mou

汶川大地震亲历者口中的抗震救灾精神

Wenchuan Dadizhen Qinlizhe Kouzhong De Kangzhenjiuzai Jingshen

刘吕红　何志明　吴国富　李敏　刘正芳 ◎ 著

四川大学出版社

责任编辑：梁　平
责任校对：杨　果
封面设计：璞信文化
责任印制：王　炜

图书在版编目(CIP)数据

十年再回眸：汶川大地震亲历者口中的抗震救灾精神 / 刘吕红等著. —成都：四川大学出版社，2017.11
（汶川大地震十年再回眸 / 刘吕红主编）
ISBN 978-7-5690-1287-3

Ⅰ.①十… Ⅱ.①刘… Ⅲ.①纪实文学－作品集－中国－当代 Ⅳ.①I25

中国版本图书馆CIP数据核字（2017）第278709号

书名　十年再回眸：汶川大地震亲历者口中的抗震救灾精神

著　　者　刘吕红　何志明　吴国富　李　敏　刘正芳
出　　版　四川大学出版社
地　　址　成都市一环路南一段24号(610065)
发　　行　四川大学出版社
书　　号　ISBN 978-7-5690-1287-3
印　　刷　四川盛图彩色印刷有限公司
成品尺寸　185 mm×260 mm
印　　张　10.25
字　　数　245千字
版　　次　2018年4月第1版
印　　次　2018年4月第1次印刷
定　　价　58.00元

◆读者邮购本书，请与本社发行科联系。
电话：(028)85408408/(028)85401670/
(028)85408023　邮政编码：610065
◆本社图书如有印装质量问题，请寄回出版社调换。
◆网址：http://www.scupress.net

纪念汶川大地震十周年

（代前言）

距离2008年汶川特大地震快十年了，随着十周年脚步的临近，时不时有人问起：十周年要纪念吗？我想，纪念总会在经意和不经意间进行。但为何纪念？纪念什么？怎么纪念？

为何纪念：不仅仅是为了纪念。

纪念不是纪念事件本身，而是它所代表的意义，与那个特殊事件和特殊回忆相关。在采访中，我们发现，很多人不愿再提及汶川大地震，特别是很多汶川大地震的当事人不愿再提及。但纪念是一定要有的，即使是不愿意再提及大地震的当事人也不得不承认：时时都在纪念，从未忘记，永远也不会忘记。然而，纪念不应仅仅是纪念，而应是再一次唤醒，再一次传承，再一次唤醒的是当时那种面对地动山摇，不怕困难、勇往直前的豪迈；再一次传承是为了将中国人民战胜自然灾难的不屈奋斗写入史册，也将中华民族精神力量的空前提升，标注成珍贵的民族记忆，熔铸为民族复兴的里程碑。

纪念什么：唯有精神才是不灭。

所谓精神不灭，方能匠心独运。2008年6月30日，汶川大地震49天之后，时任总书记的胡锦涛同志指出："在同特大地震灾害的艰苦搏斗中，我们的民族和人民展示出了十分崇高的精神。这就是万众一心、众志成城，不畏艰险、百折不挠，以人为本、尊重科学的伟大抗震救灾精神。"这是对抗震救灾实践的精辟总结，也是对抗震救灾精神的深刻揭示。历史已见证：13亿中国人挺起的铮铮脊梁，铸成了一座民族复兴的精神丰碑。今天，回望2008年初夏，我们要纪念的，就是那生生不息的抗震救灾的伟大精神。

怎么纪念：彰显力量才是正道。

哭一场，悲一场，终究不是纪念的方式。除了伤者更伤、痛者更痛外，没有别的意义，我们要做的是：逝者安息！痛者安宁！社会安全！正如外国媒体所说：中国以高分通过了汶川大地震这场意外的大考，在灾难中重塑了中华民族的精神。今天，我们进入了夺取全面建设小康社会新胜利，实现中华民族伟大复兴的新时代。前进道路并不平坦，面对曲折与艰辛，抗震救灾精神是实现中华民族伟大复兴的强大精神动力。"汶川挺住！""四川雄起！""中国加油！"……不绝的吼声似乎一直在警示：磨难与我们同行，希望与中国同在！从灾难中汲取信心，从灾难中汲取力量，这是我们对抗震救灾伟大精神最好的纪念。

刘吕红写于2017年11月

目　　录

第一编

十年再回眸：汶川大地震亲历者口中的抗震救灾精神

2008—2018

第一章　中国之殇之汶川特大地震

走向21世纪的中国在万众期待中迎来了前所未有的一年，这一年中国在前所未有的考验中迎来前所未有的辉煌，在万众瞩目的时刻创造了世所惊叹的奇迹。这就是2008年。当一切都已过去十年，留给我们的不仅是奥运的记忆，还有对面对灾难不屈而勇敢的人们的敬意。2008年的汶川特大地震注定将与奥运一起成为一个时代的标志，成为中国崛起的见证。

一、突发而至的灾难

2008年5月12日14时28分，对于四川乃至全国人民都是一个刻骨铭心、永生难忘的时刻。随着山崩地裂般的一声巨响，一场里氏8.0级的地震发生在四川省阿坝藏族羌族自治州的汶川县，顷刻间天翻地覆、烟尘四起、遮天蔽日，让人们的回忆永远定格在这一沉重的时刻。

西南处，国有殇。短短100多秒的剧烈震荡和持续不断的余震，造成了空前的损失和灾难，让我国人民生命财产遭受重创，设施设备受到严重破坏，文化遗产遭受重大损失，抗震救灾和灾后重建工作面临前所未有的巨大困难。

猝然来袭的强震，让以四川为中心，包括甘肃、陕西、重庆等10省区市417个县（市、区）、4667个乡（镇）、48810个村庄遭受不同程度的灾害，仅四川省21个市州中就有19个市州不同程度受灾。[①] 受灾总面积达50万平方公里，其中极重灾区、重灾区面积达13万平方公里，涉及6个市州、88个县市区、1204个乡镇。[②]

猝然来袭的强震，使数千万华夏儿女生离死别、妻离子散。近9万人在这场地震中死亡或失踪，30余万人受伤且无家可归、流离失所。俄然降临的灾难，让幸福安然的人们进入另一个国度。年老力衰而又孤苦伶仃的老人痛失儿孙，经历“白发人送黑发人”的悲痛，不能“含饴弄孙，颐养天年”；原本天真可爱的孩子有的失去双亲成为孤儿，有的由于受伤而被截肢，心灵和身体遭受巨大创伤。

猝然来袭的强震，引发了连续暴雨、山体滑坡、堰塞湖、泥石流、山体崩塌等次生灾害及各种危险。此外，各个地方各级余震不断发生，交通、供水、供电、通信等各项

① 四川大学马克思主义学院：《高校思想政治理论课教学案例集——震撼的力量：“5·12”汶川特大地震抗震救灾精神》，高等教育出版社，2015年。

② 《汶川地震特别策划：5·12汶川地震灾情综合分析》，人民网科技频道，2008年6月3日。

基础设施均遭到了严重损坏，使抗震救灾、救人抢险的难度系数和危险系数不断增加。

猝然来袭的强震，造成大面积耕地损毁和众多文物损坏。根据统计，核心灾区的15个县市耕地损失110万～150万亩，损失率为7%～10%。其中，15°～25°的坡耕地损毁率为15%，25°～35°的损毁率为37%，35°以上的损毁率为50%。[①] 四川省数以百计的全国重点文物保护单位及升级文物保护单位遭受损伤，都江堰李冰及其儿子二郎的祀庙毁于一旦，李白故居等古建筑严重垮塌。[②] 除汉族文化遗产遭到严重损毁外，阿坝藏族羌族自治州的羌族、藏族少数民族聚居区的村庄建筑及文化古迹亦遭到严重损坏，坍塌的碉楼、石屋等随处可见。

一条条破坏的公路，一栋栋坍毁的房屋，一处处残垣断壁的建筑，一个个支离破碎的家庭，一颗颗受伤的心灵，将2008年5月12日14时28分定格为一个铭心刻骨的瞬间。这一时刻，963万平方公里的中华大地惊天动地，百万房子轰然坍毁，近七万人的生命黯然陨灭，灾区满目疮痍。这场地震的直接经济损失高达8000多亿人民币，成为新中国成立以来破坏性最强、波及范围最广、救灾难度最大的一次地震。

二、四面八方的救援

突如其来的汶川特大地震一瞬间摧毁了无数的家园，秀丽的山河顷刻间面目全非，数十万人流离失所。这场相当于一百颗广岛原子弹破坏力的地震是经历的人心中永远磨灭不掉的伤痛，但同时也让我们始终铭记灾难中的大爱，灾难中闪耀着的那一处处人性的光辉，以及那深深凝聚我们力量的抗震救灾精神。

地震发生后，通过党和政府积极营救、灾区人民自救互救、社会力量广泛参与、国际援手真诚相助，使灾后救援工作取得了伟大胜利。国家有关部门在第一时间启动了抗震救灾工作，党中央、国务院成立了抗震救灾指挥部和8个抗震救灾工作组，第一时间做出抗震救灾的重要部署，“灾情就是命令，时间就是生命”。时任中国国务院总理的温家宝在5月12日当天不顾随时而来的余震和泥泞颠簸的山路，亲自赶往灾区现场指挥营救工作。“我知道消息后第一时间就赶来了，人命关天，我的心情和大家一样难过。只要有一线希望，我们就要尽全部力量救人，废墟下哪怕还有一个人，我们都要抢救到底。”[③] “政府要管你们的生活，你们在这里就像在自己家里一样，这是一场灾难，你们幸存下来了，就要好好活下去，好吗？”一句句真切的话语带给了现场的灾区人民和救援人员极大的勇气和支持。

中央各部委、灾区各级党委、政府等紧急启动预案，在黄金救援72小时内，共有海军陆战队、空降兵等20余个兵种的10余万人投入抗震救灾的现场。中央财政当即拨下应急资金8.6亿元用于全面救灾。国家减灾委、民政部将启动的应急救灾二级响应提升为一级响应，连夜调拨6万顶帐篷支援灾区，交通运输部门紧急启动应急一级预案抢

① 《汶川地震特别策划：5·12汶川地震灾情综合分析》，人民网科技频道，2008年6月3日。

② 《汶川地震特别策划：5·12汶川地震灾情综合分析》，人民网科技频道，2008年6月3日。

③ 《温总理的“救灾语录”》，中国共产党新闻网，2008年5月15日，http://cpc.people.com.cn/GB/64093/64094/7244196.html。

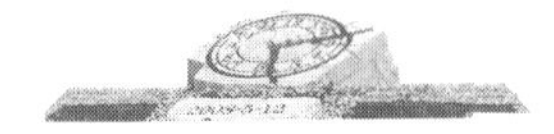

修救灾“生命线”，与此同时，卫生部、铁道部、中国红十字会总会、工业和信息化部、中国民航局、国家电网、公安部、教育部、国土资源部、中华全国总工会、环保部等各方力量快速介入，采取迅速及时的行动来保证救灾工作的顺利进行。

党和政府的正确指导和果断行动，给予了灾区人民在最紧急时刻所需要的勇气，为他们带来了希望。一方有难，八方支援，千方百计，救人第一。面对天灾，灾区的民众第一时间自发行动，在随时面临余震的危险中，在直面失去亲人的悲怆中，在满目疮痍的废墟中，顽强自救互救。灾区人民用坚强的毅力和人性的大爱留下了一个个直击心灵的感人故事。据数据统计显示，汶川地震中靠自救互救方式获救的人数达 7 万人，是灾害自救互救历史上的奇迹。

在汶川地震的废墟上永远流淌着那些值得铭记的英雄形象，他们用自己最宝贵的生命挽救了一条条生命：有用生命作支撑、用双臂死死护住四个孩子的教导主任谭千秋；有为了用身体护住三名学生，而自己的身体却被砸成了三段的向倩老师；有在生死关头，义无反顾地选择先救他人的人民教师苟小超。普通的人民教师用血肉之躯筑起了挽救孩子生命的堡垒，用最后一堂无声之课，照亮了孩子们未来的希望之路。

汶川地震灾区中，也涌现出大量用自己顽强意志创造自己和别人生命机会的群众：有强忍丧妻之痛，用双手救出百余人的成都民警张健；有年仅 9 岁却在倒塌的走廊上背出两名昏迷同学的勇敢男孩林浩；有砸腿喝血、亲手锯腿被困 3 天后获救的北川女子龚天秀。历经坎坷，被救出来的群众赢得了宝贵的第二次生命，这样的坚韧和勇敢也是引导和鼓励灾区人民战胜灾难的最强有力的号召。

地震发生后，13 亿中国人民汇聚成为一支不可战胜的力量，为捍卫祖国同胞的生命迸发出一股强大的精神力量。不同身份、地位的社会各界民众都参与到这场救援大军中来了。包括国企、民企、外企在内的各种所有制企业，不论规模大小，都纷纷行动起来，积极参与抗震救灾各项捐赠的慈善活动。一些企业不仅捐钱捐物，还特别成立基金，承担所有地震孤儿的成长费用。民间组织和志愿者也从全国各地赶来协助救援，他们来到灾区协助维持秩序、安置灾民、照顾老幼，将民众捐献的衣物在第一时间分发给灾民，将食物和饮用水送到灾民手里。广大民众更是掀起了向灾区捐款捐物的热潮，在各大城市的采血点，市民们争相献血，成都的数千辆出租车自发地开往灾区，义务将幸存者抢送到医院，更有开着满载救灾物资的私家车多次往返灾区，当地的一些超市、宾馆、饭店免费为受灾群众和救援人员开放。

在汶川地震救援过程中，社会力量发挥了突出作用。救灾现场，志愿者身影频现，全国各地民众踊跃为灾区献血、募捐，政府、企业与其他社会组织有效地组合力量，形成了政府主导、全社会共同参与的局面，灾难以残酷的方式考验了中华民族强大的团结精神以及打不垮的信心和决心。

在天塌地陷的危难时刻，不仅仅是中国同胞奋勇自救，国际社会也向中国政府和中国人民提供了多种形式的支持和援助，谱写出了一曲激昂的国际人道主义赞歌。大地震发生不久，俄罗斯、日本、韩国、新加坡等国家和地区便在第一时间派出多支专业救援队奔赴青川、绵竹、北川、什邡、都江堰等重灾区展开救援工作。随后，德国、英国、法国、古巴、日本、俄罗斯、意大利等国家和地区的国际医疗队也相继赶往成都、德阳、绵阳、广元、都江堰等重灾区搭建起帐篷医院，抢救生命。另外，来自联合国难民署等国际组织，以及德国、韩国、沙特、新加坡、乌克兰、以色列、俄罗斯、巴基斯坦等几十个国家和地区的救灾飞机也频繁地往返于成都双流机场，这些飞机满载着包括药品、医疗设备、帐篷、食品等在内的救灾物资送往灾区。在急需帐篷、医生护士、医疗点的紧急关头，来国外援助的11000多顶帐篷在三天之内就抵达灾区，德国、意大利、俄罗斯提供了设备完善的流动医院，日本给灾区送去了50台大型血液透析机。

据有关数字统计，地震发生后，截至2008年8月27日，外交部及中国驻外使领馆共收到各国政府、团体和个人等捐资19.19亿元人民币。其中，外国政府、国际和地区组织捐资7.94亿元人民币，外国驻华外交机构和人员捐资210.25万元人民币，外国民间团体、企业、各界人士及华侨华人、海外留学生和中资机构等捐资11.23亿元人民币。其中有亚洲地区国家捐款，亚非地区国家、组织捐款，非洲地区国家、组织捐款总数为7831万元，欧亚地区国家、组织捐款数为1536万元，欧洲地区国家、组织捐款数约为1.7123亿元，美大地区国家为2.259亿元，拉美地区国家、组织捐款数为3843万元，国际组织捐款数为130.55万元①。

如此大规模的国际救灾行动，在中华人民共和国的历史上还是第一次。这不仅是中国政府本着为人民负责的态度，为灾区人民的生命财产安全寻求国际援助，同时也是国际社会对中国灾情、灾民的深切关注。中国人民必将铭记国际友人的慷慨与大爱，中国人民将继续和各国人民一起，为实现全世界人类的美好理想而不懈努力。

三、科学规划的重建

汶川大地震发生后，在党中央、国务院和中央军委坚强领导下，全党、全军、全国各民族人民迅速开展了灾后重建工作。国务院先后出台了《汶川地震灾后恢复重建条例》（中华人民共和国国务院令第526号）、《国务院关于支持汶川地震灾后恢复重建政策措施的意见》（国发〔2008〕21号）、《国务院关于做好汶川地震灾后恢复重建工作的指导意见》（国发〔2008〕22号）、《国务院关于印发汶川地震灾后恢复重建总体规划的通知》（国发〔2008〕31号）。明确了灾后重建的“三年基本恢复，五年发展振兴，十年全面小康”以及“六有”（即“家家有房住、户户有就业、人人有保障、设施有提高、经济有发展、生态有改善”）的发展规划和目标。相继制定空间布局、城乡住房、城镇建设、农村建设、公共服务、基础设施、产业重建等十个专项规划。以此为标志，在四川、甘肃、陕西三省51个重灾县区、13万多平方公里范围内全面启动了恢复重建工作，恢复重建资金需求总量约为1万亿元。四川省结合实际灾情，出台《四川省人民政府关于支持汶川地震灾后恢复重建政策措施的意见》（川府发〔2008〕20号），以人为本，民生优先，把保障民生作为恢复重建的第一出发点，在产业重建、基础设施重建、生态重建、精神家园等重建上全面推进。

灾后恢复重建的指导思想是：深入贯彻落实科学发展观，坚持以人为本、尊重自

---

① 杨亚清、李玉桃：《从汶川地震看国际援助》，中共山西省委党校学报，2009年第1期，第50页。

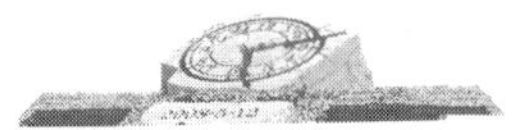

然、统筹兼顾、科学重建。优先恢复灾区群众的基本生活条件和公共服务设施，尽快恢复生产条件，合理调整城镇乡村、基础设施和生产力的布局，逐步恢复生态环境。以灾区各级政府为主导、广大干部群众为主体，在国家、各地区和社会各界的大力支持下，精心规划、精心组织、精心实施，全面开展了经济、民生、文化、生态的重建工作，实施了一场艰苦奋斗地重建家园的伟大再造工程。

经济发展不仅意味着国民经济规模的扩大，更意味着经济和社会生活质量的提高。地震发生之后，灾区严格贯彻“尊重自然、尊重规律、尊重科学”的理念，全面开展经济重建。各地灾区积极研究重建的经济规律和经济常态，以产业升级为主题，以调整产业结构、转变经济增长方式为主线，积极重建四川的主要工业企业，将灾后重建作为四川经济发展的新动力，实现了震后工业生产的经济总量扩大、全国排位上升和GDP贡献提高。广大灾区农民坚定信心、调整心态、直面现实，依靠党中央的大力支持和来自四面八方的热心帮助，重新整顿住房及农田，并全面修复各项农牧业生产的设施设备，实现了震后农业生产的粮食、牲畜、茶药桑果等年产量不断提升，农民收入逐步提高。素来被称作科技城的绵阳，在重灾之后积极修复调适，并通过深入贯彻全国科技创新大会精神，深挖各项潜力，优化产业布局、释放科学技术新活力，全面构建起了创新、开放、生态的绿色科技城，实现了科技生产的地区生产总值、工业增加值和固定资产投资的大幅增加。汶川、映秀等地震重灾区化创伤和悲痛为力量，凭借“震出来”的名声，通过挖掘开发当地民俗特色文化资源、规划设计打造灾区旅游线路，将曾经的地震灾区变成了如今的旅游景区，吸引了全国乃至世界各地游客前来游览观赏，在铭记过往灾难的基础上，既弘扬了全国上下万众一心、众志成城的抗震救灾伟大精神，又展现了四川灾民百折不挠、顽强拼搏、积极生活的昂扬精神，还带动了当地交通、餐饮、住宿等各个行业的全面发展，创造了众多就业岗位。

民生问题是百姓最关心、最直接、最现实的利益问题。[①] 在“5·12”汶川特大地震的灾后重建过程中，四川省始终按照党中央和国务院的要求，坚持“以人为本”，将民生重建工作摆在优先和至关重要的位置。对于地震造成的孤儿、孤老、孤残人员（以下简称“三孤”人员），四川省数措并举，通过亲属代养、灾区孤儿集中安置基地安置、敬老院赡养等方式，确保“三孤”人员住有所居；通过招聘培训专职人员、招募全国志愿者做好生活照料及心理安抚工作，确保“三孤”人员幼有所长、老有所养；通过专业医疗机构及假肢矫形康复中心的专业援助，做好孤残人员尤其是孤残儿童的假肢安装、医疗复健等工作，平复其受伤的心灵。作为民生工程的重要组成部分，教育重建工作是灾后重建工作的重要组成部分之一，也受到党中央、四川省和社会各界的高度重视和广泛关注。地震发生后，灾区通过与对口援建地区手拉手，全面开展“专家教师支教”“骨干教师及教育管理人员培训”“学校结对共建”“远程教育培训平台建设”等各项工作。对灾区学校一方面进行基础设施的重建，一方面进行教师队伍、教学方式方法、教育教学内容及教学制度的重建，在第一时间恢复灾区教育事业的基础上，通过革新进一

① 四川大学马克思主义学院：《高校思想政治理论课教学案例集——震撼的力量：“5·12”汶川特大地震抗震救灾精神》，高等教育出版社，2015年。

步提升了灾区的教学水平和教学质量，使教育重建取得了丰硕成果。地震的发生给灾区居民造成了重大的经济损失，灾区各级政府为稳定灾区形势，在出台一系列保岗位、保就业、保民生等政策措施的基础上，通过加大就业援助力度、扩大小额担保贷款范围和额度、筹集创业补助资金、实行交通费补贴、缓缴新办小企业社保费、加发工资、奖金、特殊津贴等措施，多渠道拓宽灾区居民收入增长途径，切实增加收入。[①] 经过不懈努力，四川灾区城镇、农村居民的收入呈现倍增态势，并有超过一半的灾区居民家庭总收入较地震之前有较大幅度的增长。

"观乎天文，以察时变；观乎人文，以化成天下。"文化的特殊作用和独特功能就是对个人和社会的"教化"，从而塑造个人，引导社会。[②] 灾区通过开展重建文化基础设施、开展特色文化娱乐活动、做好灾后心理重建等工作，让灾区文化如凤凰涅槃般实现了新的飞跃发展。汶川地震的发生使灾区大量特色建筑、珍贵文物、学校、文化活动场所遭到了严重的损坏。地震发生后，灾区积极抢救抢修当地的特色建筑和珍贵文物，尽力挽回地震带来的巨大损失。随后，灾区充分运用各项投入资金以及中共中央组织部的特殊党费支持，或对学校和文化活动场所进行修缮，或在原有基础上将文化重建与经济发展有机结合。例如，以"羌绣"为中心，形成羌绣村、羌绣区、羌绣城；以"绵竹年画"为中心，形成年画村、年画区、年画城；以抗震救灾英雄人物、灾后重建的新生活区、灾后重建的新建筑、庭院经济、生态农业、循环经济、自然风光、传统手工艺、餐饮，以及与社区相关的文化遗产、遗址、镇、寨、楼、殿、亭、阁、古桥、雕塑等为原型，形成了一些集生产、旅游和文化重建为一体的、具有鲜明特色的文化群落。[③] 为舒缓灾区居民心理压力，修复其心理创伤，灾区在心理专家的帮助下策划实施了太极体育文化活动等。经过数年的实践，系列特色文化活动在帮助灾民心理修复与成长、培养良好的心理素质和文化品质方面取得了很好的效果。许多文化活动的参与人员从原来的自卑、自闭、暴躁、恐惧、悲伤、怨恨等负面情绪中渐渐走出，变得平和、自信、积极向上。地震导致了成千上万人的心理问题层出不穷，心理咨询、心理知识普及和心理健康教育工作就至关重要。2008 年以来，除心理专家和专业心理工作者的努力工作之外，四川省及全国各地的志愿者也积极参与灾区心理重建工作中，心理重建工作成绩斐然。

对于地震带来的生态环境严重破坏，国家在《国家汶川地震灾后恢复重建总体规划》中明确指出："要尊重自然、尊重规律、尊重科学，加强生态修复和环境治理，促进人口、资源、环境协调发展。"在重建过程中，灾区坚持"规划先行"，对各重建地区进行了功能分区和环境测评，并通过重建环境保护设施、强化环境保护意识、确保工业绿色重建，将生态文化建设充分融入了灾后重建的各个环节和各个领域当中。通过生态重建，环境监测监管设施全面恢复，环境监管能力进一步提升；生态环境跟踪监测工作得以加强，并建立了灾区中长期生态环境影响监测评估预警系统。地震重灾区德阳成了

---

① 四川大学马克思主义学院：《高校思想政治理论课教学案例集——震撼的力量："5·12"汶川特大地震抗震救灾精神》，高等教育出版社，2015 年。

② 杨耕：《文化的作用是什么》，《光明日报》，2015 年 10 月 14 日，第 13 版。

③ 四川大学马克思主义学院：《高校思想政治理论课教学案例集——震撼的力量："5·12"汶川特大地震抗震救灾精神》，高等教育出版社，2015 年。

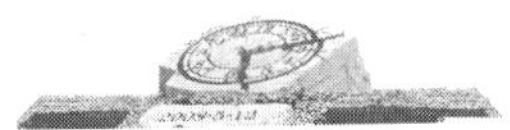

西南地区第一个进行综合性规划环境测评的国家试点城市，汶川和茂县积极采用了新能源供电方式以节能环保，什邡市的环境管理要点在重建工地上被醒目印制、村民环境公约在乡村里被“广而告之”，绵竹市里关于保护环境的标语处处可见……人们的环境保护意识不断被强化，灾区的环境管理水平较地震之前明显提升。通过工业绿色重建，灾区建设起工业经济开发区，全面实施了工业的“集中、集约、集群”发展；通过技术改造，推进了产业的提档升级；大力发展新兴产业，低碳经济和循环经济得到了较大发展。在科学规划和先进管理理念的指导下，灾区的各项建设更加科学、发展更加合理可持续，在生态重建方面取得了显著成绩。

四、幸福安乐的家园

流水十年间，转眼汶川特大地震已过去十年。自地震发生后，党中央带领全国各族人员，团结一心、自强不息，艰苦奋斗、改革创新，全面开展了产业重建、民生保障、文化传承、生态保护等各项工作。现如今，灾区已经基本实现了“家家有房住、户户有就业、人人有保障、设施有提高、经济有发展、生态有改善”的重建目标，原本满目疮痍的灾区焕然一新，成为幸福安乐的家园。

地震之后，灾区首先对农村和城镇居民的永久性住房以及学校、医院进行了优先重建，出台了城乡住房恢复重建规划。现如今，群众住上了安全、经济、实用、省地的房子，灾区的公共服务设施水平得到了大幅提升，城乡居民住房条件得到了显著改善，基础设施保障能力得到了明显提高，崭新的校舍和现代化的医院一座座拔地而起。

通过对基础设施的恢复重建的统筹协调，灾区在最短的时间内恢复了重建公路、铁路、民航、通信、邮政、能源、水利等工程。地震时被摧毁的道路、桥梁、电站、水厂等众多基础设施，现如今通通得到了修复和改善。曾经的满目疮痍变得清新美丽，如今的经济社会发展和群众基本生产生活条件明显超过了灾前水平。

产业重建主要涉及对农业、原材料工业、机械工业、消费品工业、电子信息业、旅游业、文化产业等几个产业的恢复重建。通过适宜重建区大力发展相关产业，延伸产业链，增强配套能力；适度重建区重点发展旅游、生态农业为主的特色产业，建设精品旅游区；适度开发优势矿产资源，一系列的科学发展措施使得灾区产业结构调整进展加快，产业布局逐步优化，产业在恢复中得到优化升级，全省农村建设取得显著成效，农业做得更大、更强，产业重建成效十分明显。

经过文化重建，灾区人民的精神家园也得到了同步再铸。专设的心理辅导服务点能够为灾区开展广泛的心理治疗和帮助，广泛的知识宣传普及进一步加强和提高了灾区群众防灾意识和避灾能力，按照居民住房抗震设防安全标准重建的住房让灾民有了心理保障。在社会各界的帮助下，因被截肢而舞蹈梦想破灭的折翼天使李月实现了自己的梦想，在残奥会的开、闭幕式上翩翩起舞；敬礼娃娃郎铮在康复之后顺利复学，并逐渐走出地震带来的阴霾，像正常孩子一样健康快乐成长。曾经被地震伤害的破碎心灵，重新变得美好幸福；曾经被地震损坏的破裂山河，如今再现秀美山川和美好生态。

“万众一心、众志成城，不畏艰险、百折不挠，以人为本、尊重科学”，伟大的抗震救灾精神在灾区重建的伟大实践中得到了更为集中的体现。灾后恢复重建的巨大成就，是各方面共同努力的结果，是中华民族“一方有难，八方支援”的优良传统的彰显和传承，在巨大的灾难面前，社会主义制度的优越性再次突显，也必将进一步激发和升华全国人民的民族精神和时代精神，为中国梦的腾飞提供坚强的精神支柱。

第二章　汶川大地震之抗震救灾精神的内涵

确证抗震救灾精神形成的本质规定，追溯抗震救灾精神形成的现实依据是正确认识、理解抗震救灾精神内涵的前提。抗震救灾精神内涵的确立是抗震救灾所彰显的本质需求与实践需求的双重规定。“万众一心、众志成城，不畏艰险、百折不挠，以人为本、尊重科学”作为抗震救灾精神的科学内涵，它不仅是集体主义的最集中表现，也是爱国主义的最本质反映，同时还是改革创新的最彻底彰显。

一、抗震救灾精神形成的本质规定与现实依据

抗震救灾精神的形成不是主观任意的过程，它是基于抗震救灾内在性质与实践需求的双重规定。确证抗震救灾精神形成的本质规定，即是从抗震救灾的内在本性出发论证抗震救灾精神内在的合理性；追溯抗震救灾精神形成的现实依据，即是从抗震救灾的实践需求出发考证抗震救灾精神的可适性。确证与追溯共同构筑起了抗震救灾精神的科学内涵。

（一）抗震救灾精神形成的本质规定

所谓本质，即是指事物本身所固有的根本属性，它确证事物的是其所是，如黑格尔所说，“本质映现于自身内，或者说本质是纯粹的反思；因此本质只是自身联系，不过不是直接的，而是反思的自身联系，亦即自身同一”①。探究抗震救灾精神形成的本质规定，就是要揭示抗震救灾精神何以是抗震救灾精神，具体而言，就是要揭示决定抗震救灾精神形成的本质要素。抗震救灾作为实践活动，从实践活动的普遍性而言，它具有改变客观世界、形塑主观世界的特征；从特殊性而言，则需要始终围绕抗震救灾正确对待灾害的双重属性、灾害发生与救助的规律以及人与环境交互作用的规律等几大规律的交互影响关系来说明。

灾害的双重属性内在地规定抗震救灾需要万众一心、众志成城，不畏艰险、百折不挠，以人为本、尊重科学。灾害不仅具有自然属性，同时还具有社会属性。从分析“危险源”“关系链”“结果”等灾害要素认识灾害的双重属性并以此把握抗震救灾精神的内在规定。就总体而言，人们将灾害的危险源看作是有能力造成负面结果的客观现实，如物质、情形、事件等。不同学科的学者对此有更具体的认识，如自然科学一般从自然、

① ［德］黑格尔：《小逻辑》，贺麟译，商务印书馆，1980年，第248页。

科技的角度将灾害的危险源聚焦于自然与科技的领域，而社会科学则将灾害危险源扩展至社会、文化、组织、制度等。在后期对灾害危险源的认识过程中，风险社会理论增加了危险源的人化特征与不确定性；风险社会建构理论，则将危险源置于社会组织的分析框架中，认为灾害不单单是一种客观存在，更是一种社会行动主体的感知物。关系链是连接危险源与结果的关系纽带，“就关系链的探索来看，主要存在三种认识，即自然作用过程、自然—社会互动过程、社会建构过程”①。将关系链看作是自然作用的过程主要源于将灾害危险源看作是纯自然的作用过程，将关系链作是自然—社会互动过程主要是将灾害危险源看作是自然作用与社会作用相互作用的过程，而将关系链看作是社会建构的过程主要是将灾害的认定看作是多元主体要素共同建构的结果。结果是灾害定义构成的第三要素，它是对受损客体和受损程度的界定，对此，自然科学聚焦于物理、生物、环境等受损客体并坚持受损程度的可量化与可确定化，而社会科学对灾害的认定与衡量更多聚焦于心理后果、对组织与社会的影响、经济损失、政治后果等，并坚持受损客体可能存于政治、经济、社会、文化、生态等系统中，其受损程度不可量化、不能确定。综上，灾害的双重属性规定抗灾救灾的多面考虑与衡量，无论是灾害的自然属性还是社会属性等要求抗震救灾应遵循科学、不畏艰险、百折不挠，其中，灾害的社会属性尤其关照以人为本，它关乎灾害救助、灾害重建、对灾害重建的优化等多个方面。因此，灾害的双重属性内在规定抗震救灾需要万众一心、众志成城，不畏艰险、百折不挠，以人为本、尊重科学。

抗震救灾是客观的实践活动，它需要遵循灾害发生与救助的基本规律。这里的规律，不是先验规律，因为在把握灾害发生与救助的基本规律时，不仅是肯定灾害发生与救助需要遵循一定的规律（当然需特别注意的是这里的“一定的规律”并非是既定的规律），同时还应积极地解释与说明规律本身是如何发生的。对规律的解释与说明也规定了人类行为并非在客观规律的领域之外，因此，这里的规律是指生成的规律，即是说承认灾害发生与救助的客观规律，同时探索规律的发生、如何发生以及遵循这种规律的条件与代价。概言之，所谓遵循灾害发生与救助的客观规律，即是遵循灾害发生与救助在与其他事物相互作用的运动过程中所表现出来的稳定的、起本质作用的特征。物质的最初形式是来自物质内部本身所固有的本质力量，使物质获得个性的、活生生的、本质的力量，就是指事物在与他事物相互作用的过程中所表现出来的能动过程与自身特性，当然这种相互作用所表现出来的能动性与特性，不仅包含事物能动的通过他事物来表现自身，还包含事物同时接受他物对自己的作用并使他物在自身中得到表现。就灾害发生来说，它自身的存在更多表现出无意识的能力表现方式，这种表现方式更多地使灾害趋向于自由随机状态，而这种自由随机状态又使灾害发生呈现多样的表现形态，因此，对灾害发生规律的认识与掌握，一方面在于认识灾害的“危险源”“关系链”与“结果”②，另一方面在于认识与掌握其与人类行为的相互作用。认识与掌握灾害与人类行为的相互

① 陶鹏、童星：《灾害概念的再认识——兼论灾害社会科学研究流派与整合趋势》，《浙江大学学报（人文社会科学版）》，2012第3期，第114页。

② 陶鹏、童星：《灾害概念的再认识——兼论灾害社会科学研究流派与整合趋势》，《浙江大学学报（人文社会科学版）》，2012年第3期，第114页。

作用，则为灾害救助提供认识基础。就灾害救助而言，灾害发生的随机性需要在与人类行为的相互作用中趋向一定的合理性。这种合理性表现为通过认识与掌握人类行为与灾害发生的相互作用规律，减少灾害，包括灾害中再次发生的次灾害的随机性，同时还包含在遵循相互作用规律过程中灾害与人类行为的转化，即通过遵循客观规律使人类行为将灾害从一种破坏性状态转向另一种修复的状态。但灾害与人类行为之间能量的相互转换并非个体行为能完成，它需要集体的智慧与力量，万众一心、众志成城便成为抗震救灾不可或缺的品质；这种能量转换也并非瞬时或即时的行为，它需要百折不挠，不畏艰险；这种能量转换不仅是物质形态的转换，更重要的是对现实的、活生生的个人的救助，如此它也需要坚持以人为本，尊重科学。综上，抗震救灾是客观的实践活动，作为实践活动，它有自身的运行规律，但这种规律不是既定的而是生成的规律。对规律如何发生、遵循规律的条件与代价的探索便内在的规定了抗震救灾应有的本质精神。

人与环境交互作用的规律内在地规定抗震救灾需要万众一心、众志成城，不畏艰险、百折不挠，以人为本、尊重科学。关于人与环境的关系及二者的交互作用，马克思对此有专门的论述。马克思从实践的角度出发理解人与环境，认为“在实践上，人的普遍性正表现为这样的普遍性，它把整个自然界——首先作为人的直接的生活资料，其次作为人的生命活动的对象（材料）和工具——变成人的无机的身体。自然界，就它自身不是人的身体而言，是人的无机的身体。人靠自然界生活。这就是说，自然界是人为了不致死亡而必须与之处于持续不断地交互作用过程的、人的身体”①。也基于实践的视角，马克思强调人和自然的关系本质上就是人类社会和自然的关系，人类的社会状况也决定认识自然的程度，“这种自然宗教或对自然界的特定关系，是受社会形态制约的，反过来也是一样。这里和任何其他地方一样，自然界和人的同一性也表现在：人们对自然界的狭隘的关系又制约着他们对自然界的狭隘的关系，这正是因为自然界几乎还没有被历史的进程所改变；但是，另一方面，意识到必须和周围的人们来往，也就是开始意识到人一般的是生活在社会中的”②。根据马克思的观点，人类在改变自然界的实践过程中形成类的意识，也正是在改变自然界的过程中发现人的本质，即“在其现实性上，它是一切社会关系的总和”。从社会性出发理解人与自然的关系便成为马克思关于人与环境相互作用的核心议题，在马克思看来人与自然存在有机的联系，“尽管人的物质生活和精神生活与自然界在一起，但这些仅仅意味着自然界是和它自己联系在一起，因为人本身就是自然界的一部分”，“环境的改变和人的活动的一致，只能被看作是并合理地解释为革命的实践”。在马克思看来，自然史是人类的历史，“全部历史都是为了使‘人’成为感性意识的对象和使‘作为人的人’的需要成为（自然的、感性的）需要所作的准备。历史本身是自然史的一个现实的部分”③。从马克思对自然的认识而言，人与自然的关系是实践的关系，是历史的关系，它需要在把握社会发展的规律上正确处理人与自然的关系。因此，就社会发展规律来说，它始终趋向人与人之间更自由更解放的

---

① 马克思：《1844年经济学哲学手稿》，《马克思恩格斯选集》（第1卷），人民出版社，1995年，第45页。

② 马克思：《德意志意识形态》，《马克思恩格斯全集》（第3卷），人民出版社，1956年，第35页。

③ 马克思：《1844年经济学——哲学手稿》，刘丕坤译，人民出版社，1979年，第82页。

存在，即人与人的真正的联合体，因此，面对灾害，万众一心、众志成城是抗震救灾精神的应有之义；就人的实践性而言，它始终致力于对现实困境的解决与修复，以人为本，尊重科学便是抗震救灾不可或缺的品质要求；就人的社会性而言，始终趋向人的自由联合体，热爱共同体是最本质的要求，“不畏艰险，百折不挠”是抗震救灾中热爱共同体的本质反映。

综上，抗震救灾作为实践活动，它需要在认识与掌握灾害的本质属性中、在遵循灾害发生与灾害救助的规律中、在运用人与环境相互作用的规律中内在规定抗震救灾需要的精神品质。万众一心、众志成城，不畏艰险、百折不挠，以人为本、尊重科学等精神内涵是抗震救灾内在需求的精神品质。

（二）抗震救灾精神形成的现实依据

中国位于世界上最大的中纬度环球灾害交汇部位，自然灾害种类多、灾害活动频繁、分布地域广阔，是世界上自然灾害影响最为严重的国家之一。其中，地震灾害因其破坏程度大、预防困难等因素，占据我国自然灾害类别中的重要位置。[①] 中国地处世界上两个最大的地震带——环太平洋地震带与欧亚地震带之间，受太平洋板块、印度洋板块和菲律宾板块的挤压，地震断裂带十分发育，是世界上地震灾害最为严重的国家之一。据统计，自1900年以来，中国地震死亡人数占世界总数的55%；全球七级以上的强烈地震，中国即占35%左右；全球有史以来发生的一次性死亡人数超过20万人的地震，我国就占了两次。中华人民共和国成立以来至1991年，我国因地震死亡人数占各种自然灾害死亡人数的54%。[②] 地震造成了巨大的经济损失，近年来且有不断上升的趋势，2000—2010年间，平均每年的损失高达800多亿元，严重影响了中国的经济建设成果。2008年5月12日发生的汶川大地震，除造成69227人遇难、374643人受伤、17923人失踪以外，还造成高达8541亿元的经济损失。[③] 在经历了一系列地震灾害，特别是汶川特大地震之后，我国逐渐形成了著名的抗震救灾精神：“万众一心、众志成城，不畏艰险、百折不挠，以人为本、尊重科学。”

灾难发生后，中华民族表现出了英雄的大无畏气概和团结一心的集体主义精神，更是抗震救灾精神的直接体现。面对灾难，全国人民更是发扬“一方有难、八方支援”的集体主义精神，纷纷慷慨解囊，捐钱捐物，帮助灾区人民渡过难关。这种举国一心抗震救灾的历史性壮举，充分体现了中华民族在灾难面前不屈不挠的坚强品格，更是中华民族精神中的重要组成部分。

举国一心的抗震救灾行动孕育了伟大的抗震救灾精神，并成为抗震救灾精神得以凝聚的现实表现。灾难发生后，全国人民心往一处想、劲往一处使，团结一致，共赴国难，积极行动起来进行抗震救灾。全国人民踊跃支援灾区，各级党和政府迅速成立抗震救灾指挥部，军队第一时间赶赴灾区，整个抗震救灾过程中，处处可以看到斗志昂扬的

---

① 除地震灾害外，中国的自然灾害还有气象灾害、海洋灾害、洪水灾害、地质灾害、农作物灾害以及森林灾害。

② 马玉宏等：《地震灾害风险分析及管理》，科学出版社，2008年，第198页。

③ 李宏：《自然灾害与国民财富损失研究》，《地方财政研究》，2009年第10期，第24～28页。

精神状态。作为严重受灾的四川灾区人民，面对灾难的降临，在党和政府的坚强领导下，不等不靠，以自强、自立、自救的精神鼓舞自己。事实上，在整个抗震救灾过程中，四川广大灾区干部群众不抱怨、不徘徊、不观望、不伸手，坚持自强不息、重建家园。例如遭受重创的东汽人召开“抗震救灾恢复生产重建家园”誓师大会，努力恢复生产。作为灾区的绵阳科技城，在地震发生后不久即有九成以上的企业恢复生产，拿出了“早一天恢复生产就是支持抗震救灾”的实际行动。灾区农民大战三伏，全力抢收抢种，尽量减少损失等。① 所有这一切，都是伟大抗震救灾精神的直接体现。此外，这种抗震救灾精神不仅体现在灾害发生后的紧急救援，还在灾后重建过程中得到充分地彰显。

大地震后，全国19个省市几十万援建大军艰苦奋战，以最快速度启动灾后重建，在不到三年的时间内，以令人惊叹的速度提前完成灾后重建任务。抗震救灾，让援建制度的优势集中体现。中国特色的对口援建，搭起了东部与西部的互补桥梁，促进了发达城市与落后灾区的交流，让灾区成为中国体制机制创新、科技创新、观念更新的实验场，政府与社会各方齐心协力，攻坚克难。凝聚着科学、创新、奉献的“援建精神”，再一次彰显了社会主义核心价值观的强大凝聚力。

抗震救灾，大写了以人为本、科学发展的理念。千千万万的爱心汇聚成河流向满目疮痍的灾区。灾区各级政府视重建为机遇，充分发挥自主性和创造性，纷纷优先恢复重建住房、学校、医院等民生基础工程，城乡面貌、产业发展、社会建设实现了历史性跨越。这种伟大的抗震救灾精神，注定要载入人类文明的史册。所有这些，都构成了抗震救灾精神形成的现实依据。

但是，对于这种伟大抗震救灾精神的定义，却经历了一个不断演变的过程。在抗震救灾过程中，对于抗震救灾精神的内涵，存在不同的定义。例如，有媒体将抗震救灾精神归纳为“以人为本、生命至上，万众一心、众志成城，不畏艰险、百折不挠，科学理性、开放透明”②。2008年5月31日，时任中共中央总书记的胡锦涛在陕西汉中看望受灾群众和救灾人员时，在小学黑板上题字：“一方有难、八方支援、自力更生、艰苦奋斗。”③ 根据他的题字，有研究者将抗震救灾精神归纳为“自强不息、顽强拼搏，万众一心、同舟共济，自力更生、艰苦奋斗”④。但对于抗震救灾精神的准确定义，直到2008年6月30日才最终确定下来。

为了纪念因汶川大地震而形成的伟大抗震救灾精神，在纪念中国共产党成立87周年之际，中共中央于2008年6月30日下午在中南海召开抗震救灾先进基层党组织和优秀共产党员代表座谈会，在此次座谈会上，时任中共中央总书记、国家主席、中央军委主席的胡锦涛对这种伟大的抗震救灾精神作出了全新的阐释：“万众一心、众志成城，

---

① 四川省委宣传部：《大力弘扬伟大的抗震救灾精神》，《求是》，2008年第17期，第16页。

② 潘强、董建国：《让抗震救灾的“精神旗帜”高高飘扬》，《乐山日报》，2015年4月20日，第1版。

③ 《一方有难　八方支援　自力更生　艰苦奋斗》，《深圳特区报》，2008年6月1日，http://news.sina.com.cn/o/2008-06-01/072813954672s.shtml。

④ 唐正芒：《中国共产党革命精神巡礼》，湘潭大学出版社，2015年，第333页。

不畏艰险、百折不挠，以人为本、尊重科学。”[①] 他还指出这种伟大的抗震救灾精神，“是爱国主义、集体主义、社会主义精神的集中体现和新的发展，是我们党和军队光荣传统和优良作风的集中体现和新的发展，是中华民族精神在当代中国的集中体现和新的发展。我们要在全党全社会大力弘扬抗震救灾精神，为中国特色社会主义事业不断发展提供强大精神动力”[②]。可见，正是在这种以爱国主义、集体主义和社会主义精神为内核的抗震救灾精神的鼓舞下，中国人民才取得了抗震救灾的伟大胜利。

尽管汶川地震过去十年了，但对于全国全党人民正实现全面建成小康社会、努力实现中华民族伟大复兴中国梦的当下，更需要继续弘扬这种伟大的抗震救灾精神，用这种伟大精神来鼓舞斗争、激发工作热情和干劲。2011 年 8 月，时任国家副主席的习近平在四川调研时强调：“抗震救灾精神是引领抗震救灾取得重大胜利的精神旗帜，是团结全党全国各族人民战胜地震灾害的精神纽带，是激励我们坚定走中国特色社会主义道路的伟大精神动力。”[③]

伟大的实践产生伟大精神。这种抗震救灾精神脱胎于全国人民努力一心的抗震救灾壮举之中，成为这种抗震救灾精神得以最终形成的现实依据。一个国家要兴盛，一个民族要立于世界民族发展之林，不仅要有强大的经济、技术硬实力，也要有强大的思想、文化、精神方面的软实力。弹指一挥间，汶川特大地震已经过去近十年，但它给中华民族留下了一笔宝贵精神财富，那就是被浓缩为二十四个字“万众一心、众志成城，不畏艰险、百折不挠，以人为本、尊重科学”的抗震救灾精神。这种精神与五四精神、井冈山精神、长征精神、延安精神、西柏坡精神等十四种精神一起，构成了“伟大的中国精神”。[④] 与其他精神不同的是，因汶川大地震而形成的抗震救灾精神拥有自身特殊的内涵，它以爱国主义、集体主义、改革创新为构成单元，是我们党和军队光荣传统和优良作风的集中体现和新的发展，是中华民族民族精神在当代中国的集中体现和新的发展。在向全面建成小康社会和实现伟大复兴中国梦目标全速前进的今天，深刻认识与理解这种抗震救灾精神，可以为中国特色社会主义事业不断发展提供强大的精神动力。在地震过去整整十年的今天，对这种伟大抗震救灾精神进行深入挖掘与研究，对于增强中国特色社会主义文化自信、全面建设小康社会的当下，具有特殊的时代意义。

---

① 胡锦涛：《在抗震救灾先进基层党组织和优秀共产党员代表座谈会上的讲话》，人民出版社，2008 年，第 17 页。

② 《胡锦涛在抗震救灾先进基层党组织和优秀共产党员代表座谈会上的讲话》，《人民日报》，2008 年 7 月 1 日，第 1 版。

③ 《习近平盛赞“抗震救灾精神”给人启迪》，中国共产党新闻网，2011 年 8 月 23 日，http://cpc.people.com.cn/GB/64093/64103/15485675.html。

④ 根据归纳与提炼，构成“伟大的中国精神”的十五种精神分别是五四精神、井冈山精神、长征精神、延安精神、抗战精神、西柏坡精神、抗美援朝精神、雷锋精神、铁人精神、焦裕禄精神、“两弹一星”精神、华西精神、小岗精神、女排精神、抗洪精神、抗震救灾精神、载人航天精神。参见国家知识产权直属机关党委：《伟大的中国精神》，知识产权出版社，2015 年。

二、抗震救灾精神的内涵阐释

“万众一心、众志成城，不畏艰险、百折不挠，以人为本、尊重科学”是抗震救灾精神的基本内涵。“万众一心、众志成城”彰显了以集体主义为核心的民族精神的凝聚力，“不畏艰险、百折不挠”彰显了以爱国主义为核心的民族精神的战斗力，“以人为本、尊重科学”彰显了以改革创新为核心的时代精神的创造力。

（一）“万众一心、众志成城”是集体主义的最集中表现

所谓万众一心，即是指众多人都一条心，其本质在于形容人们的团结一致。《后汉书·列传·皇甫嵩朱俊列传》记载：“万人一心，犹不可当，况十万乎！”这里记载的便是东汉将军朱俊在镇压黄巾起义军时，对城内军民心理状况的把握，在他看来万人团结一心共同反抗尚不可以抵挡，更何况十万乎。就万众一心的最初意义及使用状况而言，它具体包含了以下几个维度：第一，万众一心是超越个人的集体力量的展现；第二，万众一心是集体力量致力于实现共同目标的表现；第三，万众一心总是面临一定的事件或情景的力量汇聚。所谓众志成城，其基本含义是指众人齐心协力，所形成的能量像城墙一样坚固。如《国语·周语·单穆公谏景王铸大钟》记载的“众心成城，众口铄金”，就表达出众人齐心协力的强大力量，这种强大力量可以是一种积极的力量，也可以是一种毁灭性的力量。如何实现众心成城而非众口铄金呢？《太平广记》记载的“正取时机，大行王道。自然百灵垂佑，四海归仁。众心成城，天下治理”①，即是说现在正是成就大业的绝佳时机，只要大行王道，自然会得到各路神灵的庇佑，四海民众也会认同并归顺仁政，如此则可以众人一心形成坚固长城，治理好整个国家，它反映了能让众心归一并形成坚固力量的伦理基础与保障。因此，就众志成城的初始意义及使用来说，它与万众一心有着相同之处，即是说都蕴含了众人朝同一目标使力的意义，不同之处在于，众志成城较万众一心更多了其形成力量的坚固性。因此，就词语的本意来看，万众一心、众志成城表达了超越个人的集体力量的汇聚，目标的共同性，面临事件、环境、情景的紧迫性以及能够形成众心归一坚固力量的集体伦理基础。因此，超个人的集体力量需求、共同目标的实现、集体力量汇聚的伦理价值会同万众一心、众志成城与集体主义。万众一心、众志成城作为抗震救灾精神的核心内容，它不仅是集体主义行动方式的表现，同时还是集体主义伦理价值的表现。

万众一心、众志成城是集体主义行动方式的表现。行动是主体的行动，集体主义行动既包含个人的行动，也包含集体行动。一般而言，集体行动总是通过个人行动实现，然而个人行动如何实现集体行动便成为众多研究的议题。如奥尔森在《集体行动的逻辑》一书中，便基于个人主义对人的基本预设去确保个人在集体行动中的行动方式，然而囚徒行为逻辑却向个人在集体行动中搭便车的内在逻辑提出了挑战，因为囚徒行为逻辑指出集体中个人的合作行为是最好的结果。将人看作是社会关系中的个人并以此研究

---

① 《太平广记·卷二百四十一·谄佞三》。

社会关系中的人的集体行为是研究集体行为的又一路径。如有学者指出："集体行动，就是为了某种共同的目标而组织在一起的人们过一种群体生活。"[①] "共同目标""过一种群体生活"便是集体行动的重要缘由，万众一心、众志成城是保证共同目标实现，过上群体生活的重要方式。就中国的集体主义来说，科学社会主义、共产主义旗帜是当代中国集体主义的精神统领与价值目标，而这一精神统领与价值目标也直接规定了当代中国集体主义的行动方向。科学社会主义、共产主义旗帜始终以实现现实个人的感性需求为终极目标，而实现这一终极目标的保障在于"代替那存在阶级和阶级对立的资产阶级旧社会的，将是这样一个联合体，在那里，每个人的自由发展是一切人的自由发展的条件"[②]。换言之，要实现现实个人的感性需求，就需要处理好个人与集体之间的关系，一方面是作为受灾个体需要集体的援助与支持，另一方面作为集体中的个体的努力与援助是为维护与修护集体的利益。面对汶川特大地震，灾区民众遭遇了特大灾害与损失，民众的生命救援、财产救援、食宿救助、灾后重建等诉求都需要借助集体的力量，万众一心、众志成城是满足这种诉求的保障，也是集体主义凝聚力的集中表现。

万众一心、众志成城是集体主义伦理价值的表现。发挥集体行为需要集体理念与集体价值的导向与指引。集体理念的形成是一个发展的过程，它以集体心理为基础，形成集体观念并最终发展为集体理念。这种集体理念体现为作为群体性存在的集体主义理念与作为人的解放与发展的集体主义理念。作为群体性存在的集体主义理念是人的社会性的延伸，是人的群体性生产与生活所发展成的精神客体，也是人作为群体性存在的联系与纽带。作为群体性存在的集体主义理念主要表现为朴实的群体性情感。作为人的解放与发展的集体主义理念，是作为现实的个人的解放的高级形式，是自由人的联合体。作为人的解放与发展的集体主义不再单纯地依靠集体共同生产生活的情感，而是将集体主义理念提升至人类的解放与发展。中国的集体主义理念始终致力于提升人类的解放与发展。万众一心、众志成城是中国集体主义理念最根本的伦理要求。集体主义价值是一个关系性概念，它是作为集体主义价值主体与集体主义的原则、精神、理念与组织形式等价值客体之间的选择与满足关系。集体主义的价值主体包含个人主体与集体主体。就个人主体而言，个人是集体主义首要的价值主体，集体主义价值观念的传承与发展、集体主义功效的施展与发挥总是通过个体得到实现。如此，集体主义价值能够满足个人价值需求是集体主义价值被认同的前提。在特大灾害面前，作为集体主义存在的社会组织尽最大努力去救助与修复地震创伤是集体主义价值的正义彰显。就集体主体而言，"集体主体是由一定人群形成的具有共同目标与共同利益的主体，它由不同个体通过一定的方式而形成，但其价值满足方式不同于个体的价值满足方式"[③]。集体主体是集体价值得以实现的重要因素，集体主体追求的价值在于使其生活的集体得到恢复或优化。万众一心、众志成城这是集体主体的彰显，这也是集体价值得以实现的主要因素。综上，从集体理念与集体价值而言，万众一心、众志成城不仅是集体主体的主体规定，也是个体得

---

① 陈毅：《走出集体行动困境的四种途径》，《长白学刊》，2007年第1期，第59页。

② 马克思：《共产党宣言》，《马克思恩格斯选集》（第1卷），人民出版社，1995年，第294页。

③ 刘波：《集体主义价值观的当代阐释》，江苏人民出版社，2013年，第69页。

以在集体中得到救助与更好生活的要求。

万众一心、众志成城是中国集体主义的表现与发展。中国集体主义有深厚的理论基础，它始终坚持集体主义与社会主义、共产主义同义，是无产阶级的党性的性质，如毛泽东在《在中国共产党第七次全国代表大会上的结论》中指出："马克思讲的独立性和个性，也是有两种，有革命的独立性和个性，有反动的独立性和个性。而一致的行动，一致的意见，集体主义，就是党性。我们要使许多自觉的个性集中起来，对一定的问题、一定的事情采取一致的行动、一致的意见，有统一的一致，这是我们的党性所要求的。"① 中国集体主义始终坚持个人利益与集体利益对立统一的原则，如毛泽东在《中国农村的社会主义高潮》中指出："反对自私自利的资本主义的自发倾向，提倡以集体利益和个人利益相结合的原则为一切言论行动的标准的社会主义精神，是使分散的小农经济逐步过渡到大规模合作化经济的思想的和政治的保证。"② 刘少奇曾在《关于中华人民共和国宪法草案报告》中指出："我们的国家是充分地关心和照顾个人利益的，我们国家和社会的公共利益不能抛开个人的利益；社会主义，集体主义，不能离开个人的利益；我们的国家充分保障国家和社会的公共利益，这种公共利益正是满足人民群众的个人利益的基础。"③ 中国集体主义始终坚持全心全意为人民服务的精神品质。全心全意为人民服务是中国共产党的宗旨，也是中国集体主义的最高品质。毛泽东在《论联合政府》中强调实现广大人民群众的根本利益是为人民服务的核心："全心全意为人民服务，一刻也不脱离群众；一切从人民的利益出发，而不是从个人或小集团的利益出发；像人民负责和向党的领导机关负责的一致性；这些就是我们的出发点。"④ 抗震救灾精神之万众一心、众志成城，是中国集体主义基于特大灾害的现实情况在救助与重建集体与个人的共同利益中的客观精神反映。

（二）"不畏艰险、百折不挠"是爱国主义的最本质反映

所谓爱国主义，它体现了一个公民对于所属国家的特殊情感。这种情感不仅不会随着时间、地点的变化而消减，反而更加历久弥新，成为凝聚一个民族认同的主要情感内容之一。"科学没有国界，但科学家有自己的祖国"，诺贝尔这句名言就是对于爱国主义最完美的诠释。爱国主义是千百年来固定下来的对自己祖国的一种特殊感情，它体现为对于自己生长的国土和民族所怀有的深切的依恋之情，这种感情在历史的长河中，经过千百年的凝聚，无数次的激发，最终被整个民族的社会心理所认同。爱国主义是与为国奉献、对国尽责紧紧地联系在一起的。它是一种崇高的思想品德，对国家、民族的生存与发展具有不可估量的作用。今天我们所说的爱国主义，不仅仅表现为热爱祖国的山河、历史与文化遗产，还表现为热爱我们的社会主义制度、热爱中国共产党及其领导下的各族人民，热爱社会主义现代化建设，维护国家的团结统一。一直以来，中华民族不断丰富与发展着自己的民族精神，但是当这种精神有了爱国主义这个核心之后，民族精

---

① 《毛泽东文集》（第3卷），人民出版社，1996年，第417页。

② 《毛泽东文集》（第6卷），人民出版社，1999年，第450页。

③ 《毛泽东文集》（下卷），人民出版社，1985年，第161～162页。

④ 《毛泽东文集》（第3卷），人民出版社，1991年，第1094页。

神同民族发展、民族复兴融为一体的时候，民族精神就有了灵魂，就成为精神支柱，就更具有感召力和凝聚力。[①]

汶川特大地震形成了伟大的抗震救灾精神，其中的“不畏艰险、百折不挠”，充分体现了中国人民面对地震灾难时激发出来的爱国主义情感，并成为爱国主义的最本质反映。地震发生后，广大军民临危不惧，奋不顾身，哪里灾情危急就向哪里冲去，哪里有生死考验就向哪里挺进，哪里有受灾群众就向哪里集结，充分展现了中国人民压倒一切困难而不为任何困难所压倒的勇气，体现了中国人民战胜一切艰难险阻的大无畏精神。[②] 面对空前严重的灾情、满目疮痍的灾区以及颠沛流离的灾民，中国人民心中的爱国主义被彻底激发。因为这种深厚的爱国主义情感，使中国人民在面对灾难时更加坚强、充满斗志和紧密团结，进而在“不畏艰险、百折不挠”的抗震救灾精神鼓舞下取得了抗震救灾的伟大胜利。

爱国主义使中国人民在面对灾难时更加坚强。面对突如其来的灾难，中国人民没有被吓倒，灾区人民更是不等不靠，在外援到来前坚强应对。笔者在前往当年的重灾区茂县等地开展口述访谈时发现，当灾难来临后，灾区人民并未因此而悲观失望，而是更加坚强地进行抗震自救。地震发生后，我们看到一幅幅感人的画卷：时任中共中央总书记、国家主席、中央军委主席的胡锦涛，时任国务院总理的温家宝等党和国家主要领导人亲临灾区第一线，极大地鼓舞了救灾与受灾干部群众。人民军队急速出动，5 月 13 日，15 名空降勇士冒着极大的生命危险，空降茂县，及时把灾区的情况发回给指挥中心，同时极大地坚定了灾区人民的自救信心与决心。此次空降的危险性极大，“这是我国空军第一次在高原复杂地域，在无地面指挥引导、无地面标识、无气象资料”的三无条件下在近五千米的高度实施的空降。[③] 这种危险性极大的空降，充分展现了爱国主义在灾难面前发挥的重要作用，更是抗震救灾精神中“不畏艰险、百折不挠”的最生动体现。

在军队奔赴灾区第一线的同时，广大同胞们纷纷行动起来，为灾区捐款、捐物，温家宝亲临灾区为抗震救灾做指挥，爱国主义汇成了更宏大的洪流在我们每个人心中流淌。爱国主义体现在行动中，体现在灾难发生时，我们的武警部队、白衣天使、志愿者和全国各民族及各界人民捐款捐物的行动中，体现在他们对灾区时时牵挂的焦虑心情中。所有这一切，都使中国人民在面对灾难时更加坚强。汶川特大地震虽然发生于局部地区，但牵动着全国人民的心。地震造成的严重伤亡和财产损失，有效地激发了人们的爱国主义情感，使大家坚强地面对此次地震灾难。这一切，都成为抗争救灾精神中“不畏艰险、百折不挠”的深刻内涵。

爱国主义使中国人民在面对灾难时充满斗志。不畏强暴是中华民族的优良品格。这个品格在遭遇重大自然灾害面前表现得尤其突出。面对灾难，中华民族并不是灰心自

① 刘振伟：《万事根本续集》，中国农业出版社，2013 年，第 372～373 页。

② 《凝聚起民族复兴的力量——论伟大的抗震救灾精神》，人民日报社评论部：《人民日报任仲平 80 篇》，人民日报出版社，2013 年，第 331 页。

③ 《空降兵 15 勇士：向死而生》，中央电视台新闻专题部：《铭记：5·12 汶川大地震口述历史》，中国言实出版社，2009 年，第 78 页。

弃，而是将内心深处的爱国主义情感彻底激发出来，产生了强大的抗震救灾斗志。地震发生后，举国一心，充分彰显了爱国主义的伟大力量。为了悼念在此次地震中遇难的人们，5 月 18 日，国务院决定将 2008 年 5 月 19 日至 21 日确定为全国哀悼日。在此期间，全国和各驻外机构下半旗志哀，停止一切公共娱乐活动。5 月 19 日 14 时 28 分，举国默哀三分钟，同时汽车、火车、舰船鸣笛，防空警报鸣响。这是中国五千年历史上，首次为不幸遇难同胞举行全国哀悼活动。在各地举行的哀悼活动中，这种顽强的斗志得到了充分的显现。在四川成都，人们纷纷齐聚天府广场，齐声高喊："四川雄起！中国加油！"这是中华民族在大灾大难面前爱国主义精神力量的展现，它极大地激发了中华民族抗震救灾的斗志。

在四川大学校内，青年们以自己特殊的方式展现自己的社会责任与担当。在哀悼日当天，四川大学全校举行哀悼活动，所有教室任课教师中止上课，全体同学起立默哀。在实验室，在行政楼，在图书馆，全体师生员工默哀。在人群中，还有来自灾区的同学，他们中一些人的家人甚至在地震失踪或遇难。哀悼仪式激发出了人们强大的斗志，例如经济学院 2007 级金融学专业的一位同学，此刻也站在广场上，面向着汶川方向默哀，她向记者表示："我要向所有在此次地震中遇难的同胞深切哀悼，我更希望在此次灾难中所有失去亲人的人们绝不能就此消沉下去，要坚强地活下去，要更好地活下去，不能让逝去的亲人失望，因为他们在天堂里守望着你。"在该校江安校区青春广场，悼念活动主持人神情肃穆地向同学们郑重提出倡议："困难面前，我们不会退缩，灾害面前，我们不会畏惧，我们不屈不挠，我们自强不息，我们要出色地完成自己的学业，让党和国家，让父母亲人，让社会和学校放心！"在为汶川地震遇难同胞默哀后，师生们久久不愿离去，他们高唱国歌，深情呼喊："抗震救灾、众志成城，中国加油，四川加油！中国雄起，四川雄起！"① 在这一刻，地震灾情与家国情怀紧密相连，每个中国人斗志昂扬，"不畏艰险、百折不挠"在这里表现得淋漓尽致。

可见，地震灾难不仅未将英雄的中国人民吓倒，反而激发出了中国人强烈的爱国情怀和顽强斗志，这也体现了"不畏艰险、百折不挠"的抗震救灾精神。不论是在灾害紧急救援、灾区人民自救还是灾后重建中，这种精神都贯穿到整个抗震救灾过程之中，最终成为中华民族精神的重要组成部分而永载史册。

爱国主义使中国人民在面对灾难时紧密团结。大灾大难面前，中国人民迅速团结起来，纷纷用自己的形式进行抗震救灾。这种血浓于水的团结意识并非来源于地震之后，而是内生于整个中华民族的优良品格。与国家同呼吸，与民族同命运，在国家遭受大灾大难之时，这种爱国主义情感发挥了极为关键的作用，进而将全国人民紧紧团结起来，进而最终实现抗震救灾的伟大胜利，同时为伟大抗震救灾精神的最终形成奠定了重要基础。

地震发生后，"我们都是汶川人""我们都是四川人"等感人至深的口号响彻神州大地。就在救灾救援队伍在灾区一线展开救援的同时，远在千里的同胞们也用自己的方式

① 《让我们用最庄严的举哀凝聚民族的力量——四川大学师生深切悼念汶川大地震遇难同胞》，曹顺庆：《生命之歌：四川大学"5·12"地震文集》，四川大学出版社，2008 年，第 180～182 页。

帮助灾区。在学校、街头、厂矿、机关、部队，在每一个捐助点，人们纷纷慷慨解囊。大批善款和物资迅速集中起来，源源不断地运往灾区。就在地震发生后的当天下午，民政部从西安中央救灾物资储备库紧急调拨5000顶帐篷支援灾区，中国红十字会总会紧急启动自然灾害救灾一级响应预案，从成都备灾救灾中心迅速调拨帐篷557顶、棉被2500床紧急发往灾区。①

5月18日，中央电视台举办了《爱的奉献》大型募捐活动，三个小时内即募集人民币达到15.1429亿元。② 在国外，灾区群众的情况牵动着广大华人华侨的心。他们纷纷自发组织起来，积极向灾区募捐。例如在德国，时任驻德大使的马灿荣回忆，汶川大地震发生后，在德华侨立即行动起来，向灾区捐款捐物，并通过使馆和总领事馆向国内表达他们的爱国之情。很多人除了自己踊跃捐款外，还走上街头发起募捐赈灾活动。③

据统计，截至2009年4月30日，全国共接收国内外社会抗震救灾捐款659.96亿元，其中“特殊党费”97.3亿元，捐赠物资折合人民币107.16亿元，捐赠款物合计767.12亿元。与此同时，为了保证灾区急救血液供应，从5月13日开始，北京等城市采血点都挤满了自愿献血的市民。汶川地震46个小时后，北京市血液库存量已经达到饱和。④ 从赈灾款项到血液捐献，都体现了“全国一家人”的爱国主义情怀。这些都充分体现了中华民族在危难时刻的凝聚力和战斗力，更是抗震救灾精神中“不畏艰险、百折不挠”内容的生动体现。

可见，在抗震救灾精神的鼓舞下，中国人民更加坚强、充满斗志和紧密团结，谱写了一曲抗震救灾的英雄赞歌。面对巨灾，中国人民不畏艰险，百折不挠，用其自身行动完美地诠释了新时期爱国主义的伟大力量。

（三）“以人为本、尊重科学”是改革创新的最彻底彰显

以人为本、尊重科学是时代发展的需求，也是抗震救灾的精神品质。在抗震救灾中秉持以人为本的精神，即是要注重尊重个人与坚持人人平等的基本价值、注重坚持协商与服务的抗震救灾方式、注重融合凝聚的抗震救灾理念；在抗震救灾中坚持尊重科学的精神，即是要注重遵循灾害发生与救助的规律、尊重人与特定环境相互作用的规律。尊重科学是以人为本的方法基础，以人为本是尊重科学的价值旨归，二者共同彰显改革创新的时代精神，成为抗震救灾精神的核心内涵。

以人为本、尊重科学的基本内涵是形成抗震救灾精神的基础。所谓以人为本，即是将人作为最高出发点与最后落脚点来认识问题、解决问题。人是一个普遍概念，它不是个人，而是与物相对，涵括所有人。以人为本，通常可以理解为在人与他物的相互联系中坚持以人的利益作为价值导向，“人”也在与不同事物的联系中产生具体的指向。如

---

① 刘国新、贺耀敏、刘晓等：《中华人民共和国史长编（2002—2009）》（第6卷），天津人民出版社，2010年，第224页。

② 沈学明：《中华人民共和国图像日志（解说词）》，中央文献出版社，2010年，第364页。

③ 马灿荣：《我在德国当大使》，同济大学出版社，2015年，第128页。

④ 刘国新、贺耀敏、刘晓等：《中华人民共和国史长编（2002—2009）》（第6卷），天津人民出版社，2010年，第225页。

人的存在始终面向人与自然、人与人、人与自身这三重关系。在人与自然的相互作用中，人既从自然界获得基本的生产资料，但另一方面也存在生产资料摄取过度的情况，因为生产资料摄取过度而造成的生态危机就需要人重新思考与自然的关系，即需要以一种生态的价值理念作为人与自然关系的价值导向。同时，在人与自然的相互作用中，以人为本也彰显为以人类为本，这里的人表现为全人类。在人与人的相互作用中，以人为本中的人也表现为所有人，它是人的社会性的需要。马克思早在《关于费尔巴哈的提纲》中便指出："人的本质不是单个人所固有的抽象物，在其现实性上，它是一切社会关系的总和。"①

关于人与自身的相互作用，以人为本表现为处于现实社会关系中人的物质与情感诉求，它既是作为现实个人的感性诉求，也是作为社会关系中的人的感性需求。因此，以人为本，主要是指基于人的社会性以所有人为本，关注现实个人的感性需求。以人为本的基本内涵，表现在抗震救灾中则需要坚持人人平等、尊重个人、坚持治理与服务的方式、凝聚共识，共同实现抗震救灾的伟大胜利。所谓科学，它原指知识或学问。弗兰西斯·培根将拉丁语"scientia"翻译为英语"science"，其根本含义就是指"知识"；同时，他也将"scientia"翻译为"knowledge"或"learning"，亦表达知识或学问之意，即是在广泛的意义上使用科学，将其作知识之含义以使用。科学也作"自然科学"理解，这源于自然科学与社会科学的分离，将科学作自然科学理解，更多的是指对自然进行经验或实证研究所获得的知识，类似数学等。科学还指基于实证研究的有关自然和社会的知识体系，这一内涵反映实证主义对科学的规定。我国权威工具书《辞海》也曾如此解释，即科学是"关于自然、社会和思维的知识体系。它适应人们改造自然和社会的需要而产生和发展，是实践经验的结晶。科学可分为自然科学和社会科学两大类，哲学是二者的概括和总结"②。从科学的内涵来看，它至少规定了这样的特征，即合理性、知识性以及规律性等。综上，从以人为本与尊重科学的基本内涵而言，抗震救灾精神之以人为本与尊重科学便表现为遵循抗震救灾的知识性、合理性与规律性实现以人为最高出发点与最后落脚点。

以人为本、尊重科学彰显抗震救灾尊重个人、坚持人人平等的价值理念。在抗震救灾过程中充分尊重个人、坚持人人平等是最基本的要求。尊重个人，即是尊重个人的生命、人权、尊严等。灾害中的个人经常面临多重伤害，如身体的伤害、心理的伤害、精神的伤害、失去财产的伤害等，这就要求抗震救灾需要从具体情况、具体情景入手，在尊重他人的基础上采取相应措施，实施相应行为。抗震救灾中的尊重个人，还表现在对抗震救灾人员这一主体的尊重，如在汶川大地震的救助中，抗震救灾人员几天几夜的连续作战，他们的生命与权利同样需要得到尊重。概言之，抗震救灾精神指引下对个人的尊重，即是绝不以整体的名义牺牲个人的权利。坚持尊重个人不仅是马克思主义坚持的价值观，也是社会主义中国的基本价值观。坚持人人平等，即是灾害中的每个人都有获得救助的机会和权利，并不因身份、地位等外在因素而彰显不同；灾后重建过程中的每

① 马克思：《关于费尔巴哈的提纲》，《马克思恩格斯选集》（第1卷），人民出版社，1995年，第56页。

② 夏征农：《辞海》，上海辞书出版社，1989年，第1965页。

个受灾民众都平等地享有被救助的机会。在以人为本中坚持尊重个人即是坚持人人平等的基础，坚持人人平等也是尊重个人的具体表现。

以人为本、尊重科学彰显抗震救灾秉持治理与服务的实践方式。坚持以人为本、尊重科学也规定了抗震救灾的实践方式，即以一种把人作为最高出发点和最后落脚点的方式，这样的方式具体表现为治理与服务的方式。治理不是统治，也不是管理，它的基本核心就在于尊重多元主体的共同利益，以一种民主协商的方式使多方利益实现共赢。服务，即是秉持为他人做事的理念。面对特大地震，以人为本、尊重科学的精神品质要求一种服务的方式，通过为受灾难的民众采取一定的措施和行为以救助或恢复他们的生命或财产。如在抗震救灾过程中，参加抗震救灾的官兵、政府人员、社会组织及民众等始终都以服务他人的理念帮助受灾群众。从抗震救灾的过程来看，它包含了救灾与灾后重建等多个环节。面对特大灾难，受灾人员之多、受灾地域之广、受灾程度之深等问题始终都需要回答一个根本的问题，即是如何救与如何重建的问题。对于如何救的回答，就侧重凸显了服务的方式；对如何重建的回答，侧重凸显了治理的方式。综上言之，以人为本、尊重科学规定了抗震救灾秉持治理与服务的实践方式，这彰显抗震救灾不仅仅是单纯地以结束灾难的破坏性为目标，更重要的是实现灾后重建，这种重建更凸显对以人为本、尊重科学的诉求。

以人为本、尊重科学彰显抗震救灾遵循知识性、合理性与规律性的实践理念。尊重科学是为了更好地实现以人为本，它的知识性为以人为本提供科学认知，它的合理性为以人为本提供正确的价值判断，它的规律性为以人为本提供恰当的行动。抗震救灾要遵循相应的知识，如关于人面对灾害的心理情绪、最佳救援时间、最佳救助方式、在坍塌场景中突破救援的途径等，它都有相关的研究。因此，抗震救灾绝不是情感充塞的主观行为，而应是遵循科学的客观行动。抗震救灾需要遵循一定的合理性方能更好地以人为本。现实的环境与现实的人是抗震救灾面对的两个重要因素。无论是在救灾过程中，还是在灾后重建过程中，都需要考量相关措施和政策与现实的人、现实的环境之间的合理性。考虑现实的人、现实的环境则涉及当地的人文风情、灾民受灾情况的复杂性与多元性、灾民这一主体的多样性等，只有实现政策、观念、行为的和谐局面，才能最大满足以人为本的目标。抗震救灾还需要遵循规律性，如此以达成以人为本。如上论述，规律不是既定的规律，而是生成的规律，这种生成是在人与环境的交互作用产生的结果。因此，遵循抗震救灾的规律性，即是在探索人与环境的相互作用中所把握的稳定的、合理的要素，它遵循以人为本的价值指引。综上而言，尊重科学与以人为本的相互作用构成了抗震救灾精神的内涵，尊重科学原本是对人与环境相互作用的规律的把握，因此，以人为本是尊重科学的价值指引，尊重科学是以人为本的基础保障，它们共同彰显改革创新的时代精神，是抗震救灾精神的本质要素。

第 | 二 | 编

十年再回眸：汶川大地震亲历者口中的抗震救灾精神

2008—2018

第三章　文献综述与价值蕴意

灾难一直是人类历史的一部分，从这个意义上讲，人类史既是一部灾难史，也是一部与灾难抗争的历史。恩格斯说："没有哪一次巨大的历史灾难不是以历史的进步为补偿的。"[①] 因此，灾难是一本教科书，它需要去研究阐释，由此形成的成果需要宣传践行。"抗震救灾口述史"研究就是对地震灾难的研究，其本身的研究就是对我们自身历史的研究，其内涵成为指导我们思想和行为的教科书，其价值在众多研究中有彰显，在伟大实践中有弘扬。尤其是以口述史的方式，开展对中华人民共和国成立以来破坏性最强、波及范围最广、救灾难度最大的一次地震灾难的研究，更是蕴涵有重大的价值。

一、国内外相关研究的综述

口述史的研究始于国外，专门学科的兴起在20世纪40年代前后。中国口述史的研究则在20世纪末展开。无论是国外还是国内研究，灾难都是口述史研究的重要组成部分。

（一）国外研究现状

口述史作为一个现代意义上的、具有严格定义和规范的专门学科兴起于20世纪40年代前后，到六七十年代在西方各国广泛传播，因此目前西方关于口述史的理论研究较为成熟。英国社会历史学家保罗·汤普森的《过去的声音：口述史》一书是20世纪世界口述历史学家的标准范本，他把口述史学的对象引向了普通大众。口述史学在推动历史学本身发展的同时，对其他学科的发展也起了带动作用。世界上口述方法应用最广的是美国，它已将口述史理论、方法应用到民用建筑、医学、园艺学、社会关系、民族学、航空、灾难学等各个领域。比如最著名的研究机构是美国灾难博物馆（united states holocaust museum）口述历史部，专门收集灾难的幸存者、释放者、迫害者和目击者的音像、资料，目的就是记录和保存灾难证据，供将来进行研究和其他方面的使用。

国外关于抗震救灾的研究数日本最为突出，这是因为日本位于环太平洋地震带上，属于地震多发国家，全球10%的地震均发生在日本及其周边地区。虽然日本是地震很多的国家，但并非受灾最严重的国家。长期抗震，日本在震后救治方面积累了大量技术

① 《马恩全集》（第39卷），人民出版社，1976年，第149页。

人才和宝贵经验，他们的紧急救援与防灾体系相当有效，极大地减少了人员伤亡。因此关于抗震救灾方面的著作和文章很多，其中较为典型的有《日本の地震災害》（伊藤和明著）、《地震予知を考える》（茂木清夫著）、《神戸発阪神大震災以後》（酒井道雄编）、《日本抗震救灾经验教训和对策》（国广道彦）、《日本阪神大地震研究》（神户大学编）、《城市与灾害》（秋元律郎、太田英昭著）等。在《日本の地震災害》一书中，作者从关东大地震到阪神大地震、新潟中越地震，分类描述了现代日本所遭受的地震之灾，并简易明了地介绍了对今后预防地震灾害切实有用的知识。在《日本阪神大地震研究》一书中不仅包括了城市型大地震的特点和受灾情况，还具体再现了大地震后避难、救援以及应急临时住宅建设，受灾者的健康、心理状况，住宅重建，震灾教育，对未来的影响以及从中获取的经验、教训等详细情况。在由原日本驻华大使国广道彦（熊达云译）写的《日本抗震救灾经验教训和对策》一文中，介绍了关于日本的地震对策，如成立防灾组织，制定有关防灾、灾害对策的法律制度，建设地震观测体制，日本政府在灾害发生时的应急救急，灾害发生后重建、复兴各个阶段相应的组织体制、制度、措施的制定，防灾手册的编写，防灾训练的实施，等等。此外还有一些官方发布的书籍，如日本总务省消防厅发布的《对地震要有自信，遇到地震应该怎么办》和东京文京区制作的《防灾对策》等。这些都为本课题的研究提供了借鉴和思考。

（二）国内研究现状

我国专业的学术机构和学者开始研究口述史是在 20 世纪 90 年代后尤其是进入 21 世纪以后，中国大陆做口述的实践者大多受中国台湾地区学界口述史的影响和借鉴，一部分人致力于介绍和探讨，另一部分人致力于实地访谈，使得呈现出一种“多源多流”的多元化特征。[①]

1. 口述史料的挖掘、整理和应用

关于口述史料的重要性。北京社会科学院历史研究所的钟少华先生强调口述史形成中访谈双方和录音的作用，认为：“口述历史是受访者与历史工作者合作的产物，利用人类特有的语言，利用科技设备，双方合作谈话的录音都是口述史料，将录音整理成文字稿，再经研究加工，可以写成各种口述历史专著。”[②] 由此，他认为这是收集口述史料的主要方式。口述史料不仅能够较为生动客观地重现当时的历史情景，而且能反映出人们当时的一些心态。相对于传统史学囿于文献史料的考证和“据实而记”的死方法，口述史走向了社会，以进一步寻求活的资料，极力把思维的触角伸向历史的最深处，并与其他学科相联系，突破了单一的史学研究范式。在这一过程中，口述史学广泛地吸收和借鉴了其他学科的研究方法和理论。如口述史的采访过程，就综合利用了新闻、社会、心理、民俗学的知识与方法。[③]

关于口述史料的搜集和挖掘。口述史最显著的特征是叙述性。在口述调查过程中，

---

① 赵蕊：《论口述史纪录片构建的历史真实与政治诉求》，东北师范大学硕士论文，2014 年。

② 钟少华：《进取集——钟少华文存》，中国国际广播出版社，1998 年，第 414 页。

③ 陈旭清：《心灵的记忆：苦难与抗震——山西抗震口述史》，浙江大学硕士论文，2005 年。

口述资料的搜集是最能体现其叙述性质的环节。因为口述资料是以访谈双方的叙述为手段，建立在双方相互沟通的基础之上。口述史具有主动性较强的特征，这一特征贯穿于口述史料搜集的全过程。口述史的主要目的不是在于印证什么而是在于发现什么和找到什么。因此口述史操作者不能被动地局限于原有的文字史料和实物资料，而是应该积极主动地发掘标新立异的口述史料。口述史学具有客观性这一基本属性，这一属性从根本上说是基于所述事实的客观性，即体现于口述资料的真实性。实事求是地说，现代科学技术的迅猛发展在一定程度上为口述历史研究的客观性提供了技术保障。在口述史料的搜集过程中，口述史料搜集得越多，它的可信度和真实性就会越高、越强。我们要对同一事件的不同当事人进行验证，这样所得到的口述史料就会相对全面，就会具有较强的客观性。在口述史料搜集的过程中，口述操作是完成口述史研究最关键的一步。完善的操作应该做好口述调查工作的每一步，把握好每一个环节。

关于口述史料的整理。对第一手口述资料进行整理时，不能有任何主观删改，必须保持资料原貌，力争做到有音必录，哪怕是讲述者的话语转折停顿、问题思考的时间延续，也应如实记述，或者加以注释，“原汁原味”是对它最形象的说法。尤其在不经修饰的语言中，应该注意说出的句子在什么地方中断，什么地方表达得词不达意，什么时候吞吞吐吐、轻声细语，什么时候说话声音很大很快，是非常重要的。如果口述资料与文字资料不一致，一时难辨真伪，要使两种观点在资料中并存，以待进一步考证。保持口述资料的原始完整性，不仅是对口述者及其口述资料的尊重，也是对口述活动及感受这一历史活动的尊重；同时也给日后的资料使用者留出一个可供“继续被阐释”的开放空间。但在加工的过程中，可以对收集来的资料碎片，经过细心整理，发现它们之间的因果关系，做出自己的解释和判断。[①] 整理口述史资料，在实事求是、有音必录的原则下尽可能接近访谈实况，还原被访者的观点、原意，切忌为说明某种观点去找例证。将调查资料与文字资料、实物资料进行对照，综合加以甄别，会大大提高资料的可靠性和完整性。

关于口述史料的应用。口述历史不仅是“重现”历史的手段，同时也注重对历史意义的分析。尽可能真实地重现、复制、折射和印证历史，无限地去接近客观历史并给予恰当的解释，就成为口述史学家和其他历史学家不可推卸的责任。首先，口述史研究可以填补重大历史事件和普通生活经历中那些没有文字和其他记载的历史空白，弥补其不足，甚至可以改变人们对历史的认识。其次，口述史为历史学的发展开辟了新的探究领域，拓展了研究视野，进一步丰富了史学研究，为史学研究提供了一种全新的视角。最后口述史不仅是收集史料、研究历史的方法，也是一种新的历史教育手段。[②] 随着口述史研究的进一步展开，传统的史学研究被赋予了一个新的认识向度，开始关注普通民众的生活经历。

2. 抗震救灾精神研究

口述史料与抗震救灾精神。作为抗震救灾精神凝练和概括的基础，作为抗震救灾工

① 陈旭清：《心灵的记忆：苦难与抗争——山西抗战口述史》，浙江大学硕士论文，2005年。

② 陈旭清：《心灵的记忆：苦难与抗争——山西抗战口述史》，浙江大学硕士论文，2005年。

作的经验总结依据，作为抗震救灾精神研究阐释和宣传的直观材料，档案史料最具说服力，因此是极为重要的；而系统完整的口述史料不但具有说服力，也具有感召力，因此是极其重要的。纵观目前研究阐释和宣传的史料构成，其来源主要在四个方面：其一是案例采编或汇编而成的小集子，多用于课堂教学。其二是新闻报道，包括专题报道、特别报道、救灾和重建服务报道等，有着诸如照片、视频影像等直观材料，但是限时、限地、限事，价值中立也无法完全保证。其三是遗迹，诸如唐山地震遗址公园、北川、汶川、映秀的“5·12”地震遗址、地震遗址博物馆、地震纪念馆等，以精神教育为目的，对于学术研究和政策制定的功用不大。其四是标语和口号，这是“半个活档案”，产生于灾区实地，与现实的不同场景紧密相连，与彼时不同的精神需求契合，经由实践检验，对抗震救灾精神的提炼发挥了极为重要的作用，产生过极大的精神动力和力量支撑功能的话语。鼓舞灾区人民进行抗震救灾的标语和口号，如“灾情就是命令，时间就是生命”“众志成城抗震救灾重建家园”等；动员全国之力量共同抗震救灾的标语和口号，如“心系灾区，情牵灾民”“一方有难，八方支援”等；还有激发凝聚力和时代精神的标语和口号，如“地震无情党有情，灾害无情人有情”等。这些由抗震救灾实地和主体所打出的标语和提出的口号，存在于特定的历史场景当中，并成为抗震救灾的一个重要组成部分，从而也是抗震救灾精神的直观表现，成为抗震救灾精神凝练概括的一个现实来源。因此，还需要一个“全活的档案”，那就是抗震救灾精神口述史料，这对于当前的学术研究和顶层设计而言，是一个亟待“开采”的巨大“金矿”。虽然此前有相关的新闻采访和人物访谈，但是仅仅是这座“金矿”的琐碎的“外围”，还不足以真正发挥其所具有的价值，这便是进一步开拓和突破的空间。

抗震救灾工作与抗震救灾精神。关于中国共产党和中国人民抗震救灾思想、政策、机制、历史经验等的思考与总结。这类研究反映出夯实抗震救灾精神研究基础和深入思考的学术自觉。尤其是受到汶川大地震的“震动”，学术界在问题域的广度、时间的长度以及阐释的深度上，都大大地得到了拓展。早期的研究成果有孟昭华、彭传荣的《中国灾荒史（1949—1989）》（水利电力出版社 1989 年版）、李本公、姜力的《救灾救济》（中国社会出版社 1996 年版）、孙绍骋的《中国救灾制度研究》（商务印书馆 2004 年版）、康沛竹的《中国共产党执政以来防灾救灾的思想与实践》（北京大学出版社 2005 年版）等。具体分析，孟昭华和彭传荣的书是对 1949—1989 年的灾荒实况、灾荒成因、兴修水利等防灾建设、抗灾斗争进行的详细考察和分析，囿于时间限制而较少涉及改革开放以来防灾、抗灾及救灾的历史。李本公和姜力更侧重于社会救济工作的回顾和论述；康沛竹在其书中所运用的概念，应该可以界定为广义概念，是对中华人民共和国成立以来若干重大灾害及抗灾斗争、灾害发生的社会因素、灾害对社会发展的影响、中共三代领导人的防灾救灾思想及经验教训所做的详尽概括和论述，且更偏重于灾情和防灾救灾实践的概述，对防灾救灾思想的论述则显不足。孙绍骋的书与康沛竹的《中国共产党执政以来防灾救灾的思想与实践》风格截然不同，这很大程度上是缘于个人经历和背景的差异（孙绍骋曾担任中华人民共和国民政部救灾救济司司长一职，工作岗位的需要决定了孙绍骋在研究过程中更多地着眼于现实，但却在参考价值上形成了一种互补效应），其《中国救灾制度研究》对现行救灾制度的各个环节（救灾方针、救灾法律制度、

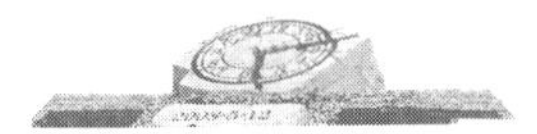

救灾主体、救灾信息流动、资金流动等）做了深入的分析和说明，并对当前救灾制度的完善提出了自己的建议，是当前关于救灾制度研究较为权威的一部著作。另外，邹铭主编的《减灾救灾》一书，分三个时段展现了60年来中国减灾救灾管理体制机制日益完善，应急保障体制不断健全的历史轨迹，专题论述了综合减灾的发展历程，较为完整地从宏观上论述了中国的救灾工作；邓国胜在《响应汶川：中国救灾机制分析》一书中，从管理学视角出发，以汶川地震时期的救灾机制为切入点，较为深入地探讨了中国救灾管理制度、民间组织和志愿者、救灾捐赠机制等方面的问题，揭示了中国捐赠机制的不足和法律法规的缺失。

改革开放以来的救灾减灾工作。有一个事实是，在中国，抗震救灾尤其是救灾长期以来都是由民政部这一国家机构来主导，对此学界中存在着这样的观点："民政工作不过是情况加政策，没有什么学问，没有什么理论可探讨。"① 但是到了20世纪90年代，随着国际减灾十年活动的展开，救灾减灾问题的重要性日益凸现，学术研究开始进入这一领域，研究性论文随之出现。综合十几年来社会各界关于改革开放以来救灾减灾工作的研究，可以按阶段性概括为七个问题：

问题一：关于救灾体制。改革开放以前新中国的救灾体制主要形成于新中国成立初期，它的主要特点是中央包揽救灾工作的一切。随着社会形势的变革，其救济水平低、救灾经费不足的弊端日益暴露。在此情况下，关于救灾体制改革的讨论和研究逐步展开。学者就此问题撰文，指出伴随着财政体制分级管理改革的进行，应尽快建立中央政府和地方政府共同负责、分级管理的救灾体制②，也有观点认为救灾工作建立分级管理体制有利也有弊，在一些贫困地区，由于自然灾害频繁，地方财政困难，分级管理很难落实，提出主张改革救灾工作应分类指导、因地制宜。③ 此外，有学者还对中国"举国救灾"体制的弊端进行了冷静分析：救灾指挥系统缺乏法治精神，似乎缺乏中央领导人现场指挥，救灾体系就无法自动运转；紧急救援通过行政命令来完成，与国际上立法设立中央紧急救灾体系，各职权机构依法救灾，各司其职的做法不同，容易产生腐败侵蚀救灾资金的现象。④ 有的学者则总结概括指出，我国当前抗灾救灾制度的弊端，一是政府包揽过多，社会化程度低；二是救灾款物管理制度存在缺陷；三是救灾保险事业发展不成熟；四是救灾法律制度建设不完善。这些问题，严重限制了我国救灾工作的开展，且一直都存在。⑤

问题二：关于救灾款的发放和使用。救灾款直接关系到受灾群众的切身利益，因此，关于救灾款管理、发放和使用的研究也引起了不少专家的重视。有研究认为为了更好地管理和使用救灾款，提高抗灾能力，应该增强专款意识，保证专款专用；救灾款的发放必须突出重点，不搞平均主义⑥；也有不少学者指出要保证救灾资金的有效使用，

---

① 孟昭华、王明寰：《中国民政史稿》，黑龙江人民出版社，1986年，第1页。

② 王治坤：《建立救灾工作新体制管见》，《中国减灾》，1994年第1期，第17页

③ 许建斌：《救灾工作分级管理的一点思考》，《中国民政》，1995年第8期，第21页。

④ 叶鹏飞：《举国体制发挥强大救灾效能，但也暴露各种体制弊端》，《联合早报》，2008年5月16日。

⑤ 湖永刚、张佳丹：《我国当代救灾制度综述》，《北京林业大学学报》，2006年第9期。

⑥ 姚军科：《加强救灾款管理和使用的几点建议》，《河北审计》，1995年第6期，第23页。

必须建立民主评议制度，建立公开公示机制和监督处罚机制[①]；还有学者对建立救灾扶贫周转金的做法和成效予以肯定，认为它贯彻了国家关于救济生活与扶持生产相结合、救灾款无偿使用与有偿使用相结合的方针和改革方向。[②]

问题三：关于救灾物资储备。20 世纪 90 年代，随着粮食购销体制的改革和粮价的全面放开，过去由民政和粮食部门共同负责、互相配合的救灾粮供应机制受到冲击，部分专家和学者开始关注救灾物资的储备问题，指出在粮价全面放开的形势下，灾后粮价一般较高，为了克服灾民无钱或缺钱购粮的困难，一方面群众应通过储粮互助会等形式进行民间储粮，另一方面民政部应考虑建立救灾粮食储备制度[③]；也有学者对中央级救灾物资仓库的布局提出了自己的看法，认为中央级救灾物资仓库多建在中东部，当西部发生自然灾害时，救灾物资需要长途运输，延缓了对灾民的物资救助时间，并进一步指出救灾物资的品种过于单一，影响了救援的效果。[④]

问题四：关于救灾社会化。有学者通过对民国与现今救灾体制的比较，认为当今救灾体制的改革整体较为缓慢，距离"社会化"应有的期望值还有很大差距，这一方面表现为救灾物资来源渠道单一，另一方面主要是未能为社会各界提供一个建言献策的交流平台[⑤]；还有学者通过实地工作，对社会化救灾的重要作用进行过总结，认为这主要体现为补充了国家救灾资金的不足，强化了全社会的防灾救灾意识，为开展扶持性救助蹚出了新路。[⑥]

问题五：关于救灾应急。有学者通过对中美灾害应急救援指挥体系的比较分析，提出中国在应急对策方面尚未形成一个全面系统的制度性框架，原有的应急对策实践主要还局限于针对战争及国内政治安全领域，在自然灾害尤其是突发性灾难的应对方面还存在一些问题[⑦]；还有学者结合 2008 年南方雪灾暴露的问题，提出在重视多维、相互作用的复杂危机的预防和处理的同时，要重视小概率但后果严重的突发事件的预警、预防和处理[⑧]；也有学者通过对国内、国际应急救援形势、体制、力量体系的研究分析，结合中国各类应急救援队伍现状，提出集中财力建设一支常态应急救援主体力量和若干专业力量，形成政府领导、统一指挥、反应快速、处置高效的应急救援格局，以满足应急管理工作的需要[⑨]；亦有学者通过对自然灾害应急管理的历史比较，认为现行灾害应急管理体系已有重大转型，如从强调减少经济损失转向以人为本、从强调事后救助转向全面救助、从依靠行政人员的个体经验转向系统的预案与应急行动等。[⑩]

---

① 向英、周杨：《救灾资金使用机制探讨》，《中国减灾》，2005 年第 7 期，第 41 页。

② 李本公：《救灾扶贫周转金工作经验及发展思路》，《中国民政》，1997 年第 7 期，第 12 页。

③ 王治坤：《建立救灾工作新体制管见》，《中国减灾》，1994 年第 1 期，第 18 页。

④ 高建国、贾燕：《国家救灾物资储备体系的历史和现状》，《国际地震动态》，2005 年第 4 期，第 5 页。

⑤ 孙语圣：《对民国与当前我国救灾体制的"社会化"思考》，《广西社会科学》，2007 年第 9 期，第 103 页。

⑥ 王文新、孙洪河：《社会化救灾工作应在实践中继续创新和发展》，《中国民政》，2007 年第 3 期，第 47 页。

⑦ 李吉伟、张志彪：《中美灾害应急救援指挥体系探析》，《武警学院学报》，2007 年第 6 期，第 14 页。

⑧ 代宝乾：《南方雪灾对城市应急能力建设的警示》，《科技智囊》，2008 年第 3 期，第 43 页。

⑨ 魏捍东、刘建国：《构建我国社会应急救援力量体系的思考》，《武警学院学报》，2008 年第 2 期，第 16 页。

⑩ 王振耀、田小红：《中国自然灾害应急救助管理的基本体系》，《经济社会体制比较》，2006 年第 5 期，第 32 页。

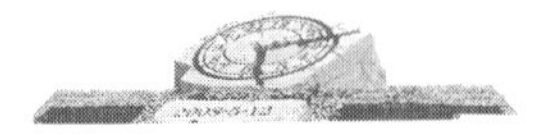

问题六：关于经常性社会捐助工作。学者指出在新的形势下要做好经常性社会捐助工作，必须解决好社会公众捐赠意识不强的问题和社会捐赠款物规范管理的问题。[①] 对此有观点认为，要解决当前经常性社会活动中存在的问题，首先必须增加政府统一管理和财政支持力度；其次要广开思路，探索经常性社会捐赠工作的新形式。[②]

问题七：关于国际援助。汶川大地震，是中华人民共和国成立以来继唐山地震后又一次大震级的地震，造成严重的人员伤亡和经济损失。但与此前不同的是，中国政府允许日本、韩国、俄罗斯及新加坡等邻近国家派遣救援队前往此次地震的灾区。由此开始，国际援助问题也引起了学术界的热烈讨论，各种观点纷纷登场，经梳理后主要观点大致可以分为两种：一种观点认为面对这么大的地震灾难，中国政府没有在第一时间允许外国专业救援队入境抢救被困人员，显然还是传统思维和保守习惯在起作用，而这次大地震发生后，政府允许日本等国家的救援队入境将开启一个好的先例，外国救援队参与突发灾难的救助，不会损害"党和政府救人民"的形象，也不会给国内救灾行动添乱；另一种观点则认为，中国是个大国，处境艰巨，外援队伍未必能帮得上忙，反而可能影响中国本身的救灾活动，因此中国"终究得靠自己努力"，外援只是辅助，受灾国自主性需获尊重。[③]

抗震救灾精神的体现和应用。统计表明，世界上约 35%的 7 级以上大陆地震发生在中国。20 世纪全球因地震死亡的 120 万人中，中国占 59 万。中国最早有记载的地震是中国尧舜时代（公元前 23 世纪）发生在山西蒲州（现称）的地震，因此抗震救灾精神在有地震发生之始就已经客观地存在于实践中，只是人们没有专门用"抗震救灾精神"这一概念加以概括和总结。唐山大地震后不久，关于此方面的探索和研究开始受到重视，相关文献著作陆续发表，如《唐山大地震震害》（刘恢先，1986）、《唐山地震》（陈非比等，1979）等。中央电视台推出的《唐山大地震亲历记》，曾经将抗震救灾诸多元素深深地镌刻于民众心中，其价值已在多方面得到彰显，可谓是一个成功的案例。而汶川大地震口述史料的挖掘和整理工作，尤其是这场大地震所带来的诸多重大新变化的支撑材料，仍然显得十分的薄弱，虽有王国平的《现在的我们——5·12 大地震都江堰幸存者口述》，但是做得十分不够。该书在社会上引起的巨大反响，证明了进行抗震救灾精神口述史料的挖掘、整理和研究具有重要的价值，是一项广受期待的艰苦工作。抗震救灾精神第一次被明确地提出是在中共中央 2008 年 6 月 30 日召开抗震救灾先进基层党组织和优秀共产党员代表座谈会上，时任总书记的胡锦涛同志强调："在同特大地震灾害的艰苦搏斗中，我们的民族和人民展示出了十分崇高的精神。这就是万众一心、众志成城，不畏艰险、百折不挠，以人为本、尊重科学的伟大抗震救灾精神。"[④] 国内关于抗震救灾精神的具有代表性的著作有《时代最强音：抗震救灾斗争铸就伟大抗震救灾

---

① 柯曾华：《经常性社会捐助工作要解决好五个问题》，《中国民政》，2005 年第 8 期，第 45 页。

② 徐富海：《经常性社会捐助工作呼唤新规则》，《中国减灾》，2004 年第 10 期，第 8 页。

③ 何惜薇：《外援只是辅助，受灾国自主性需获尊重》，《联合早报》，2008 年 5 月 18 日。

④ 《胡锦涛在抗震救灾先进基层党组织和优秀共产党员代表座谈会上的讲话》，人民网，http://politics.people.com.cn/GB/1024/7447548.html，2008－06－30。

精神》[①]、《弘扬革命精神系列丛书——抗震救灾精神》（黄宏，2008）、《壮兮中华大爱——汶川大地震抗震救灾真情凝望》（浙江省委宣传部，2008）等，这些著作对抗震救灾精神做了较多的研究和阐释。如在《时代最强音：抗震救灾斗争铸就伟大抗震救灾精神》一书中，作者描述了在面对突如其来的严重自然灾害时，党中央、国务院是如何坚强领导的，人民解放军、武警部队和全国人民是如何支援的，广大灾区人民是如何全力以赴抗震救灾的，从而铸就了伟大的抗震救灾精神。在《弘扬革命精神系列丛书——抗震救灾精神》一书中，作者深层次地诠释了"万众一心、众志成城，不畏艰险、百折不挠，以人为本、尊重科学"的内涵和外延，并对抗震救灾精神的时代内涵提出了新的观点。随着研究的逐步深入，理论界对抗震救灾精神的认识和理解也越来越透彻，这些著作给本书的研究奠定了坚实的理论基础，也提供了很多的参考资料。

关于抗震救灾精神的阐释与宣传。阐释与宣传是研究较为集中以及成果较为丰富的问题。学者公认在抗震救灾中形成的"自强不息、顽强拼搏，万众一心、同舟共济，自力更生、艰苦奋斗"的抗震救灾精神是一笔宝贵的财富，并赋予其以鲜明的时代性（王良青，2009）；指出了高校思想政治教育工作是弘扬抗震救灾精神的重要阵地（钟铧、孔燕，2010）；认为抗震救灾精神是我国人民对社会主义核心价值体系的实践解读，成为社会主义核心价值体系在我们这个时代的彰显，由此提出要紧紧抓住抗震救灾精神与社会主义核心价值体系外在价值与社会功效的趋同性，以弘扬抗震救灾精神为契机，具体从观念层面、制度层面、操作层面来寻找建设社会主义核心价值体系的新路径（刘娟，2012）；还有研究指出抗震救灾精神是在大地震中，被瞬时凝聚起来的一种力量，这一力量让大自然在疯狂的咆哮声中归于沉寂，让国人骄傲，让世界动容，其背后是支撑中华民族千百年来生生不息、百折不挠的精神，主张通过思想政治教育学、传播学、新闻学的综合应用，进一步丰富完善社会主义核心价值观的传播机制、途径、方式、渠道，为今后在灾难应对中有效开展核心价值观建设提供借鉴（盛利，2013）。

当前，有关抗震救灾精神、灾后思想重建、传播机制的探讨有了深入推进，但如何在弘扬抗震救灾精神中建设传播机制，通过有效载体使民众形成共识，并结合实践探讨的还不多。一是灾后思想重建研究。如在重建信息传播与舆论引导方面，提出要充分调动党员干部、志愿者、专家学者等传播者的积极性，发挥新媒介的优势，并采用参与式传播，完善信息传播机制；以卫星电视为主流渠道、面对面沟通为重要渠道、高压载波广播为传统渠道、网络及飞信为拓展渠道，畅通中央对地方、干部对群众、村对村民、乡镇对村民的舆论引导渠道[②]；从实现跨越式复兴、维护心理健康、提高防灾意识、保存地震遗址等方面借鉴、继承人类历史上特大自然灾害灾后思想重建的积极经验，可以促进汶川地震灾后重建的深入进行，构筑人们的精神家园。[③] 二是从新闻媒体角度探讨

① 本书编辑组：《时代最强音：抗震救灾斗争铸就伟大抗震救灾精神》，人民日报出版社，2008 年。

② 姚婷婷、戴钢书：《汶川地震灾后思想重建中的信息传播与舆论引导研究——基于"5・12"震后的灾区问卷调研》，《天府新论》，2010 年第 3 期。

③ 肖永梅、戴钢书：《人类历史上特大自然灾害灾后思想重建之经验借鉴》，《电子科技大学学报》，2009 年第 2 期。

核心价值观传播。如对媒体在价值观建设中的功能、存在问题以及对策进行探讨①，对电视社教节目的传播功能进行探讨②，对网络及新兴媒体传播特色的研究③等。三是从政治角度研究传播机制的构建。如通过分析中国共产党政治传播机制的发展过程和各构成部分的运行方式，展现中国共产党政治传播的实现形式和实现过程。④

（三）对国内外研究现状的分析评价

首先，经过上述国内外学术界对口述史料和抗震救灾问题以及当代抗震救灾精神问题研究的梳理，可以看出日本对于抗震救灾的具体工作研究较多；美国对于口述史的推广，尤其是将口述史理论和方法应用到灾难学较成熟。中国口述史起步虽然比较晚，但是经过不断地发展和应用，以及中国抗震救灾精神的提出和研究，使得本课题的研究有了理论和实践基础。但是现阶段的研究还没有从抗震救灾精神与口述史相结合的角度进行，抗震救灾精神口述史料挖掘、整理和应用的整个过程还有待完善。口述史料的采集挖掘过程，本就是一个极其重要的"自我教育"和"相互教育"过程。而全面、深入地阐释抗震救灾斗争展现出"以人为本、尊重科学"的精神内涵，这是口述史料的"前沿性"和"综合性"特点所能提供的独特优势。

其次，目前学术界关于抗震救灾工作的研究，呈现出的明显特点，是理论多而实践少，宏观多而微观少。抗震救灾工作的研究，是一项实践性极强的课题，不能局限于从宏观上分析中央的救灾思想、救灾方针、救灾体制、救灾物资储备、危机应急管理等问题，而是必须要对地方救灾的实践进行深入的微观研究。因为，中国地域广阔，各地自然状况、经济实力、领导观念等千差万别，抗震救灾工作也必须具有地方特色；并且，2006年国家开始实施救灾分级管理，相应地，地方政府在抗震救灾工作中必然会具有更大的灵活空间。这种形势下，加强救灾工作个案研究，从地方特点和地域特色，进行有针对性的微观研究和实践研究，就极为重要，然而目前这仍然是一个有待加强和弥补的环节。因此，从决策层面、教育层面等进行建设性意见和建议的探索与研究，就显得十分必要。而直面抗震救灾过程以及灾后重建进程中客观存在的问题，就此提出具建设性的决策意见和建议，便是本研究的独到价值和意义的现实体现。

最后，值得注意的是，早在1989年出版的《中国民政》中，就收集了一些对自然灾害的救助救济实录。同年成立的中国国家减灾中心，则在1991年创办了《中国减灾》杂志，其中收录了大量的中央领导人和与救灾工作相关的各部门领导人的讲话，同时也囊括了不少法律法规文件和专家学者的专题论文，这为研究改革开放以来的救灾减灾工作提供了第一手的资料。但是，这仍然不能适应形势发展的需要。有关新中国，尤其是改革开放以来中国救灾减灾历史的研究仍然比较薄弱，尚未形成本研究领域中的核心概念与研究范式，也没有出现一批著名专家，因此在中华人民共和国成立以来救灾减灾历史的研究上尚不能算独立和成熟，这便是理论滞后于形势和潮流发展以及与国家需要的

① 王传宝：《大众传媒对社会主义核心价值观的塑造》，《南京政治学院学报》，2008年第1期。

② 陈笑春、陈荣：《电视社教节目传播社会主义核心价值途径》，《当代传播》，2010年第3期。

③ 郑浩：《网络媒体对社会主义核心价值体系传播的影响及对策》，《求是》，2010年第2期。

④ 宋黎明：《中国共产党的政治传播机制研究》，中共中央党校博士论文，2007年。

客观表现，也严重落后于国外同类问题的学术研究、国家的顶层设计以及制度机制的建构。

二、抗震救灾精神口述史料研究的价值

口述史表达的是个人和社会对事件的表述，表述的是特定场景下的时空，表述的是亲身经历和肺腑心声，其史料本身终究是人类学者的宝，它拥有文字史不具有的价值。

（一）抗震救灾口述史料价值研究的依据

抗震救灾精神源于现实生活的积累和沉淀，源于中华民族和中国人民不折不挠和感天动地的奉献，对于这样一群可爱的人，历史会记住他们，历史会赞扬他们。随着时间的流逝和现实的转移，我们更应该铭记在心，因为，正如马克思1835年在《青年在选择职业时的考虑》中提及的："那些为共同目标劳动因而使自己变得更加高尚的人，历史承认他们是伟人；那些为最大多数人们带来幸福的人，经验赞扬他们为最幸福的人。"[①] 抗震救灾精神作为一种精神动力，激励并推动着中华民族和中国人民改造自然世界和人类社会的伟大实践。抗震救灾精神已经成为一笔宝贵的精神财富，并将不断转换为现实的物质的力量，马克思在《〈黑格尔法哲学批判〉导言》中就此说得很明白："理论一经掌握群众，就会变成物质的力量"，而"理论只要能说服人，就能掌握群众；而理论只要彻底，就能说服人。所谓彻底，就是抓住事物的本质"[②]。思想和精神，来源于现实实践，根本地还是来源于人，而人的根本就是人本身。抗震救灾精神，来源于人民的抗震救灾斗争实践，根本地来源于抗震救灾伟大斗争的亲历者。如何以感性的材料和生动的事实，丰富和充实抗震救灾精神的内涵，这是在抗震救灾斗争之后我们应该反思的问题，也是我们必须承担起来的学术责任。

由此，口述史研究方法的价值和意义，便凸显出来，而进行抗震救灾精神口述史料的挖掘、整理和应用，便成为贯穿始终并有效完成对这一问题进行系统阐述的重要课题。近年来，口述史越来越受到学术界重视，通过口述访谈采集到的材料，作为史料的一种，其不可或缺的重要性也逐渐呈现出来，并为越来越多的学者所接受。姚力将近年国内口述史著作分为五类：一是带有社会学、人类学倾向的口述史，如《走近鼓楼——侗族南部社区文化口述史》等。二是立足文学的口述史，如《太平湖的记忆——老舍之死》等。三是自传体口述史，如《黄药眠口述自传》等。四是政要人物口述史，如《吴德口述：十年风雨纪事》等。五是普通民众口述史，如《中国知青口述史》等。[③] 国内学者唐德刚为胡适、张学良、李宗仁等人物做的口述史，为学术界所重视，更进一步推动了口述史成为一种显性的研究方法。

口述史研究方法具有特殊而重要的价值，这种重要价值源于口述史的规范性质，

---

① 《马克思恩格斯全集》（第40卷），人民出版社，1982年，第7页。

② 《马克思恩格斯选集》（第1卷），人民出版社，1995年，第9页。

③ 姚力：《谈一谈眼下的口述史著作》，《北京日报》，2010年1月4日。

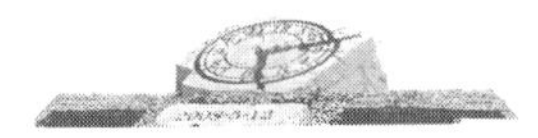

“它把历史学视为一门关于人、关于人类过去的科学，反对传统史学局限于政治史的狭隘性；它主张史学研究应包含人类过去的全部活动，主张对历史进行多层次、多方面的综合考察以从整体上去把握；在方法论上，它倡导多学科合作，即吸取其他相邻学科的理论和方法，而口述史恰恰在这些方面大有用武之地”①。在抗震救灾精神的研究中，运用口述史的研究方法，挖掘、整理和应用口述史料，首先在研究层面，具有史学意义上的基础的史料价值。同时，口述史料采集过程本身就是一个重要的教育环节，整理后的口述史料，则是推进治理体系和治理能力现代化过程中，提升顶层设计科学性与合理性的十分重要的治理价值。

（二）史学意义层面的史料价值

在《资本论》（第二版）“跋”中，马克思曾经这样表述过他的研究方法：“研究必须充分地占有材料，分析它的各种发展形式，探寻这些形式的内在联系。只有这项工作完成以后，现实的运动才能恰当地叙述出来。这点一旦做到，材料的生命一旦观念地反映出来，呈现在我们面前的就好像是一个先验的结构了。”② 作为抗震救灾精神的第一手史料（直接史料/原始材料）来源，抗震救灾精神口述史的“补史之缺，参史之错，详史之略，续史之无”的史料价值十分显著。口述史料最广为人知的价值，就是可以作为文献史料的补充。口述史凭借其“自下而上”的角度和“个体性”特征，以“新史学”的身份进入史学研究领域，冲击着传统史学研究范式和史料形式与来源的传统依赖。用口述史研究的方法聚焦抗震救灾精神，首先显现的，便是极其基础的、具有奠基性的研究史料价值。中央电视台推出的《唐山大地震亲历记》，曾经将抗震救灾诸多元素深深地镌刻于民众心中，其价值已在多方面得到彰显，可谓是一个成功的案例。而汶川大地震口述史料的挖掘和整理工作，尤其是这场大地震所带来的诸多重大新变化的支撑材料，仍然显得十分的薄弱，王国平的《现在的我们——“5·12”大地震都江堰幸存者口述》一书，在社会上引起的巨大反响，证明了进行抗震救灾精神口述史料的挖掘、整理和研究具有重要的价值，是一项广受期待的艰苦工作。

其一，挖掘和整理出来的口述史料，运用于抗震救灾精神的宣传和阐释之中，为抗震救灾精神提供鲜活资料和史实依据。抗震救灾精神的有效宣传和完整阐释，建立在研究之上，而抗震救灾精神研究是一种质的研究，并非是量的研究，因此在资料和史实依据的来源上，采取口述史的方式进行“深度访谈”和深入挖掘是十分合适的，“口述史料的最大特点是翔实、完整和生动，因而具有较强的资料互补性和灵活性。通过这些史料，历史学家们不仅能够‘看’到历史，而且能够‘听’到‘活生生的历史’”③。支撑抗震救灾精神的史料，来源于文字记录和视频档案的十分有限，同时其“片段式”和“碎片化”特征明显，这虽然不会影响人们对抗震救灾宏大场面的直观感受，但是对于追求理性认识和系统认知的研究而言，特别是对于作为精神进行事后思想宣传和规律阐

① 定宜庄：《口述史料的独特价值与史料的整理鉴别》，《光明日报》，2017 年 1 月 16 日。

② 《马克思恩格斯全集》（第 23 卷），人民出版社，1979 年，第 23 页。

③ 杨雁斌：《口述史学百年透视（上）》，《国外社会科学》，1998 年第 2 期。

释而言，现有的关于抗震救灾的文字和视频记录则难以满足要求，尤其缺少作为直接影响的亲历者，亦即缺少人的因素。口述史在弥补这个缺憾中，发挥着重要作用，正如赵乃林所指出的："文献史料和实物史料固然重要，但如果缺少口述史料，仍不能如实地反映历史，尤其是重大的历史事件。""由于政治的原因，以及战乱、自然灾害、社会变革，造成文献史料和实物史料的缺失和断档，但是这些历史断档时期仍然有亲临历史者存在，那么，这些人的口述史料无疑是最好的补充。另外，文献史料对一些重大历史事件和重要文件政策出台不可能详细记载，有些细节，不可能被相信。而一些当事人的口述史料则可以对这些历史事件、政策发生和出台的前前后后进行详细的阐述和描写，这使我们对文献史料能有更深的理解和认识。"[①] 英国著名口述史学家保尔·汤普逊在其著作《过去的声音——口述史》中指出，口述史给了我们一个机会，把历史恢复成普通人的历史，并使历史密切与现实相联系。口述史凭着人们记忆里丰富得惊人的经验，为我们提供了一个描述时代根本变革的工具。中国学者常建阁深刻评论道："文献资料不能再生，口述历史则有源头活水。一个是'读'历史，一个是'听'历史。读者与文献的关系，只能是读与被读的单向关系，文献不会说话，作何理解都是读者的事。口述资料不同，不光受访对象有声音，可以与同一对象反复对话，反复验证结论，不断地去伪存真，去芜存菁，其结果，可以使得研究结论越来越接近历史的真实。口述史的开展为历史研究特别是当代史的研究，开辟了可以自由驰骋的天地。史学工作者可以从与世隔绝的深院，走向鲜活生动的民间。"[②]

其二，以口述史学方式去挖掘和整理出的抗震救灾精神史料，既是一种史料抢救行为，同时也能够为深度拓展抗震救灾精神的研究进一步补充新的史料。20 世纪 80 年代，我国著名历史学家荣孟源曾把史料分为四大类：第一类为书报，包括历史记录、历史著作、文献汇编和史部以外的群籍；第二类为文件，包括政府文件、团体文件和私人文件；第三类为实物，包括生产工具、生活资料和历史事件的遗迹；第四类为口碑，包括回忆录、调查记录、群众传说和文艺作品。这种划分方法得到了较为广泛的认同，一般性地被认为是较为全面合理的传统史料分类法。在讲求史料依据的研究领域，尤其是历史研究当中，这四类是史学研究所最为倚重和公认的史料来源。梁启超就曾专章谈到史料之于史学的重要："史料为史之组织细胞，史料不具或不确，则无复史之可言。史料者何？过去人类思想行事所留之痕迹，有证据传留至今日者也。思想行事留痕者本已不多，所留之痕又未必皆有史料的价值。"而"时代愈远，则史料遗失愈多而可征信者愈少，此常识所同认也。虽然，不能谓近代便多史料，不能谓愈近代之史料即愈近真。例如，中日甲午战役，去今三十年也，然吾侪求一满意之史料，求诸记载而不可得，求诸耆献而不可得。作史者欲为一翔实透辟之叙述，如《通鉴》中赤壁、淝水两役之比，抑已非易易"[③]。然而为使历史的还原更为客观和完整，口述史料愈益得到重视，尤其是在现代史的研究中，借由对尚在人世的当事人访问口述而获得对历史更直接深入的了

① 赵乃林：《让口述史料留下鲜活的历史记忆》，《辽宁日报》，2008 年 6 月 27 日。

② 常建阁：《对口述史价值的思考》，《黑龙江史志》，2012 年第 11 期。

③ 梁启超：《中国历史研究法》，上海古籍出版社，1998 年，第 40～41 页。

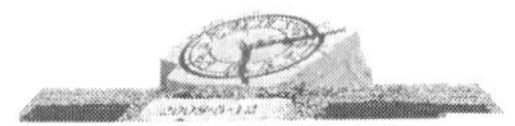

解的口述史学方式，更受研究者的青睐。有学者指出："在人类进入文明社会以后，在相当长的一个历史时期，口述史似乎只被当成是对正史的有限补充，无法撼动文献作为终极权威的存在。"① 但是正如有些学者所说的："在文字发明前，人类的历史大致是通过口述的方法传承下来的。"② 客观上看，文献资料有其优点，比如排除了心理因素，从时间上看，事件发生当时的文件和书信比后来记载下来的口述资料更可靠一些。但如果文献资料遭到有意无意地曲解，任何人都毫无办法，因为一些文献当事人已经死亡，而口述资料的当事人却是活的，历史学家可以根据当事人的立场对口述资料作必要的修正。因此，在一定条件下，口述资料反而比文献资料更加真实。"凡史迹之传于今者，大率皆经过若干年、若干人之口碑或笔述而识其概者也。各时代人心理不同，观察点亦随之而异，各种史迹每一度从某时代之人脑中滤过，则不知不觉间辄微变其质。如一长河之水，自发源以至入海，中间所经之地、所受之水含有种种杂异之矿质，则河水色味，随之而变。"③ 抗震救灾精神的史料，因抗震救灾的急迫性和事件发生的新近性，而无法完全依靠文献和视频影像作为完整和全面研究的第一手资料，以口述的方式进行史料的收集，是对宝贵史料的抢救，同时也是对研究、宣传和阐释抗震救灾精神史料的补充。从史学研究角度看，抗震救灾精神口述史料是与文献史料、实物史料并列的三大史料之一，由此，"从深层次的角度说，历史研究仅仅依靠文献史料和实物史料是远远不够的，还必须有充足的口述史料作为补充，两者必须结合起来，以达到印证和补充的双重目的"④。

其三，通过对抗震救灾精神口述史料的挖掘和整理，并应用于现实当中，能够体现出以严谨史料修正抗震救灾历史叙事和纠正现有研究偏差的价值。历史叙事和历史研究中，史料具有最为基础性的价值和意义，正如顾颉刚曾经提到的："凡是没有史料（文献史料）做基础的历史，当然只得收容许多传说。这种传说有真的，也有假的；会自由流行，也会自由改变。改变的缘故，有无意的，也有有意的。中国的历史，就结集于这样的交互错综的状态之中。你说它是假的吧，别人就会举出真的来塞住你的嘴。你说它是某种主义家的宣传吧，别人也会从这些话中找出不是宣传的证据。你说它都是真的吧，只要你有些理性，你就受不住良心上的责备。你要逐事逐物去分析它们的真或假吧，古代的史料传下来的太少了，不够做比较的工作。所以，这是研究历史者所不能不过又极不易过的一个难关。"⑤ 同样的，英国著名史学理论家阿瑟·马威尔在史料来源的层面上，指出"不以文字史料为依据的历史虽然也是历史，但不是严谨的和令人满意的历史"⑥。但是，文献史料的记录者同样也不可避免地受到个人主观、政治和文化等其他因素的影响，也很难做到严格意义上的客观。从这个角度来说，文字史料并不一定比口述史料更可靠。并且，口述史料还有一点十分重要，那就是，正是口述史的历史研

---

① 傅光明：《口述史：历史、价值与方法》，《甘肃社会科学》，2008 年第 1 期。

② 周新国：《中国口述史的理论与实践》，中国社会科学文献出版社，2005 年，第 100 页。

③ 梁启超：《中国历史研究法》，上海古籍出版社，1998 年，第 78 页。

④ 闻伍：《历史之音——口述史学的叙述性质片论》，《国外社会科学》，2003 年第 3 期。

⑤ 顾颉刚：《战国秦汉间人的造伪与辨伪》，《史学年报》，1935 年第 2 卷第 2 期。

⑥ 阿瑟·马威尔：《历史学的性质》，伦敦出版社，1981 年，第 141 页。

究，恢复了普通人在历史上的地位。传统史学之所以忽视普通人，其中一个重要原因就是资料不足，而口述史学在一定程度上弥补了这一缺陷。另外，口述资料的应用还使历史学家对历史的认识更加全面。过去的文献资料大都来自官方，是一种正统的解释和描述，而口述史学则揭示了草根阶层的看法，实现了自下而上地“讲述”历史，甚至“重塑”历史。在抗震救灾历史叙事和学术研究中，对于已有的历史面貌和现有认知，将会由深度挖掘和整理出来的口述史料予以丰富，深知会被重新建构。抗震救灾精神口述史料，经过整理和辨别后，能够提供严谨的史实，以“对照”并修正现有叙事中的偏差，正如英国学者托什所说，口述史的主要意义不在于它是什么真实的历史或作为社会团体政治意图的表达手段，而在于它证明了人们的历史意识是怎样形成的。人们的历史意识就像一个战场，在这里，互相竞争的思想体系和权威的正当与否可能受到考验。当然，“口述史不能满足于留存口述史料，而要借助口述史料，关注边缘群体和弱势群体，用更多的记忆和细节还原历史和表述历史，将个人生命史与社会历史、社会结构相结合，更新人们对历史的认知与表述方式”。诚然，这才是抗震救灾精神口述史料挖掘、整理和应用的真正价值所在。①

（二）口述实录过程的教育价值

口述史学还是一种动态的历史教育方法，其通俗、生动、形象和十分接地气的特点，在容易引起人们学习和了解历史兴趣的同时，也让人们能够因感同身受而在思想上产生强烈的共鸣。“口述历史依赖于访谈者与受访者之间的人际关系，它需要相互信任并渴望记录和保存过去的记忆。如果操作得当，访谈将很坦诚并富有启发意义。它们使更加正式的历史记录显得更富深度和历史感，有助于保存那些即将消逝的故事。”② 自然灾害的不幸降临，会给灾难亲历者造成巨大伤害，留下痛苦的记忆；抗震救灾的伟大斗争，会带给灾难亲历者以极大的鼓励，触动其情感的同时，激发其求生存求发展的意志。因此，发挥口述史料的“前沿性”和“综合性”特点和独特优势，能够全面、深入地阐释抗震救灾斗争展现出的“以人为本、尊重科学”的精神内涵。

抗震救灾斗争是伟大的，抗震救灾精神反映了伟大的抗震救灾斗争，伟大的抗震救灾斗争锤炼和升华了伟大的民族精神，伟大的民族精神激励着党和人民战胜一切艰难险阻，共创幸福美好明天和对实现中华民族伟大复兴“中国梦”的孜孜以求。同时，抗震救灾诚然是灾难史，但其内在地含有抗争史；抗震救灾也是创伤史，但其内在同样地含有动人的生命史。整个抗震救灾斗争所迸发和展现出的“以人为本、尊重科学”的核心精神，需要丰富的口述史料作支撑，来全面深入地进行阐释。抗震救灾精神口述史料的挖掘、整理和研究，其目的虽然在于应用和宣传，但是对口述史料进行挖掘和整理的过程，本身即可在相当的程度上承担起采访者和口述者的“自我教育”和“相互教育”使命，增强对自然灾害的敬畏，对生命的敬畏，对精神的敬畏，这是民族凝聚力的重要来源，是奋斗拼搏的精神动力源。所以，口述史料的采集挖掘过程，本就是一个极其重要

① 王宇英：《口述史：为何与何为》，《中国政法大学学报》，2011 年第 4 期。

② 唐纳德·里奇：《技术带来改变：口述史学的最新趋势》，《中国社会科学报》，2011 年 2 月 17 日。

的“自我教育”和“相互教育”过程。

其一，口述抗震救灾史过程中的自我教育作用意义重大，使口述主体同时也是灾难亲历者长期以来的情绪得以宣泄和排解。抗震救灾过程中关注人的生存、重视人的发展，对生命的关爱百折不挠，在世界救灾史上创造着一个又一个奇迹；对在灾难中遇难的同胞，全国各族人民以不同的方式在祖国的每一个角落表达着哀伤与痛楚，给逝去的生命以最高的尊重；灾民安置与灾后重建过程中全国人民更是心往一处想、劲往一处使，五湖四海的爱心使灾区人民能感受到祖国大家庭的温暖。抗震救灾过程所爆发出来的人文关怀精神，关注人的生存状态、维护人的尊严、促进人的全面发展，是现代社会进步与发展的重要特征。口述抗震救灾史，尤其是发扬在抗震救灾过程中“以人为本、众志成城”等人文精神，可以使我们对人的生存与发展过程中遇到的问题予以积极的关注、探索和解答，无疑对我们起到最好的自我教育作用。并且，灾难对我们而言不能完全依赖时间的流逝，而应该主动地进行情绪的排解，促进心理健康发展。灾难造成的不良心理反应，如悲痛、焦虑、不安、颓废等深深地影响着灾民及其亲属的生活。从个体家庭角度而言关系到他们能否真正走出灾难，从国家和社会而言，关注每一个社会群体心理健康发展是必需的责任和义务。而对于灾民生存与发展同样重要的心理健康，也应该引起社会的关注和重视。通过对抗震救灾口述史的挖掘和整理，我们能获得第一手关于震后灾民生存与发展心理健康的详尽资料，有助于我们积极主动地引导和帮助他们；更有甚者这种口述与倾诉的过程本身就是一次积极排解情绪的过程。正如海德格尔所说：“如果我能向死而生，承认并且直面死亡，我就能摆脱对死亡的焦虑和生活的琐碎。只有这样，我才能自由地做自己。”① 经历过生与死的劫难，真正能走出灾难，那一定是摆脱了内心对死亡的恐惧与煎熬。

其二，在口述抗震救灾史过程中，口述历史的主体和口述历史的采访记录者之间，是一种经由倾诉与倾听两个向度的交流，过程中双方相互得到一次宝贵的灾难教育机会。随着科学技术的进步与发展，人类在应对地震灾害的过程中充分发挥现有的一切手段，最大限度地将地震灾害带来的创伤减到最小。经验的总结、相互的教育与学习可以为社会和个人提供最科学的方法与广阔的思路。口述抗震救灾史，就是最好的防灾知识普及的素材，也能使读者成本最低地感受到抗震的演习。通过亲身经历者的讲述读者能体验到直观性经验知识，如救援信号的发出、搜索与救援、灾难中生活的管理、灾难中生存意志的保持和自我鼓励等，能起到很好的相互教育意义。我国是世界上自然灾害最为严重的国家之一，灾害种类繁多、分布地域广、发生的频率高，全社会增强防灾抗震意识，尤其有必要意义。抗震救灾口述史的挖掘和整理有助于唤起社会各界对防灾抗震的高度关注，有利于社会各界防灾抗震意识的增强。对国家社会而言，通过抗震口述史资料可以完善已有的应急预案和防灾抗震管理工作；对个人和家庭而言，可从真实史料中学会基本的防灾抗震基本技能并增强防灾抗震意识。

其三，抗震救灾精神口述实录的过程及挖掘整理出来的史料，能够以活生生的材料和生动具体的语言，使民族精神和时代精神在具体化演绎中得到彰显。一方面，口述实

---

① ［德］马丁·海德格尔：《存在与时间》，陈嘉映、王庆节译，生活·读书·新知三联书店，1987 年。

录使民族精神和爱国主义得到具象化展示。在抗震救灾过程中，成千上万的军人、青年志愿者、当地干部群众，不顾个人安危，不顾个人家庭的损失和不幸，热心投入到抗震救灾中，他们都以集体利益为重，充分体现了社会主义国家集体主义的价值观；在抗震救灾中，教育、医疗、警察、军队各条战线上涌现出了一大批先进模范人物，爆发出了无比强大的精神力量，那是自强不息、决不妥协的民族精神的象征。更有美国军事家评论说中国人民瞬间凝结成铁板一块，那就是中国人民爱自己国家、爱自己人民的爱国精神的最好诠释。另一方面，利用宝贵的经历和独特的方式，以抗震救灾精神为指引，将民族精神和时代精神内化于心。四川汶川特大地震是新中国成立以来破坏性最强、救灾难度最大、灾后重建任务最重的一次地震，是中华民族历史上的一次大灾难，也是和平年代中华民族精神的一次洗礼。抗震救灾口述史中，我们将“以人为本、珍爱生命”的人文关怀，“万众一心、众志成城”的团结精神，“守望相助、不怕牺牲”的奉献精神，“实事求是、尊重科学”的工作作风，“不畏艰险、百折不挠”的英雄气概，“自强自立、逆境奋起”的坚韧意志等民族精神和时代精神再次以特殊的经历和独特的方式展示得淋漓尽致，同时也丰富了这些精神的内涵，给国家新期待、给民族新精神、给公民新责任。

另外，抗震救灾精神口述实录过程，在涵育社会主义核心价值观中也具有自身独特的价值。社会主义核心价值观是社会主义核心价值体系的内核，体现社会主义核心价值体系的根本性质和基本特征，反映社会主义核心价值体系的丰富内涵和实践要求，是社会主义核心价值体系的高度凝练和集中表达。口述抗震救灾史，一方面对广大人民群众进行人文精神的洗礼和教育，使社会成员懂得如何处理人际关系，通过口述史简单、明了、真实的事例，人们能切实认识到：社会是由人组成的，社会和谐的本质是人的和谐，我们要建设的和谐社会更是团结友爱、安定有序的小康社会。另一方面抗震口述史使人们逐步跳出以实用主义、经验主义、功利主义来思考问题的旧思维圈子，有助于在全社会营造出团结友爱、守望相助的良好氛围，使团结、奉献、宽容的中华民族传统美德在现实社会的生态系统中枝繁叶茂。口述抗震救灾的胜利史，更是向世界展示中华民族的传统美德并不是像西方媒体抨击的那样在市场经济的浪潮中消失了，在新的时代条件下其巨大的内力正在充分地释放，并发出了耀眼的光芒。

（三）顶层设计当中的治理价值

抗震救灾精神在国家治理中具有重要意义，尤其在全面深化改革和实现中华民族伟大复兴的中国梦的时刻。抗震救灾精神既蕴含价值理性，引领国家和社会治理的一个方向，具有“道”的功能；同时含有工具理性，孕育着治理的具体方法，从而同样具有“术”的作用。而国家治理是个总体性概念，需要直面当代中国的现实世情、国情、社情和党情。国家治理体系与社会价值状态之间具有双重的关系：一方面是国家治理体系的构建必须尽可能符合当下的社会价值状况，具有尽可能多的客观性和科学性；另一方面是要通过正当和有效的国家治理来引领和规范社会价值状态，使之尽可能趋向于社会未来发展的价值理想健康状态，具有尽可能多的合理性、理想性。从宏观上看，“善治”应作为国家治理的根本目标，一方面要因应中国社会的现实来制定各方面都能适应的社

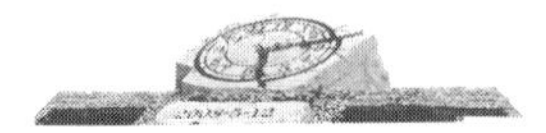

会总体治理体系，让各地域、各方面、各层次、各群体都能各居其位、各司其职、各尽所能、各得其所；另一方面要强化社会价值的合理性，引领社会向着更加健康的方向转型和发展。将抗震救灾精神的“道”和“术”辩证统一到国家和社会治理当中，进一步凸显出其重要价值，着力点在于制度的建立与完善，关键的核心，就是顶层设计的科学性、合法性与合理性得到切实提升。

顶层设计，是指运用系统论的方法，从全局的角度，对某项任务或者某个项目的各方面、各层次、各要素统筹规划，以集中有效资源，高效快捷地实现目标。顶层设计具有诸多特征，如顶层决定性，即指顶层设计是自高端向低端展开的设计方法，核心理念与目标都源自顶层，因此顶层决定底层，高端决定低端；整体关联性，即指顶层设计强调设计对象内部要素之间围绕核心理念和顶层目标所形成的关联、匹配与有机衔接；实际可操作性，即指设计的基本要求是表述简洁明确，设计成果具备实践可行性。全面深化改革和中国特色社会主义事业的顺利推进，都要求科学合理的顶层设计予以“保驾护航”，因此，各级各类领导人，需要具备能够战略性地指导社会主义实践，合理地制定发展的路线、方针、政策，进而能够积极地影响世界，为人类社会的发展指明方向的理论家素养。地震灾害给人民的生命和财产造成了巨大的伤害，在抗震救灾和灾后重建中，凸显出了中国特色社会主义制度的优越性，而中国共产党作为领导核心的领导力和执政水平尤为明显地得以展现，在夺取抗震救灾的胜利和顺利推进灾后重建工作中发挥了巨大的作用。

知往鉴今，以启未来。随着灾后重建进程和恢复效果逐渐地步入“正轨”，政府的救助力度也逐渐步入正常状态，一些受灾受救助个体心理上期望得过高，生理上依赖得过深，呈现出溢出正常值和理性度的状态，由此导致政府和个体两者间的认知差异，认同感直线下降，消息的不对称性和媒体的错误引导更是加剧了这一下降曲线。正如海德格尔在其名著《存在与时间》中分析和描述的，平均状态是常人的一种生存论性质，常人本质上就是为这种平均状态而存在。因此常人实际上保持在下列种种平均状态之中：本分之事的平均状态，人们认可之事和不认可之事的平均状态，人们允许他成功之事和不允许他成功之事的平均状态，等等。[①] 平均状态先行描绘出了什么是可能而且容许去冒险尝试的东西，他看守着任何挤上前来的例外。任何优越状态都被不声不响地压住，一切源始的东西都在一夜之间被磨平为早已众所周知之事，一切奋斗得来的东西都变成唾手可得之事，任何秘密都失去了他的力量。我们称之为对一切存在可能性的平整。在“输血式”到“造血式”的救助理念下，重建过程中的众多问题便直观地暴露出来，这其中既有主观上对理念的不当认知，也有客观存在的实际问题。因此，从决策层面来看，抗震救灾精神口述史料挖掘、整理和应用的研究，在顶层设计当中的治理价值，由此得到明确的彰显。

一方面，抗震救灾精神口述史料强有力地证明并彰显出中国特色社会主义制度的优越性。中国特色社会主义制度的优越性，其根本保证来源于中国共产党的核心领导地位和强大的领导力。抗震救灾和灾后重建，是对中国共产党中央和地方各级组织和领导者

① 海德格尔：《存在与时间》，陈嘉应、王庆杰译，生活·读书·新知三联书店，1987年，第148页。

的执政能力的一次重大考验。在地震灾区，各级党组织和广大党员视灾情如命令，视时间如生命，快速反应并及时投入到抗震救灾第一线；全国各地党组织和党员干部，积极投入到抗震救灾中，时刻表现出强大的组织协调能力、动员能力和战斗力。救灾的各类人员和物资，在分配上同样都表现出中国共产党和各级政府强大的组织协调能力。在整个抗震救灾和灾后恢复重建过程中，党中央、国务院到地方各级政府层层协调，有效保障了国家机制在灾难面前高速运转，全面展示出其指挥能力、决策能力、快速反应能力和协调合作能力等。抗震救灾工作再次证明，中国共产党是一个能够应对各种风险、驾驭各类复杂局面、具有强大生命力和战斗力的政党。不少海外媒体都关注到了这一点，并给予了高度的评价，如意大利《新闻报》驻京记者希仕发表的评论中说道："面对这场特大地震灾害，中国在几个小时内就紧急行动起来，在短短几天里就形成同死神赛跑的全民团结总动员，由此她也使整个世界和她站在一起。"[①] 美国《亚洲华尔街日报》2008 年 5 月 21 日也报道说中国安置灾民反应迅速，很有组织和秩序。[②] 通过抗震救灾这一窗口，中国向世界证明，我们有能力处理好自己的事情，包括政治的、经济的、社会的，还有对灾难危急事情的处理，而这一切成就，以无可辩驳的事实彰显着中国特色社会主义制度的巨大优越性。

另一方面，抗震救灾精神口述史料，是完善制度和提升顶层设计科学性合理化的重要依据。包括地震在内的自然灾害，具有偶发性，其发生和灾难后果都难以准确预料。因此，为了将灾难和损失减少到最小，不但需要有效应对灾难的长效机制和常备机制，而且需要对已有的制度和机制进行不断的优化和完善，使其更具科学性和合理性，在面对下一次自然灾害来临时能够第一时间甚至提前介入，将灾难性结果降到最低程度。挖掘和整理抗震救灾精神口述史料，将其应用于国家治理当中，能够为制度的完善和顶层设计科学性、合理性的提升提供依据。正如恩格斯曾经指出的那样，"没有哪一次巨大的历史灾难不是以历史的进步为补偿的"[③]。中国共产党十八届三中全会提出："全面深化改革的总目标是完善和发展中国特色社会主义制度，推进国家治理体系和治理能力现代化。"国家治理体系的优势在于调动集体力量与资源，发挥整体效能和作用，这在救灾等非常时期作用尤为明显。抗震救灾精神口述史料业已表明，汶川地震之后，中国政府投入了大量资金用以提高应急服务水平，又在玉树地震、芦山地震、雅安地震等多次考验中逐步积累经验。近年来，中国还派遣救援队伍赴巴基斯坦、菲律宾等国参与救灾。如果说每一次灾难都是一块人类行为和社会治理的试金石，那么中国救灾的速度和力量恰恰折射出国家和社会治理现代化的进步，得益于国家治理能力的提高和应急治理体系的成熟。同时，每一次成功的抗震救灾，又推动着政府的决策更趋向人性化，不断体现着"以人为本"的理念和全心全意为人民服务的宗旨。痛苦的经历和记忆，往往孕育着辉煌，人生的磨难是孕育着更坚强意志和更美好人生的"助产婆"。经历了痛苦的

---

① 《感受中国政府迅速有效地组织救灾》，光明日报网，http://www.gmw.cn content－783148.htm，2008－05－30。

② 《海外媒体续评中国救灾：一个"摧不垮的民族"》，新华网，http://news.xinhuanet.com newmedia content－8220617.htm，2008－05－21。

③ 《马克思恩格斯全集》(第 39 卷)，人民出版社，1976 年，第 49 页。

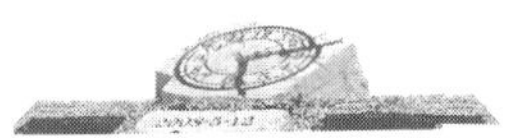

灾难之后，面对着突然出现的灾情，中国的民众已经显得更为从容、自信和理性：灾区群众能够第一时间携起手来，投身到抗震救灾的自救当中；灾区外的亿万民众，不再像最初的那样，出现仅凭“一腔热血”而盲目奔赴灾区的情况，而是“站在远处”，不但不给救灾添乱，而且积极捐款捐物，广集善言。同时，各类新媒体平台上的言论中，发泄私愤的少了，更多的人探讨地震中如何自救，如何对受灾群众进行心理疏导；谣言谎言少了，传递正能量的声音多了起来。这一切都预示着国家治理顶层设计和应对自然灾害时的决策具有了一个更为宽容的社会舆论环境，具有了提升科学性、合理性和人性化的基础。

地震不但具有偶发突然性，而且没有任何选择也无法躲避。2017 年 8 月 8 日 21 时 19 分 46 秒，四川省北部阿坝州美丽的九寨沟发生 7.0 级地震。这场灾难中，25 人死亡，525 人受伤，6 人失联，176492 人受灾，76 间房屋完全倒塌，73595 间房屋不同程度受损。① 此次地震的破坏，还导致九寨沟县、松潘县共 25 所学校受灾，造成学校危房 8 万余平方米，损坏运动场 5 万余平方米、围墙 8546 米、道路 1803 米、堡坎 2695 平方米，破坏教学仪器 988 套（台、件）、课桌凳 350 套、图书 200 册②。地震还造成四川绵阳市平武县 11 个乡镇不同程度受灾，经济损失逾 1.1446 亿元，其中道路交通经济损失约 3704 万元，房屋经济损失约 860 万元，农业经济损失约 2952.01 万元……③

这场突如其来的地震虽然对九寨沟自然景观和生态破坏较大，且震区属于高山峡谷区，增加了救援和人员转移安置难度，但是我们却看到，当地防震减灾能力近年来不断提升，特别是经汶川地震恢复重建后的新建建筑抗震设防水平较高，抗震性能总体较好，从而以最少的人员伤亡代价有效地经受住了此次地震的严峻考验。尤其是，地震无情人有情，从中央到地方的各级政府、广大的部队官兵、多个专业救援队伍第一时间进入灾区，展开卓有成效的救援工作。社会力量也开始捐款捐物，全力进入救灾的社会状态当中。这是中华民族和中国人民历经灾难后成熟和理性的体现，是历经灾难苦痛后反思的结果，是地震灾害和抗震救灾促进国家治理体系和治理能力现代化的体现，促进了市民社会的发育和社会治理的成熟。

---

① 《九寨沟地震致 25 人死亡 525 人受伤　人员搜救基本结束》，新浪网，http://news.sina.com.cn/o/2017-08-14/doc-ifyixipt1560783.shtml。

② 《九寨沟地震导致 25 所学校受灾　形成危房 8 万余平方米》，腾讯·大成网，http://cd.qq.com/a/20170811/006292.htm。

③ 《九寨沟地震已造成经济损失 1.1 亿》，搜狐网，http://www.sohu.com/a/164377577_114984。

第四章　研究设计及组织实施

研究设计是对课题研究活动开展的全过程的设计，是确保课题研究质量的关键环节，其核心是对研究内容、研究目标、研究思路、方法采用等要素的规定。组织实施则是根据研究设计，坚定研究目标，遵循研究思路，运用研究方法，对课题内容展开具体的研究。

一、问题研究的总体框架与研究目标

研究目标是课题研究要达到的目的，而目标的达成要依据内容逻辑的建构，因此研究目标内含于研究总体框架中，是研究总体框架的抽象。总体框架是内容逻辑的表达，是研究内容的高度凝练，彰显研究目标。

（一）问题研究的主要问题和内容

研究的主要问题。本课题以“抗震救灾精神口述史料挖掘、整理与应用”为研究对象，重点研究挖掘、整理与应用问题，包括“抗震救灾精神口述史料挖掘、整理与应用的基本问题研究”“抗震救灾精神口述史料的挖掘问题研究”“抗震救灾精神口述史料的整理问题研究”“抗震救灾精神口述史料的运用研究”“基于口述史料的抗震救灾精神的再研究”等问题。

研究的重点内容。在基本问题研究中，重点研究“抗震救灾”如何入史，抗震救灾精神形成、发展的历史进程及提炼、提出的问题，口述史史料在抗震救灾史挖掘、整理与运用方面的相关理论问题等。

研究框架的说明。问题研究采取“总—分—总”的框架。其中，第一个“总”是从整体上对“抗震救灾精神口述史料挖掘、整理与运用”进行相关理论阐释和建构，解决的是研究基础问题。中间的“分”是把整个问题细分为“挖掘、整理与应用”三个逻辑环节，这是研究的重点和核心，构成了问题的“研究过程”，为抗震救灾精神再提炼研究提供“史料基础”和“方法论原则”。第二个“总”是在已有口述史料挖掘整理研究的基础上对抗震救灾精神做进一步凝练，提炼出具有民族特色、地方特色和时代特色的抗震救灾精神内涵，即“理论应用”，构成了问题的“研究目标”。“三个研究环节”环环相扣，层层深入，从“理论阐释”到“理论应用”，构成了一个有机的逻辑整体。

子课题内容之间的逻辑如图 4-1 所示。

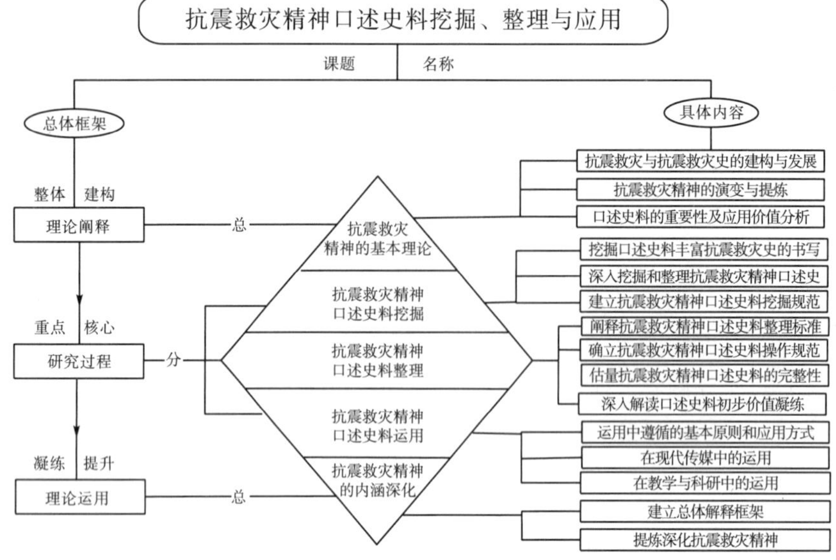

图 4－1　子课题内容之间的逻辑

（二）问题研究的预期目标

理论创新方面：一是基于“大历史观”和“长时段”视角考察抗震救灾精神的产生、发展与变迁，揭示我国重大灾害反应与救助机制的发展进程，从而加深对社会主义国家应对重大灾害机制与社会主义优越性的理解，为当今世界各国应对突发重大灾害、事故问题提供参考。二是着重对抗震救灾历史、抗震救灾精神与口述史料在抗震救灾史研究中的运用做出基础研究，提供应用性研究的理论基础，并提出相关的思路和对策建议。三是以“口述史”为研究视角切入，丰富深化抗震救灾精神的研究，为抗震救灾历史提供更为丰富的细节材料，进而从一个侧面展示中华民族实现中国梦的生动历史。四是在抗震救灾精神口述史料挖掘整理基础上，进一步提炼出富有地方特色、民族特色、时代特色的抗震救灾精神。诠释抗震救灾精神对社会主义核心价值观的鲜明宣示，以及对中华民族精神的诠释和升华，使党的执政理念、社会主义核心价值观、中国精神等具体化、实践化和形象化。

实践运用方面：一是通过对抗震救灾精神口述史料的挖掘、整理、校勘、考证，在其基础上，编纂抗震救灾精神口述资料集，建立便于利用的包括记录、录音、视频等第一手资料在内的抗震救灾精神研究资料库。二是撰写抗震救灾精神口述史料研究报告。三是抗震救灾精神口述史料进课堂、进教材、进网媒、进头脑。四是提炼并利用抗震救灾精神，加强高校思想政治教育，提升青少年感恩教育和德育的教学效果等。

服务决策方面：一是依托四川大学的学术力量，对抗震救灾资料进行深入整理，编纂抗震救灾精神口述资料集，并在此基础上利用专业技术支撑，通过认真研究，发表相关学术论文、研究报告、咨询报告、学术专著，建设最便于利用的抗震救灾精神研究史料集和资料库，为党和国家预防和治灾提供决策依据，同时，也为四川省政府在应对四川自然灾害方面提供经验借鉴，提高防灾减灾中的行动效率。二是运用历史分析和案例分析的方法，从宏大处立脚，从精微处着力，梳理抗震救灾过程中亲历者讲述的具体细节，展示抗震救灾过程中对国家、社会帮扶的具体感受，为党和政府引导灾区人民树立积极向上的健康心态和弘扬抗震救灾精神提供决策依据。

二、问题研究的总体思路与方法采用

研究总体思路是依据研究目标和研究内容而定，即是“应当从客观存在着的实际事物出发，从其中引出规律，作为我们行动的向导”[①]。研究总体思路的展开贯穿于方法的运用中，二者是互为表里的关系。

（一）问题研究的总体思路

围绕抗震救灾精神口述史料的挖掘、整理与应用这一逻辑线索，将本课题分为五个部分：首先，梳理抗震救灾精神的基本问题，明确抗震救灾精神口述史料研究的理论基点、背景、意义及价值，以此奠定本课题的研究基调。其次，以抗震救灾口述史料的挖掘为该课题实证研究的起点，在明确采访主题、制订采访计划等准备中进行实地采访、采集信息并将其归类。第三，在口述史料收集基础上，整理口述史料，实现对抗震救灾精神在口述史料中的初步凝练。第四，在口述史料挖掘与整理的基础上，重点实现对口述史料的运用。第五，挖掘、整理口述史料，并分析在口述史料应用中所存在的不足，回归本课题研究的最终目标，即在把握现实性的基础上提炼总结抗震救灾精神，引领人们对抗震救灾精神的认同与践行。

（二）问题研究的视角和路径

研究视角。问题研究采用口述史这一全新的视角，通过对抗震救灾口述史料的挖掘、整理与应用，完善抗震救灾史料，在全面占有史料的基础上，形成“全活的档案”，进一步深化抗震救灾精神的阐释和应用。

研究路径。整个研究始终聚焦抗震救灾精神，以抗震救灾精神口述史料的挖掘、整理与应用为研究展开的逻辑线索，选择研究路径。在框架层面，按照总—分—总的逻辑路线展开。首先是梳理抗震救灾精神的基本问题，主要包括抗震救灾精神的理论基点、背景、意义及价值等内容。其次是分项研究，包括挖掘与研究抗震救灾精神的口述史料、整理与研究抗震救灾精神的口述史料、应用研究抗震救灾精神的口述史料三个部分。最后是总的研究，旨在对抗震救灾精神进行深化与提炼。在调研层面，按照“总体＋挖掘＋整理＋应用”的思路配备研究小组，以“政府主导＋社会援助＋灾区自救”为调研对象，在“北川＋汶川＋绵竹”三个区域结合进行，采取层层剥解、层层递进的方式，结合框架和调研，形成三维研究态。

---

① 《毛泽东选集》（第3卷），人民出版社，1991年，第799页。

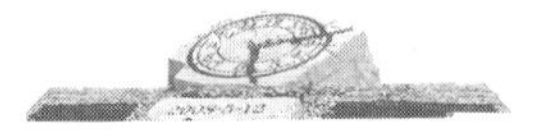

（三）问题研究的方法采用

采用的具体研究方法。一是口述史的方法。其指的是通过口述方式收集史料。就本课题而言，口述史是支撑本课题顺利完成的主要方法，它包含对调查访问方法、综合分析法、比较法、统计法等方法的运用，这些方法构成的口述史方法的系统性共同完成对抗震救灾口述史料的挖掘、整理与应用。二是跨学科的综合研究法。以口述史的视角研究抗震救灾精神，其本身就是一个综合性的问题，它关乎环境变化对居民心理的影响、居民对政策的态度与看法、居民灾后的实际生活状况等。这些综合性问题需要运用社会学、心理学、历史人类学、教育学等多门学科的理论知识与研究方法。因此，运用跨学科的综合研究方法是保证本课题顺利进行的基础。三是网上、网下互动法。在研究手段和资料获取方面，课题组尝试通过网络检索、文献查阅及实地调研等方法查阅相关资料、统计数据、图像等。在充分掌握现有研究成果和公开统计数据、图像资料的基础上，通过多种渠道寻求中央与四川地方政府相关部门提供的有关统计数据、研究报告等。课题组还尝试利用网上已有口述视频资料、纪录片，同时通过网络问卷方式，获得灾区网民对抗震救灾精神的看法；或通过网络访谈方式创新口述史资料搜集手段。

采用的研究手段和技术路线。问题研究采用总—分—总的研究线索展开，技术路线如图 4—2 所示。

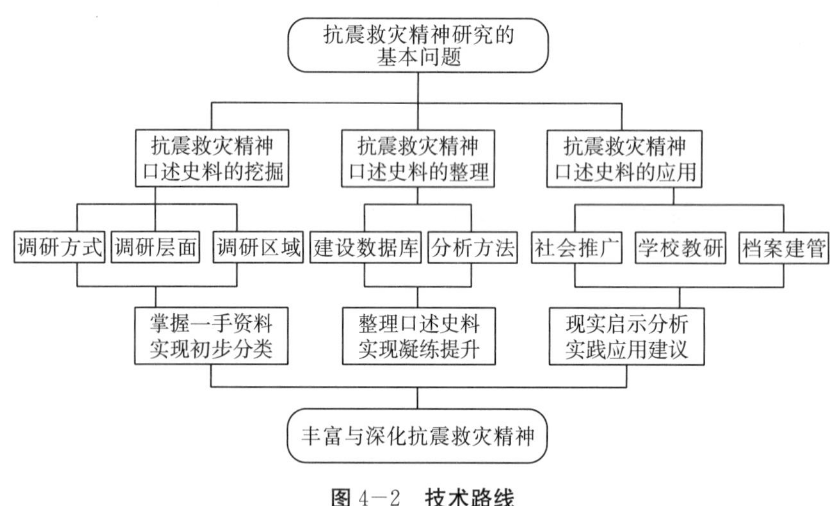

图 4—2　技术路线

三、问题的调查研究与结果分析

（一）调研对象

汶川地震的亲历者，除了当地的受灾者外，还包括前往灾区救援的政府人员、社会各界人员以及大量的解放军战士等。因此按照救援过程中的参与人员，将此次调研的受访对象主要分为政府人员、社会力量、受灾群众、受灾学生和解放军五类，人数各为 6

人、3 人、27 人、21 人、1 人。

受灾群众和受灾学生是汶川地震的最先亲历者，亲眼经历了受灾、救援、重建的地震过程，对他们的采访有利于抗震救灾精神史料收集的完整性、全面性。政府人员包括领导干部和下派人员，体现了党和政府紧密联系群众，始终站在广大人民立场上，牢牢坚守其性质不动摇。社会力量主要包括来自全国各地自发组织的志愿者团队、医疗救援小组、运送物资的车队等，体现了全国上下团结一心、共克难关的精神品质。解放军在整个救援以及灾后重建过程中都表现出坚韧的品质，始终坚持连续作战，争分夺秒地挽救生命，在整个抗震救灾过程中发挥了巨大的作用，再现了解放军的光辉形象。总之，五支队伍，在抗震救灾过程中相互协作、互帮互助，最终使抗震救灾得以顺利进行。收集这五支队伍的口述史料，充分考虑了救援队伍的完整性，可以很好地再现、提炼出伟大的抗震救灾精神。

（二）调研过程

抗震救灾精神口述史料从采集、整理到形成调研报告经历了前期准备、中期实施、后期整理、后续重点人物采访四个阶段，前三个阶段历时 6 个月时间（2016 年底—2017 年 6 月底），后续采访阶段持续到课题研究结束。

1. 前期准备阶段（2016 年底—2017 年 3 月中旬）

做好充分的准备工作是使调研顺利进行的前提条件，抗震救灾精神口述史料挖掘、整理和应用研究项目调研过程的前期准备阶段依次经过调研地点选定→调研资料收集→调研志愿者招募→调研志愿者培训→调研人员分组五个具体阶段。

阶段一：调研地点选定（2016 年底—2017 年 2 月初）。根据国家划定（来源：百度百科），2008 年汶川地震极重灾区为 10 个县（市），包括汶川县、北川县、绵竹市、什邡市、青川县、茂县、安县、都江堰市、平武县、彭州市；重灾区为 41 个县（市、区）；一般灾区为 186 个县（市、区）。依据选定调研地点的代表性和典型性原则，本项目拟定形成“三线多面”的调研区域，三线分别以汶川县为核心区展开，以北川、茂县为核心区展开，以绵竹、汉旺为核心区展开。多面包括都江堰市、汶川县、彭州市、德阳市、绵阳市等区域。以极重灾区和重灾区为调研地点，利于增强抗震救灾精神史料挖掘的针对性和标准性，为本项目研究提供真实、可靠的材料支撑。

阶段二：调研资料收集（2017 年 2 月初—3 月初）。调研资料收集主要为调研对象（包括受访者、受访单位）信息收集、抗震救灾精神相关文献资料的收集两大方面。调研对象分五类，分别为受灾群众、受灾学生、政府人员、社会力量和解放军；抗震救灾精神相关文献资料主要围绕抗震救灾精神“万众一心、众志成城，不畏艰险、百折不挠，以人为本、尊重科学”为核心进行。

阶段三：调研志愿者招募（2017 年 2 月中旬—3 月中旬）。本项目在前期准备阶段招募包括四川大学、四川师范大学、四川电影电视学院的文理本科生、硕士研究生共 23 名调研志愿者，为调研顺利、持续开展做好充分人员准备。23 名志愿者拥有不同学科基础和学历背景，学科上包括马克思主义理论、法学、新闻与传播学、历史学、电影电视学、物理学、高分子等不同专业，有助于在调研过程中跨学科、多视角进行抗震救

灾精神口述史料的搜集与整理，从而增强抗震救灾精神挖掘和运用研究的全面性。学历背景包括本科生和硕士研究生，不同学历调研志愿者有助于抗震救灾精神口述史料从感性与理性两大层面挖掘，增强本项目研究的层次性。

阶段四：调研志愿者培训（2017 年 3 月中旬）。2017 年 3 月 11—12 日，项目负责人邀请知名专家为 23 名志愿者及项目组成员进行为期两天的“抗震救灾精神口述史料挖掘、整理与运用”研究项目史料收集与整理的理论与方法培训课，为调研的顺利、持续开展做好充分的理论与方法准备，从而提高口述史料的准确性。

四川大学历史文化学院刘世龙教授首先从历史学的角度谈了口述访谈相关理论及方法的七方面——“芝诺的圆圈”“知论”“庄子与惠施”“5W+1H 法”“后话说前事”与“后来说前话”“占领总统府”“对应与错位：历史表述的名与实关系”；其次讲解口述实践的若干注意事项，包括工作纪律、前期准备、工作流程、校对归档、附录等方面。加拿大英属哥伦比亚大学（UBC）亚洲研究所彭文斌教授从“人类学的灾难研究与口述史方法论”讲述了抗震救灾精神口述史料挖掘与整理工作过程中注意事项的三方面：学术与口述的区别、人类学与口述史的区别、口述史所涉及的知识问题。

阶段五：调研人员分组（2017 年 3 月中旬）。拟定调研志愿者人员分为九组，每组在一名项目组老师的带领下在“三线多面”区域展开调研，对抗震救灾精神口述史料进行深入挖掘。

2. 中期实施阶段（2017 年 3 月中旬—4 月中旬）

在前期准备工作的基础上，中期主要运用访谈法进行，调研过程主要围绕调研对象和调研地点两方面进行，主要分为两个步骤。

步骤一：分类。首先把采访对象分为政府人员、社会力量、受灾群众、受灾学生、解放军五类，依据不同采访对象，设计不同的采访问题，拟定采访提纲五份，包括政府人员 6 个样本（职员 5 人、领导 1 人）、灾区群众 27 个样本（其中管理员 3 人、人民教师 9 人、个体户 1 人、普通居民 14 人）、受灾学生 21 个样本、社会力量（志愿者）3 个样本、解放军 1 个样本。① 其次把采访对象按年龄段分为 20～29 岁（22 人）、30～39 岁（7 人）、40～49 岁（19 人）、50～59 岁（5 人）、60～70 岁（5 人），共 58 人。最后把采访地点分为极重灾区、重灾区两个不同层次区域，每一小组对不同受灾区域进行调研采访。极重灾区内按“一线多点”划分采访地点，“一线”是以北川县、汶川县、都江堰市三点为核心构成的由北向南一线，“多点”是以“一线”为轴向四周扩散的茂县、绵竹市、彭州市等极重灾区。

极重灾区共 47 个样本，包括汶川县 11 个样本、彭州市 4 个样本、都江堰市 5 个样本、绵竹市 5 个样本、北川县 11 个样本、平武县 1 个样本、茂县 10 个样本。其中汶川县以映秀镇、水磨镇为核心区，绵竹市以汉旺为核心区，以及以北川、茂县为核心的各区。重灾区共 7 个样本，包括绵阳市 5 个样本、涪城区 1 个样本、江油市 1 个样本。一

---

① 人数构成说明：政府人员样本量偏少，原因是他们作为抗震救灾的主力，是抗震救灾精神的主要体现者之一，需要单列研究；同时，四川省委党校王春英教授自 2013 年来一直致力于政府部门人员的口述史料的收集工作，已有十分丰富的第一手材料。

般灾区共 4 个样本，包括金川县 1 个样本、马尔康县 1 个样本、郫县 1 个样本、成都市 1 个样本。

步骤二：选择重点，展开采访。根据不同采访对象拟定采访提纲。在前期准备的样本中，58 个样本得以成功采集。我们分析原因，有受访者因心理因素不愿意接受采访的主观因素，也有由于交通不便、工作时间等造成采访不便利的客观因素。这在一定程度上反映了以下两方面重要信息：一是尽管时间已经过去近 10 年之久，但地震的“遗留”在受难者生活中，以及心理上和精神上，甚至人生观价值观上仍有巨大影响，这从一个侧面反映了对抗震救灾精神挖掘、整理与运用研究的现实价值。二是抗震救灾精神挖掘、整理工作的艰巨性与复杂性，从而激励志愿者孜孜以求的精神。

基本判断：基于 58 个样本的分析已足以实现本项目调研目的。不同学科与学历的采访人、不同受灾程度的调研地点、不同职业和身份的调研对象“三维一体”的调研模式能充分实现对抗震救灾精神的挖掘、整理与应用研究。

3. 后期整理阶段（2017 年 4 月中旬—5 月底）

通过为期一个月的调研采访，本项目圆满完成了抗震救灾口述史料的挖掘工作，获得包括政府人员、社会力量、受灾群众三类调研对象共采访 58 人，形成 58 份录音资料。对录音资料的整理主要分为三个环节：

环节一：录音资料的文字转换。将每个受访者的口述记录原始资料、现场影音资料和受访者捐赠资料以及经受访者的确认形成文字资料等，进行初步分析和整理。

环节二：录音文字的校勘归类。用“分类与考据”的方法对挖掘获取的抗震救灾精神口述史料进行整理，对口述史料的完整性和准确性进行比勘校对。在此基础上，对所收集的资料进行专业的初步归类，形成口述史料资料库，初步形成抗震救灾精神史料采集库。

环节三：口述史料的分析整理。在对口述史料的分析整理过程中，运用“归纳和演绎”的方法，从抗震救灾精神各层面对抗震救灾精神口述史料进行归纳总结，从抗震救灾精神口述史料中凝练出以集体主义为核心的民族精神的凝聚力、以爱国主义为核心的民族精神的战斗力、以改革创新为核心的时代精神的创造力。

4. 后续采访阶段（2017 年 6 月初—2017 年底课题研究结题）

后续采访主要是针对重点人物进行的，包括四川大学校长谢和平院士、东方汽轮机有限公司（以下简称东汽）党委办彭嘉书记、东方电气集团有限公司（以下简称东气）党校何显富副校长（“5·12”地震时任东汽党委书记）、四川省委党校王春英教授。

2017 年 4 月 28 日对四川大学校长谢和平院士进行了采访。抗震救灾精神口述史料研究课题组组长刘吕红和成员吴国富完成此次采访，包括问题设计、人员联系和稿子的整理。采访的方式是课题组设计提问，谢校长笔答，经过四川大学校办整理，形成了 6000 多字的采访稿。

2017 年 8 月 3 日上午对东汽党委办彭嘉书记等人进行采访。抗震救灾精神口述史料研究课题组组长刘吕红，以及成员阙敏、郭绍均、丁婧等共同完成访谈。本次采访的地点是东汽党委工作部办公室，参与的人员有东汽党委工作部党支部书记彭嘉、东汽党委工作部企业文化室主任刘岗、东汽党委工作部宣传干事周亚飞等。本次访谈及相关调研主要针对三个方面的问题。第一，“东汽精神与抗震救灾精神之间的关系”“东汽精神在东汽抗震救灾和恢复重建过程中的作用”；第二，“东汽精神在促进东汽转型过程中的作用”“东汽精神促进东汽转型的实例”；第三，“东汽在转型过程中弘扬东汽精神的思路和措施”。通过本次连续三个小时的访谈以及大量细致的相关调研，不仅进一步加深了对东汽精神在东汽恢复重建和转型升级中所发挥的重要作用的发掘，也进一步促进了对东汽精神运用于东汽转型的主要经验的整理，而且还进一步厘清了对国企转型过程中科学利用企业精神的思路与对策的探究。

2017 年 8 月 21 日上午 11 点，抗震救灾精神口述史料研究课题组组长刘吕红和成员阙敏、余红军在光华大道四威南路宽庭公园采访了四川省委党校 5·12 研究中心王春英教授。本次采访的主要目的是收集汶川大地震中党员干部的典型事迹，为深入研究抗震救灾精神提供丰富的资料、有益的借鉴和启示。王教授多次深入汶川、北川，采访了 475 个经历汶川大地震的党员干部，收集了大量的一手资料。因采访时间有限，王教授选取了 5 位典型人物，声情并茂地转述了他们震撼心灵、感人肺腑的故事，全景再现了伟大的抗震救灾精神，深刻表现了党员干部在大灾大难面前勇于担当、甘于奉献的崇高品质，彰显了党性的光辉、人性的光芒。

2017 年 9 月 7 日晚上，抗震救灾精神口述史料研究课题组组长刘吕红、工作人员丁婧在东气党校副校长办公室对何显富副校长进行了近 2 个小时的访谈。访谈围绕抗震救灾精神纪念展开，聚焦在汶川地震十周年纪念的问题上，中心是回答为什么纪念、纪念什么、怎么纪念三个问题。因为灾难有一种价值而纪念，这种价值就是灾难中迸发出来的精神；纪念是让逝者安息，让伤者（痛者）安宁，让社会安全。

（三）调研成果统计分析

1. 总括

此次调研分析只包括中期实施和后期整理的 58 个样本，后续重点人物采访不在此列分析中。58 个样本包括来自四川汶川县、彭州市、都江堰市、绵竹市、绵阳市、北川县、茂县等地的口述史史料样本，共计 100 万字。

按照采访对象群体（政府人员、社会力量、受灾群众、受灾学生、解放军），取得的样本包括政府人员 6 个样本（职员 5 人、领导 1 人）、灾区群众 27 个样本（其中管理员 3 人、人民教师 9 人、个体户 1 人、普通居民 14 人）、受灾学生 21 个样本、社会力量（志愿者）3 个样本、解放军 1 个样本。其年龄段分别为 20～29 岁（22 人）、30～39 岁（7 人）、40～49 岁（19 人）、50～59 岁（5 人）、60～70 岁（5 人），共 58 人。

按照受灾地区轻重的程度划分，采集到极重灾区共 47 个样本，重灾区共 7 个样本，一般灾区共 4 个样本，共采集录音音频资料 58 份、照片若干。

2. 分项

按地区受灾程度分类。由于汶川地震的地震级数较大、震感很强，因此波及的范围较广。为了更好地了解各受灾区的受灾情况、救援情况，我们将此次各小组采访的受灾区再次按国家划分标准分为极重灾区、重灾区、一般灾区三个不同层次区域，每一小组对不同受灾区域进行调研采访。

其中极重灾区共有47个样本，包括汶川县11个样本、彭州市4个样本、都江堰市5个样本、绵竹市5个样本、北川县11个样本、平武县1个样本、茂县10个样本（图4—3）。其中汶川县以映秀镇、水磨镇为核心区，绵竹市以汉旺为核心区，以及北川、茂县为核心的各区。

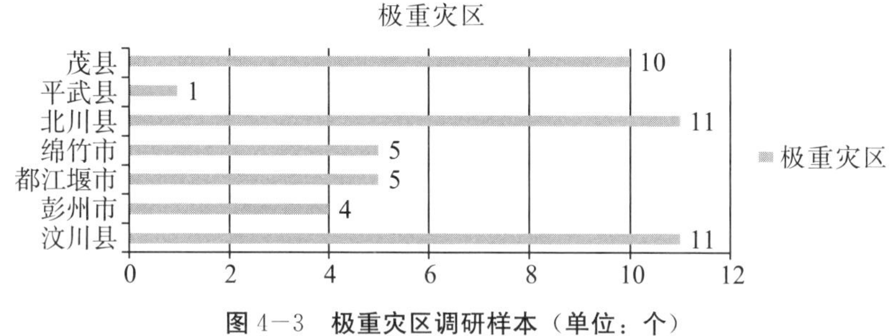

图4—3 极重灾区调研样本（单位：个）

重灾区共有7个样本，包括绵阳市5个样本、涪城区1个样本、江油市1个样本（图4—4）。

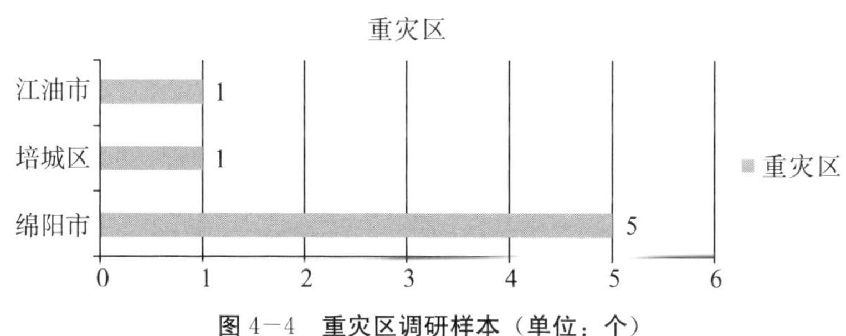

图4—4 重灾区调研样本（单位：个）

一般灾区共有4个样本，包括金川县1个样本、马尔康县1个样本、郫县1个样本、成都市1个样本（图4—5）。

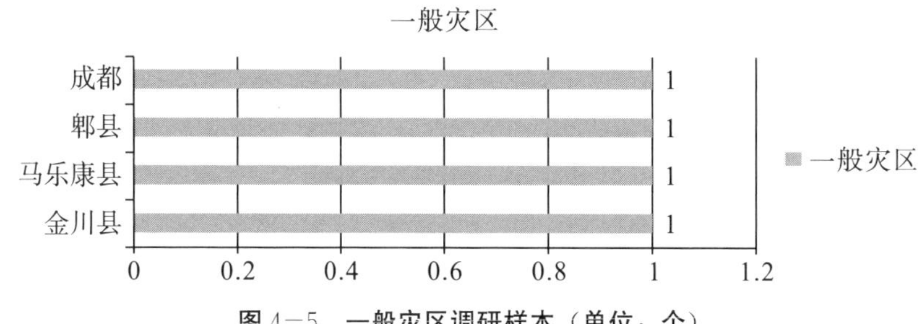

图4—5 一般灾区调研样本（单位：个）

通过样本分类可知，当时汶川地震使整个四川省遭受的破坏影响深重，波及受灾区很广，整个四川省都处在地震的威胁中，急需各界的帮助、支持。

按年龄划分。按年龄将58个样本分为5个年龄层阶段，见图4—6，分别为20～29岁、30～39岁、40～49岁、50～59岁、60～70岁，各年龄层人数分别为22人、7人、

19 人、5 人、5 人。从图中可以看出受访对象大部分为青年、中年，参与援建等人员也基本上为青年、中年，表明在汶川地震中的救援包括自救、他救等主力为青年、中年。这也符合他们的身体特征，同时也体现了他们对社会的责任。按年龄层划分便于分层次分析他们各自在地震中所扮演的角色、所起到的作用，从而可以分析出各年龄层在抗震救灾中体现出的抗震救灾精神，特别是其年龄层所突出的抗震救灾精神。

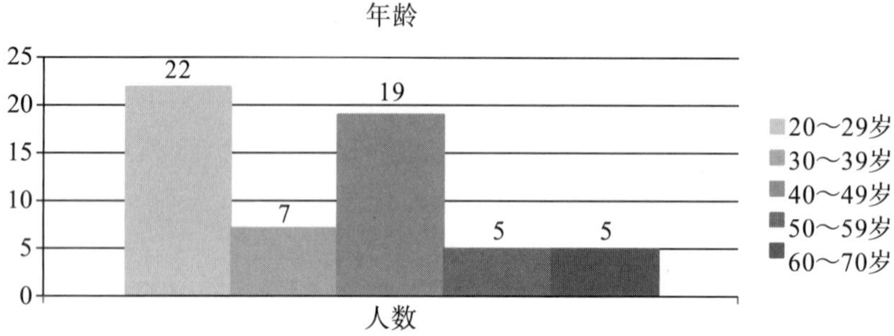

图 4-6　不同年龄阶段调研样本（单位：人）

按职业分类。按职业将 58 个样本分为 5 类，见图 4-7，分别为受灾群众、受灾学生、政府人员、社会力量以及解放军，人数各为 27 人、21 人、6 人、3 人、1 人。通过大量的受灾区人员充分还原地震时的场景，保障史料收集的完整性；由于受灾人员对当时情形的记忆一般都较为深刻，也可以通过当地人员的见证了解“八方”对他们支援的场景、以此来体现抗震救灾精神。同时通过另外 10 个样本包括政府人员、社会力量、解放军分析不同职业层的人在当时地震中做出的贡献，结合受灾地区的群众、学生所做出的表现，提炼抗震救灾精神。

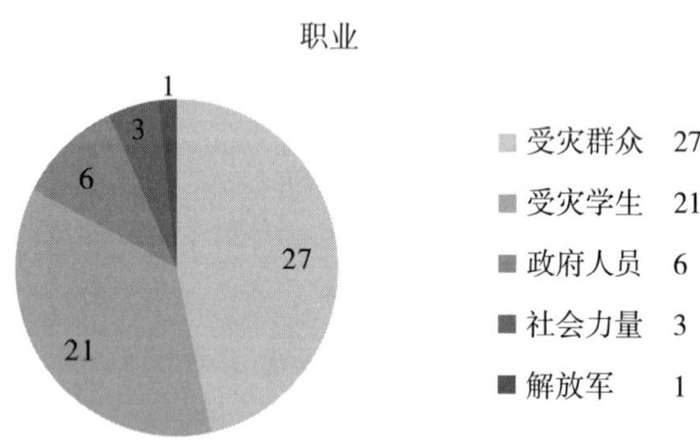

图 4-7　不同职业调研样本（单位：人）

第 | 三 | 编

第五章　灾区政府、广大群众、社会组织的应对

大灾大难面前，无论是政府还是社会，无论是党员还是群众，都万众一心，众志成城。广大党员用实际行动践行着全心全意为人民服务的党的宗旨，成为灾区自我救助的先锋模范，其中党员干部走在前面，在第一时间里组织抗震救灾。灾区的广大群众、灾区的企业和各类组织，面对灾害，义无反顾，彰显了自救和救助的最好的责任担当。

一、党员是灾区自我救助的先锋模范

汶川大地震中，各行各业的党员都走在抗震救灾的前列，他们或许自身就是需要帮助的女性，或者是早已退休的干部，但在大灾大难面前，他们始终不因自己的性别而争取特殊的照顾，也不因退休就袖手旁观，在人民需要党的关键时刻，他们挺身而出，与人民一道众志成城，不畏艰险，百折不挠，始终将人民的利益放在首位，在实践中发扬了党员的先锋模范带头作用。正因如此，地震十年后的今天，人们仍从心底称赞在关键时刻全心全意为人民服务的好党员。

采访中的孙女士是东汽的职工，也是那场灾难的亲身经历者，在地震中，她被掩埋于塌陷物中，东汽同事对她的关心与鼓励，东汽领导组织的救援让她脱离险境，在地震中获得了生存。孙女士脱离险境后立即加入了救援组织，在同事们因她是女性要对她进行照顾时，她说："我是女性，但更是党员，我是被他人救出，我应该加入抗震救灾队伍中去。"① 在汶川地震的抢救中，她全程参与了公司所组织的救助，如她所说，面临特大地震的特大伤害，完全没有计较，只想自己能出一分力量。"因为我是被别人救出来，真的，就那种心呐，就是融入在一起的，没有像平时，我说句直话啊，平时的话真的很淡漠，其他地方受灾了，那么我呢就随大家，你捐多少我就捐多少，就是，就是，嗯，就是履行一下……（刘：义务）对，那个时候真是发自内心的，那么我就跟他说，我说我就是从桌子底下被救出来的，但是另外我也是一名党员，那个时候真的没有像平时，像人家说的那种情况，完了我就，我就，后来他也同意了，我就上车，那辆车上只有两名女同志，一名女同志是，就是说她老公在汉旺，还没有回来的，因为到焊培站我比较熟悉地形吧，还有一个的话，就是我也很想到那去，就是做我的事情，这样子，这

---

① 刘吕红、胡群钗、丁郁对孙晶的访谈。访谈时间：2017 年 3 月 19 日。访谈地点：德阳市迪欧咖啡厅 A01。孙晶，女，现年 47 岁，1970 年出生于四川省绵竹市汉旺镇，现居住在德阳市庐山路，2008 年 5 月 12 日汶川地震前居住在汉旺镇东汽家属区 502 栋，地震前曾在东汽制造技术处焊接培训站工作。

样子的话，我就跟着车去了，去了以后呢，到了那因为天还没有亮，领导呢就是说，余震还不断，我们先在车上休息，也不要慌，说天亮了的时候，我们再开始施救，就怕万一有个二次，二次危险哈（刘：对对）。①

党员没有性别，党员也没有退休，只因人民需要。在抗震救灾过程中，退休的党员干部依旧活跃在抗震救灾的现场。他们发挥党员的引领作用，积极带领人民群众在短时间实现最基本的安顿。杨小勇在接受采访中回忆说父亲就是党员，也是退休的干部，因为有经历地震的经验，他便主动与村干部一道帮助村民搭建帐篷、查看灾情，确保村民的平安。对于组织抗震救灾，“当时就是还是那种政府组织当地的村长啊村民啊啥子的，因为我爸是党员嘛”，他“是以前的村干部，老村干部，但是现在退了那种……就是我说他之前经历过（地震）撒，以前他是村干部，所以说他就晓得。然后他就和那些村长些一起，挨家挨户地去看家里面受灾情况，如果是家里面房子比较危险的话，就是叫他们千万不能在家里面住。就是当他们有些帐篷没搭好的，或者是怎样子的就帮他们嘛，就是主要是让他们不要在家里面住。额，还有个就是帮他们稍微搭好一点点帐篷，不要让他们淋雨之类的，因为当时再其他好的条件也顾不上了，主要是能在外不要在家里面住，不要（在）太危险的地方。（回忆）然后有些、有些在外面住但是有可能上面会滑泥石流啊之类的，因为当时天天下雨嘛，每天晚上都在下雨，就会有泥石流之类的，就是看他们搭的地方会不会发生泥石流、会不会发生坍塌之类的，就是主要是保证这两点。因为当时我们那儿还好，就是当时还有吃的东西，还有嘛，就是喝的东西也还有，物资不是很紧缺，主要是看有没有塌方啊，泥石流之类的”②。

二、灾区干部在第一时间组织抗震救灾

在2008年汶川特大地震中，性命尚在的政府干部第一时间重组了抗震救灾的干部队伍，他们深入抗震救灾的现场，为抢救人民的生命财产发挥了巨大作用。在对杨靖懿的采访中，她说父母都在单位上班，他们第一时间参与到抢险队伍中。对于干部来说，尽管也受灾，但是自己的问题自己解决，主要力量都集中于解决人民的困难。对于政府人员来说，“基本上就是他们还是参与到抢险里头去的，就基本上就……那个自己的话就自己管自己，就没有……没有享受那种就是说……嗯老百姓那种就是说要管安置啥子，就是喊他们参与到就是说抗震救灾中就……自己的房子些自己解决好，在第一时间就投入工作”③。

灾区政府在组织抗震救灾中，确认人员是他们的首要工作，以便在第一时间救助在

① 刘吕红、胡群钗、丁郁对孙晶的访谈。访谈时间：2017年3月19日。访谈地点：德阳市迪欧咖啡厅A01。孙晶，女，现年47岁，1970年出生于四川省绵竹市汉旺镇，现居住在德阳市庐山路，2008年5月12日汶川地震前居住在汉旺镇东汽家属区502栋，地震前曾在东汽制造技术处焊接培训站工作。

② 姜力月对杨小勇的访谈记录。访谈时间：2017年3月17日。访谈地点：四川大学江安校区文科楼二区514室。杨小勇，四川大学法学院一年级研究生。

③ 姜力月对杨靖懿的访谈。访谈时间：2017年3月20日。访谈地点：四川省都江堰都市美好花园。杨靖懿，四川省汶川县交通局职员。

灾害中需要帮助的民众；搭建帐篷是灾区政府的重要工作，这关乎受灾民众是否能被安顿，也避免了民众遭受余震的侵害；组织当地的医疗队伍赶赴现场治疗在地震中受伤的民众，是灾区政府在抗震救灾过程中不可或缺的工作。正是灾区干部领导民众，团结各方力量，才在第一时间将人民的生命财产尽可能地降到最低。在灾害救助过程中，政府人员与人民群众吃住在一起，在更大的单位组织中实现资源的再整合。在如此急迫的环境中灾区政府人员做到了资源整合的最优化，提高了人民群众在特殊情况下的满意程度。“那个时候的安排算是可以了”，政府人员的组织包括，“有的像比如说住附近的哈，有的就是，家，屋头啊，有的还有的就受伤了撒，就组织人去帮到找回来，没打到的嘛，去帮到弄回来撒”。对于受伤的人员，灾区政府人员组织当地的医生、卫生院对其进行救助。“村上的小医院还是可以来帮忙的”，“医生，当地的那些医生基本上都在”，“卫生院的，基本上都在，像外面的呀，外面比我们这要严重些嘛，基本上在那些严重的灾区地方比较多”，当时救助费用也是全免费，“是免费的，当时是免费的”①。

“他（奥书记）那个组织人转移嘛，组织人转移的时候然后就一个老书记，就是一个老书记也死了，他是组织那个，组织那个村民去转移，然后被山上落下来的石头砸死了。”② 正是有灾区政府的团结一致、一心为民的态度和他们的组织能力，人民群众才在第一时间有了主心骨，得到照顾，由此，十年之际，老百姓依旧对当时的政府赞叹有加。郭大爷在回忆中说，领导们都很团结，都很能干，“有学校的，有这儿领导嘛。政府的啊，街道的啊，村上的啊这些，这些干部领导些，就这样子整，大家还是团结，啊领导些还是能干。最后嘛，你说这些，我看 2008 年过后，2009 年才开始动工喊来修……哦，2009 年过后嘛，政府就喊建起了，慢慢儿就建起了”③。

灾害的发生让人始料未及，在地震发生后，不同群体的临场反应与组织为争取生命多了一份基础；灾害发生后的第一时间，不同群体的及时救助为避免第二次伤害发挥了积极作用；在外界救助到来前，灾区民众自身的积极自救为抗震救灾取得胜利添上了希望之光。“万众一心、众志成城，不畏艰险、百折不挠，尊重科学、以人为本”始终贯穿整个抗震救灾的过程，抗震救灾精神是人类对自然、对人类社会所发挥作用的凝练与总结。

---

① 张瑾、岑福雯、梁苗苗对张霞及两名其他员工的访谈。访谈时间：2017 年 3 月 18 日。访谈地点：汶川县水磨古镇古庄饭店。张霞，女，现居汶川县水磨古镇，职业：农民。现在在古庄饭店做员工，2008 年四川汶川大地震时在家务农，家里受灾情况不是很严重。其余两名员工 2008 年也在汶川，均由于泥石流而搬迁到水磨镇，一直居住至今。

② 张瑾、岑福雯、梁苗苗对张霞及两名其他员工的访谈。访谈时间：2017 年 3 月 18 日。访谈地点：汶川县水磨古镇古庄饭店。张霞，女，现居汶川县水磨古镇，职业：农民。现在在古庄饭店做员工，2008 年四川汶川大地震时在家务农，家里受灾情况不是很严重。其余两名员工 2008 年也在汶川，均由于泥石流而搬迁到水磨镇，一直居住至今。

③ 张瑾、岑福雯、梁苗苗对郭大爷（房东）的访谈。访谈时间：2017 年 3 月 18 日晚。郭大爷，男，65 岁，1952 年生，现居汶川县水磨镇，职业：个体户。

三、灾区民众积极开展自我救助

体验是身处一定事件或情景中所产生的认知与情感。面对特大灾难，灾区民众无论从精神上还是从物质上都遭受了特大的损失，但他们不畏艰险、百折不挠，积极勇敢地自我救助，书写了生命的顽强与人类的自主精神。对生命如此眷念所爆发的意志、血浓于水的亲情、朝夕相处的同学情、共同生活的乡情、灾难中的感同身受等要素是支撑灾区民众积极救助的强大动力。时隔十年，在他们的口述中，我们依然能感受到那份来自人类特有的珍贵。

（一）眷念：对生命如此眷念所爆发的意志支撑

恐惧是人类面对灾害所持有的正常反应，对生命的执着与眷念是人类克服这份恐惧的重要支撑。被掩埋废墟中的他/她们凭借对生命的热爱、凭着自身顽强的意志，在第一时间成功将自己救出。地震发生当时，身处建筑物中的人们的自我防御，地震主震后迅速撤离中人们的相互帮助，地震后与身边的人的相互关照是帮助人们营救生命的主要表现形式。

2008 年汶川大地震让许多人始料未及，时隔多年，当人们再次回忆当时的情景，正是人们的各种自我奋战，才赢得了保持生命的最佳时机。原四川省汶川县映秀中学高一学生杨磊亲身经历了那场地震，被掩埋于废墟中的他只有十五岁。当时，他的脑子里只有一个想法，觉得自己还好年轻，还有好多事情没有经历，甚至还没来得及看看外面的精彩世界，活着便是那时最大的愿望，也正因如此，他勇敢地找寻逃出废墟的各种可能，最后成功将自己救出。据他回忆，地震发生的当时，他与其他的同伴们都不清楚发生了什么，只是听到轰隆隆的声音。“当时就听到天就‘轰隆隆’地响，就是听到‘轰隆隆’地响，不晓得啥子情况。”① 对于杨磊同学这样的状况，是当时处于地震中的学生的普遍状况。他们因为未曾经历地震，而显得无所适从，对此，教师们的组织在当时的应急状态中发挥了重要作用。杨磊同学在回忆中就提到了他的数学老师：“当时我们数学老师就叫我们出来，有两个同学当时跑出去了，然后我们数学老师就……呃把门关到，喊我们找角落然后躲起来。有个同学他就躲在那个电视机底下，以前我们教室里面有个电视机，他就躲在电视机底下，然后有几个同学躲在后面，我就躲在前面那个讲台底下。当时我们讲台有（比划手势）……可能有十五厘米到二十厘米高，我就趴在讲台底下。”②

在主地震发生的当下，找到合适的位置安置自身，在主地震结束后迅速离开建筑物找寻空旷的地方是抗震的科学行为，但现实的具体情况更复杂、更具体，人们可能因为找寻位置不当而在地震中受伤或死亡，也可能在逃离过程中跌入因地震造成的陷阱当

---

① 姜力月对杨磊的采访。访谈时间：2017 年 3 月 25 日上午。访谈地点：四川省成都市金牛区交岳巷。杨磊，（原）四川省汶川县映秀中学高一学生。

② 姜力月对杨磊的采访。访谈时间：2017 年 3 月 25 日上午。访谈地点：四川省成都市金牛区交岳巷。杨磊，（原）四川省汶川县映秀中学高一学生。

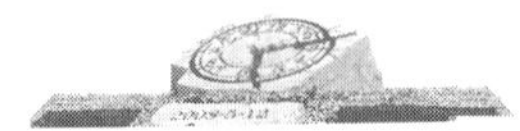

中，此时个人的意志与群体的协作便是自我救助的重要因素。在杨磊同学的回忆中，个人意志、群体协作发挥了自我救助不可或缺的作用。“当时……呃地震完了过后（猫咪拨弄铃铛响），我就没得没得意识了（眼神迷离），因为……我被……当时我们房子结构就是预制板那个结构，我就被那个预制板弄下来就埋在里面了，埋在里面了。我……其实我也不晓得啥子就是哪里来的那个……感觉就是求生的本能嘛，我就不断地挣扎不断地挣扎，感觉可能过了几分钟，我才有一点点意识，不断地挣扎过后我就把那个我身上的那片预制板挣开了。可能有两百斤左右，挣开过后，然后我就摸我的头（摸头），头上全是血，还有背上（摸背），背上这一片也有这么长一段伤，但是它只是……可能现在还有点后遗症，只要一下雨的话背就会比较痛。还有这个，屁股这个尾椎骨这个地方，当时戳了一根钢筋过去，就在……现在都还有伤疤，以及脚这一片，一挣就受伤了，受伤了过后……我把我背上的，就是压在我背上的东西就是拱开以后，然后我的脚被压到，我的脚没有一点力气，就弄不开。我就把……我就把鞋子不要了，把脚从鞋子里面……扯出来，扯出来我就走不得路，然后我就开始往外面爬，就往外面爬。当时那些同学都哭得很惨的晓得不嘛，因为从来没有经历过地震，当时哭得很惨的。当时我也……也才十五岁，十五岁多一点，当时我也没有经验撒，我就去拉我的几个同学……反正就……拉不起来，然后……嗯我就去叫我们老师过来帮忙拉他，结果这个老师拉一下拉不起来，当时大家就走了。然后走了过后，后面的话……嗯就又来了几个老师，然后把后面的同学救起来。我们班上死了一个人，唯一一个人……”①

那场灾难突如其来，对于很多没有经历过地震的人来说更凸显了惶恐与不知所措，教师们的有序组织，撤离过程中同学们的相互帮助，救起了在撤离中再次陷入困境中的同学，正是群体的互助，使自我救助又多了一个个鲜活的生命。“地震当时我们隔壁班的几个同学，他就……跑出……跑出楼梯了嘛，他是……教室门（手势比划），外面有个走廊，走廊直接就断了，他就从走廊掉下去了，然后就……就死了。另外一个同学他就是……本来要掉下去了，他一下抓到我们一个老师的脚，我们那个老师直接就把他救上来了……我出来过后刚刚跨出教室，走廊就断了，就莫得了，我就……真的毫不夸张就像拍电视剧一样的，我就掉……就掉下去了，但是我一只手就把到那个上面有个护栏一样的东西，把到（手做上举状）然后……当时全身受伤，我自己爬起来的。”② 巨大地震后的生活场地像极了战争过后的废墟，寻找自己熟悉的、认识的、知道的人是地震后人们自我救助的另一方式。“就像战争过后的废墟一样（语气沉重），所有人都在哭，所有人都在叫。呃，然后就跑到操场上，前面是一个非常大的坝子，当时填河堤（手势比划），当时有个非常大的坝子，就在那个坝子里面去找我们那些同学、同伴，然后发现很多同学还没起来，就是还在里面埋到，还没有出来。”③

---

① 姜力月对杨磊的采访。访谈时间：2017 年 3 月 25 日上午。访谈地点：四川省成都市金牛区交岳巷。杨磊，（原）四川省汶川县映秀中学高一学生。

② 姜力月对杨磊的采访。访谈时间：2017 年 3 月 25 日上午。访谈地点：四川省成都市金牛区交岳巷。杨磊，（原）四川省汶川县映秀中学高一学生。

③ 姜力月对杨磊的采访。访谈时间：2017 年 3 月 25 日上午。访谈地点：四川省成都市金牛区交岳巷。杨磊，（原）四川省汶川县映秀中学高一学生。

能够保存生命是经历地震的人们收获的最大幸运，但对于经历 2008 年汶川特大地震的人们而言，这还仅仅只是开始，因为特大地震带来的满目疮痍，连续不断的余震，从多个方面考验着人们的生存技能与生存意志。在杨磊同学的回忆中，他坚定地认为，地震给他带来了身体上的伤害，但同时却让他的世界观、人生观与价值观变得正确，更加重视与珍惜曾经他不在意或被他忽略的人和事。在他与地震的搏斗中，“年轻的生命”“未曾对父母所尽的孝道”“未曾经历的未来人生”“未曾游览的祖国大好河山”都成为他努力生存的理由，都是他力争活下来的动力。尽管身体受伤，没有鞋子，带伤赤脚也要寻找安全的地方与熟悉的人群；地震后的晚上没有水喝，就接雨水。人的主观能动性在那一刻得到最大限度发挥。“从那一刻起我感觉我就是人生，就是那种我的思想啥子人生观价值观都发生改变了，我觉得啥子都不重要了，只有生命是最重要的。我觉得不管遇到啥子事情，我觉得都没得生命重要。因为那是我第一次感觉离死亡那么近，晓得不嘛。当时地震……我想得最多的就是我说我才 15 岁，我不能死，真的。我不怕你们笑，你们没经历那种你们不晓得，我说我不能死，当时我说的是我还有好多东西没经历过，我没上过大学，然后还……我说我还没耍过朋友（笑），我还没孝敬我妈老汉，我还没看过外面的世界。所以当时那种心里面给了我强大的力量，我就觉得我千万不能死，我千万不能死，再苦再难。当时我根本没感觉到我当时浑身上下有痛（表情惊奇），都是地震过后我慢慢地冷静下来，就是不再那么激动的时候我才发现我的头在流血，一直流血不止，背上也在流血，然后脚也是瘸的，当时我没有鞋子我就……我就打的一个光脚在地上走，当时又是五月。地震过后，地震过后马上又开始下大雨，我们又在山上，又没得吃的，没有吃的。然后水……他们说那个水喝不得，全是浑的，然后那天晚上下雨，我们就在废墟里面找几个废碗，就接雨水喝。”“我想的是当时只要我能够这次不死，我以后一定不能像现在这样子浑浑噩噩。因为我当时成绩在全班是排名倒数，天天就要、打游戏，后面完了以后我当时想的就是我……生命太可贵了，我说如果真的死了，哪怕是很简单一件事情对你来说都是奢侈，所以我当时，我就拼命地想要活下去。”①

在 2008 年汶川大地震中，类似杨磊这样的案例是非常多的。也许他们身体被掩埋废墟一天、两天、三天……甚至更长的时间；也许身体已经受伤，也许长时间得不到水喝……但是人们凭借坚强的意志，或等到了救援队伍，或凭借自己的力量，或凭借同伴的力量最终走出废墟，还身体以自由，给生命再次散发活力的机会。

（二）亲情：支撑人们勇敢自救的强大动力

家庭是中国社会的重要组织，从家庭孕育的亲情在灾难中彰显它的独特价值，它支撑人们勇敢地开展自我救助，如搭建帐篷给家人守护、翻山越岭确定家人的平安、废墟外的呼喊寻找渺茫的希望……

2008 年汶川特大地震发生后，大量的房屋被毁，不断的余震使人们即便有家也不

① 姜力月对杨磊的采访。访谈时间：2017 年 3 月 25 日上午。访谈地点：四川省成都市金牛区交岳巷。杨磊，（原）四川省汶川县映秀中学高一学生。

能回，运用能利用的资源，搭建帐篷，给家人以庇护是经历地震的人们自我救助的重要形式。在采访杨小勇的过程中，他回忆了他家里的情景，父亲、母亲救出身陷已塌房屋的奶奶，同时凭借已有的认知，搭建帐篷，较为科学地应对灾后的事务。这不仅是人们积极自我救助的表现，也彰显相关知识对于抗震救灾的重要价值。“当时我爸妈还在地里面干活的那种，直到下午阵才到家里面，就是马上把我奶奶搬、搬出来，然后在我们家门口搭了一个很简单的那种帐篷（手势比划）。因为当时我们也没有那种救灾帐篷之类的，就，本来我们那儿也很少有帐篷之类的东西嘛，平时用不到，所以就很简单的那种帐篷，搭的。因为我爸妈他们就经历过，七几年有一次地震他们就经历过撒，他们就晓得。”①

灾难发生，短暂的慌乱后，家人是否安全是经历灾难的人们最自然的担心。找到亲人的坐标，在众人的帮助下将亲人救出，是汶川特大地震画板中的一处风景。“就我现在的女朋友，她也被埋在里面。因为当时我们两个还没在一起，然后她的爸爸是学校里的老师，她爸爸就……呃当时确实没有办法了，又没得人敢去冒这个险，因为那些党员、那些老师基本上就去救人去了，他就去找他的女儿，在外面就听到他女儿在敲墙（做敲墙的动作）。然后……因为她跟她爸爸不知道是不是有那种心有灵犀的感觉，然后就听到她爸爸的脚步声，她就在里面喊……她就喊是不是爸爸。然后她爸爸就说是他，后面他爸爸就……当时可以说是就乞求嘛，就恳求那些老师去帮忙救他女儿，那些老师当时虽然说冒着生命危险，还是把他女儿从废墟里面救出来了。”②

（三）同窗情：他们在慌乱中仍背起需要帮助的同学

同学情是被人讴歌的情感类型之一，它是学生们在学校这一共同体中所积累的情感，它包括处于同一学校共同体的学生们与学校、教师、同学、校友的相互认同。在2008年汶川特大地震中，学校是受灾严重的群体，但尽管如此，学生之间、老师与学生之间、学校与学生之间却彰显出他们面对灾害的团结与顽强。

学校的安全教育与教师在地震中的临时反应能力与组织能力有力地引导了学生的撤离行为。经历特大地震的学生们，尽管内心惶恐，仍不失相互协作、相互帮助的优良品质，在大难中彰显了人格魅力，也收获了珍贵的友谊与爱情。在对刘志强的采访中，他的口述让同学们相互帮助的画面再次浮现眼前，更让人赞叹团结一心、互帮互助的可贵。“就整个学校全都炸锅呀！因为第一其实大家都没有经历过嘛，然后当有第一个人叫地震的时候，肯定当时还是会有一些慌乱。但是好在我们那个相对，平时还是有一些安全教育，慌的时候跑，跑的时候当然有点挤，但踩踏的事情没有发生。当时可能还有一个，当时在我们楼上有一个做了骨瘤手术，他大腿被截肢，他们班当时很团结，因为他是肯定没法跑的，当时一个小伙子直接把他从5楼背到了1楼，跑没有放弃他，就一

---

① 姜力月对杨小勇的访谈记录。访谈时间：2017年3月17日。访谈地点：四川大学江安校区文科楼二区514室。杨小勇，四川大学法学院一年级研究生。

② 姜力月对杨磊的采访。访谈时间：2017年3月25日上午。访谈地点：四川省成都市金牛区交岳巷。杨磊，（原）四川省汶川县映秀中学高一学生。

直背着他，那个小伙叫欧虎，不过现在研究生都毕业了。”[①] 教师与学生们撤离教学楼之后，迅速以班级为单位，清点人数，确定未撤离人员后迅速组织救援。正是学校组织者的得力组织、学生之间的团结有序，才在第一时间为抗震救灾获得最大胜利奠定了基础。“最开始可能会有无序状态。所以这个时候人和人的差距就体现出来了，有些人只顾自己跑，而有些人会记得维持秩序、帮助一下别人。包括我们班当时跑的时候，我们先跑下去的人，不是说就到操场上去，而是先跑下去后，极力把我们班自己的人拉在一起，第一方便清点人数，第二自然有同学出来帮助寻找，下去之后有一些同学到女生寝室帮助女生，因为这个很正常，女生天然一些素质上与男生会有一些差异，包括身体素质，那挤，挤死你，你想想，几千人突然一下拥到操场上，那是很困难的。”[②]

（四）乡情：他们不分你我、万众一心

灾难发生得很突然，让人类措手不及，尽管我们都在“逃亡”，但心中仍存着尊老爱幼的优良传统；尽管救援的队伍还没有到，但你一只手，我一只手，搭帐篷解决住宿，共同集粮解决伙食，这是乡情培养的默契，更是万众一心、众志成城的彰显。

在 2008 年汶川特大地震中，有的聚居地成片被毁，单靠个人的力量没有办法实现自我安顿。处于生活共同体中的人们自觉地将自己拥有的现存的资源聚集在一起，过上了临时的共同生活。“地震的时候我们就往山上跑，那时候下好大的雨，没有地方睡觉，他们就拿那个彩布，绷起，在山上搭蓬蓬，把玉米秆铺在下面，有些家里地震受灾不是很凶的就冒着危险回家拿些被单。”[③] 地震主震结束后，邻里之间相互帮助寻找家人，再大的慌乱也阻挡不了灾区群众寻找家人、寻找邻里的决心。“地震后吓得惊慌失措的，开始找娃，找老的找小的，之后大家又说三江的水要冲下来了，赶快往山上跑，晚上都没回家，在马家营山上过夜，都不敢回家，怕家里垮掉”[④]。地震带来的房屋倒塌、粮食短缺，让人们再次过上一种相互帮助、井然有序的集体生活，没有吃的，大家就共同筹集资源，你家一点米，我家一点面；没有喝的，就顺应自然，喝雨水；没有住的，就共同搭建帐篷；食物短缺，就优先照顾老人、孕妇和小孩；地震余震再次侵袭，就组织年轻人晚上轮流站岗，争取在第一时间让父老乡亲转移。“在山上就吃雨水，粮食的话有些家里房子没有损坏的就拿些出来吃，房子损坏的都不敢回家，我们大人都不敢吃，都给小娃娃吃，大人那些天都是饿的，晚上也不敢睡觉，一直在余震。我当时住在厂

---

① 符腾、左露对刘志强的访问。访谈时间：2017 年 3 月 19 日。访谈地点：四川大学江安校区法学院二楼饮品店。刘志强，男，25 岁，1992 年出生于四川绵阳，现在四川大学江安校区法学院学习。

② 符腾、左露对刘志强的访问。访谈时间：2017 年 3 月 19 日。访谈地点：四川大学江安校区法学院二楼饮品店。刘志强，男，25 岁，1992 年出生于四川绵阳，现在四川大学江安校区法学院学习。

③ 张瑾、岑福雯、梁苗苗对张霞及两名其他员工的访谈。访谈时间：2017 年 3 月 18 日。访谈地点：汶川县水磨古镇古庄饭店。张霞，女，现居汶川县水磨古镇，职业：农民。现在在古庄饭店做员工，2008 年四川汶川地震时在家务农，家里受灾情况不是很严重。其余两名员工 2008 年也在汶川，均由于泥石流而搬迁到水磨镇，一直居住至今。

④ 张瑾、岑福雯、梁苗苗对张霞及两名其他员工的访谈。访谈时间：2017 年 3 月 18 日。访谈地点：汶川县水磨古镇古庄饭店。张霞，女，现居汶川县水磨古镇，职业：农民。现在在古庄饭店做员工，2008 年四川汶川地震时在家务农，家里受灾情况不是很严重。其余两名员工 2008 年也在汶川，均由于泥石流而搬迁到水磨镇，一直居住至今。

里，厂里的房子都塌了……基本上像我们一起嘛，老年人和小娃娃就睡嘛，年轻一点点的就放哨守着嘛，就看看那些，我们住边上嘛，就看看要不要水呀，雨呀就怕那些，就是这些。”①

相同的场景在不同的空间同时出现，在共同生活的土地上，面对灾难，人们实现几个部门的联合协作，学校与村庄相互支持，因为共同生活所培养出的乡情在与灾害抗争过程中谱写了一曲万众一心与顽强拼搏的赞歌。地震后，“我们就在后头搭棚棚噻，这儿学校后头，以前的小学嘛还是就在这儿后头嘛，学校当时还是好，没有垮，所以我们就直接到学校头去了噻”。“那么多人，教室是肯定不够的噻，我们就用那个花油布随便搭了个简易的棚棚嘛。”“吃饭，跑到那儿学校头，学校头供应点，那个时候学校伙食团还有粮食嘛，还是就一天两顿饭，都就是煮点稀饭汤汤，随便有吃的嘛就可以了嘛，那个时候哪个讲究那么多嘛，是不是。（吼吼）就是学校伙食团，当时哪里有嘛，最后才慢慢儿才，等于说是那个路通了之后，高头才慢慢儿送，送方便面哦，水哦，这些才送起来。”“木得人组织说喊你必须拿这个，必须拿那个，有啥子就把啥子拿过去，等于说就大家搭伙用了嘛。”②

尽管条件艰苦，人们却坚持把相对的舒适依旧留给最需要帮助的人群。“那天都在帮人，晓得不嘛，有的在外头，就我们自己互相帮助的嘛！”“因为我们是孕妇，他们就是把棚搭好，然后，基本上待遇也比较好，就啥子也不用做，就坐在那耍。”“我们住在一起的大概有二三十人。因为都住在一起的，可以相互看一下的。”“有的像我们那有一个就是还在吃还在吃奶的撒，他妈又没奶，没奶粉了撒，正准备去买奶粉，你晓得不嘛，地震就……哪家有能够用的那种奶粉就拿来用撒。”③

乡情，让大家面对灾难时万众一心，风雨同舟，他们的自治力量是中国社会治理的基础。那些组织乡民自我救助的乡村主体在人们脑里留下了记忆。“基本上吧，像年龄大的，每个村的族长，族长嘛，去管理嘛，就是他们嘛，反正自救嘛！”④

（五）大爱：让人们的自救彰显大写的爱

灾难是无情的，但经历灾难的那份感同身受却让人们的互帮互助彰显大写的爱。据卫生部报告，截至2008年9月，2008年汶川特大地震确认的遇难人数是69227人，失

---

① 张瑾、岑福雯、梁苗苗对张霞及两名其他员工的访谈。访谈时间：2017年3月18日。访谈地点：汶川县水磨古镇古庄饭店。张霞，女，现居汶川县水磨古镇，职业：农民。现在在古庄饭店做员工，2008年四川汶川地震时在家务农，家里受灾情况不是很严重。其余两名员工2008年也在汶川，均由于泥石流而搬迁到水磨镇，一直居住至今。

② 张瑾、岑福雯、梁苗苗对郭大爷（房东）的访谈。访谈时间：2017年3月18日晚。郭大爷，男，65岁，1952年生，现居汶川县水磨镇，职业：个体户。

③ 张瑾、岑福雯、梁苗苗对卿姐姐的访问。访谈时间：2017年3月18日。访谈地点：汶川县水磨古镇饭店。卿姐姐，女，现居汶川县水磨镇，现工作地点：汶川县水磨镇。2008年四川汶川地震时居住地水磨镇，地震时怀孕3个月。

④ 张瑾、岑福雯、梁苗苗对张霞及两名其他员工的访谈。访谈时间：2017年3月18日。访谈地点：汶川县水磨古镇古庄饭店。张霞，女，现居汶川县水磨古镇，职业：农民。现在在古庄饭店做员工，2008年四川汶川地震时在家务农，家里受灾情况不是很严重。其余两名员工2008年也在汶川，均由于泥石流而搬迁到水磨镇，一直居住至今。

踪人数是 17923 人。遇难的个人、失踪的个人，不仅是单数的个人，还联系着无数的家庭，他们或许是家庭的支柱，或许是家庭的希望，只因为地震对他们生命的掠夺，让四川的上空多了无数悲痛的呼喊。尽管如此，同失亲人的感同身受，使人们在背负痛失亲人伤痛的同时，也将援助之手伸向同是受灾群体的需要帮助的他人。在杨小勇的回忆中，他所在的学校食堂的老板就是其中一位。这位老板经历痛失爱子的伤痛，却在地震期间，免费为全校师生提供伙食。“就我们那个食堂的老板是外面的嘛，承包学校那种。然后他，他是都江堰的人，他的儿子在聚源中学上课好像，然后就他儿子当时就去世了好像。那几天他就非常伤心难过，天天在那儿哭嘛，然后就那几天，就是我们学校（食堂）之前是要收费的那种，就那么几天，他也就是自己说赚再多的钱也没有啥子意义了嘛，最重要的是他那个儿子好像是独生的儿子那种。独儿，然后就去世了，然后他就特别伤心，然后我们都是受灾的地区受灾的人民他说，这几天不收任何学生的饭钱之类的，这几天天天免费吃。因为头几天是救灾物品那些都还没有到的，那几天就免费吃。我感觉那几天的饭就是好吃得多。”①

地震期间，因为多种原因，人员流动频繁，行走中的路人，在他人提供的帮助中寻找亲人，安顿家人。物理老师的慷慨解囊，同学的好心“收留”，时至今日，仍停留于他们的记忆中。“都江堰当时是已经开始抗震救灾了撒，第二天就……那个……当时有些不法分子造谣撒，就说这儿都江堰一个化工厂爆了，说的毒气已经开始扩散了。然后我们婆婆那些老年人听到就有点那种……有点那种心焦撒，她就把我们拉起到处（咳嗽）……她说就我们几个就赶快往成都那个方向走。然后就……我们几个就往成都……赶快往成都那个方向走撒，走到半路上我就觉得不对，然后政府也开始出来辟谣撒，说的……那个纯属造谣，请各位不要相信，然后我们就到郫县了。到郫县后，当时读书撒，身上又没得钱，我还是……我现在还是有点感谢我们那个物理老师（双手交叉合十，点头），我就走到那儿……我说老师你看我莫得钱，我妈他们这会儿又受灾，我们物理老师就借给我一千块钱。然后我就把我们婆婆带起，就……那个嘛，第一天就到一个小招待所，郫县的一个小招待所，住了一晚上……然后我们郫县就是有个耍得好的嘛，耍得好的朋友，就到他们家。他们家在乡下的，就跑到他们家住了几天，当时是。”②

四、灾区的社会群体积极开展自救

自救是一种本能，包括藏身、避险等。自救是一种精神，是本能的升华。所以自救是救己也是助人。

---

① 姜力月对杨小勇的访谈记录。访谈时间：2017 年 3 月 17 日。访谈地点：四川大学江安校区文科楼二区 514 室。杨小勇，四川大学法学院一年级研究生。

② 姜力月对杨靖懿的访谈。访谈时间：2017 年 3 月 20 日。访谈地点：四川省都江堰都市美好花园。杨靖懿，四川省汶川县交通局职员。

（一）企业：东汽在抗震救灾中彰显抗震救灾精神

地处绵竹市汉旺镇的东汽在2008年地震中遭遇了巨大的损失。从经历灾难到组织员工积极救助，都彰显出作为一个国有企业所应具有的集体主义精神。在那场特大灾难中，他们的顽强与坚韧凝练出属于东汽人的“东汽精神”，在对几位亲身经历过那场灾难的员工的采访中，东汽人所具有的精神品质让人感动不已。

孙女士作为东汽的员工，在地震中，她被困办公室，在同事的帮助下安全获救。正因自己接受他人的救助而再次获得自由，她主动加入抗震救灾队伍中。在地震中，孙女士与她的同事都被被困在办公室。他们的相互呼应本身就成为一种救助的力量。“因为他的力气挺大嘛，他就不停地刨、刨砖头啊，因为它这个地震过后呢，我能感觉到他是这样子拱（用动作比划），这样子摇，来回地这样子摇，我就，我这面的话，电话打完，我就喊他，诶，林老师，不慌不慌，这还在震，不要慌动，他就不停地刨，不停地刨，一会他就出去了。”（刘：他是本能的。）“他是本能的，他出去就喊我，我说我没有事，我在底下我没有事，他说，我马上就喊人来救你……我两个手这样子伸出去（用动作比划），就把我抽出来了（刘：直接就抽出来了?），直接就抽出来了，抽出来了以后呢，同事就把我背出去了，我说我没有事没有事，那个，你把我放下，他们也没有管，就是先把我把我背到安全的地方，就空旷的地方。”①

在孙女士的口述中，东汽集团的领导，他们的危机意识、组织能力、以人为本等要素使东汽集团的职工们在第一时间得到救助，包括被掩埋于废墟中的及时的脱离废墟，受伤的及时被送到医院。因为汉旺镇毁坏严重，东汽集团便打通与各个分厂与兄弟单位的联系。将各种分散的力量汇集一起，共同面对突如其来的大灾难。地震的主震结束后，“那个时候，各单位，我们东汽厂的一些领导已经在安排了，就是说，你们老人、小孩先送到德阳，德阳有我们的分部，我们总厂是在汉旺，汉旺在支持三线建设，那个时候，那么，德阳呢，后来迁到德阳的一部分有一个厂，那么，他们那个时候呢就往德阳在送，德阳送过来了以后呢，那么就是有一些年轻体壮的一些小伙子，就留在汉旺自救，那个时候呢，我们呢，也就，我就说给他们找水嘛，那个时候没有地方找水，那我呢，到了街上去找水的时候哈，那些就是说超市什么的，也就什么都没有了……我再返回来的时候，厂里面就是已经开始输送，往德阳输送伤员”②。

孙女士在口述中说，因为厂子实在太大，领导简直忙不过来，通信断了，生产没办法在短时间恢复。领导们把重点放在了维持秩序、救助同事、输送伤员及老人孩子们上，他们甚至顾不上家人，厂子的事情安排了，就立刻去救助附近的学校。面对灾难，大家所表现出了万众一心、众志成城、不畏艰险、以人为本精神，孙女士在回忆中几度

---

① 刘吕红、胡群钗、丁郁对孙晶的访谈。访谈时间：2017年3月19日。访谈地点：德阳市迪欧咖啡厅A01。孙晶，女，现年47岁，1970年出生于四川省绵竹市汉旺镇，现居住在德阳市庐山路，2008年5月12日汶川地震前居住在汉旺镇东汽家属区502栋。地震前曾在东汽制造技术处焊接培训站工作。

② 刘吕红、胡群钗、丁郁对孙晶的访谈。访谈时间：2017年3月19日。访谈地点：德阳市迪欧咖啡厅A01。孙晶，女，现年47岁，1970年出生于四川省绵竹市汉旺镇，现居住在德阳市庐山路，2008年5月12日汶川地震前居住在汉旺镇东汽家属区502栋。地震前曾在东汽制造技术处焊接培训站工作。

无限感慨。孙女士说领导都在现场，几乎顾不上家人，“他们都是在现场，我第一时间看到的话就是我被救出来以后，那个真的是很及时的，所以东汽这一点的话真是不可……嗯，我不知道该……（刘：战斗力很强，领导力很强。），“是的是的，那个时候真是这样子，领导的话他当时就果断地组织各单位自救，他把大局控制下来，因为那个时候人心惶惶嘛，都乱了，他就把这个，就控制下来，那么，他就安排所有的，所有的调动都是领导他们在做”①。

对于企业来说，除控制大局，救助本企业的职员外，重新恢复生产也是其考虑的重要工作。但对于经历2008年汶川特大地震的企业来说，因为受灾区域广，辐射面积大，在短时间内是没有办法依靠单一的力量恢复生产的。东汽作为国有企业，确定不能在短期内恢复生产之后，立即投入到抢救灾害的行动中。向外界传递受灾的信息是获得救援的第一步。“生产没办法进行了，就要安排自救了，救援了，那么，我开始就想说是那个找彭部呢，他是第一个把信息传递出来的，那个时候他主要就是自己开车出来，就到德阳把信息传递出来，信息不传递出来，别人不知道我们受灾的情况（刘：对。），就没法去自救，那个时候就是，下午可能五六点多钟的样子吧，具体的时间我不是很记得哈，那么就是二重啊，东电啊，相当于东汽的兄弟单位，他们都已经陆陆续续到了汉旺，那么到了汉旺，他们毕竟不知道怎么安排嘛，领导总的调度，哪一部分到哪去救人，就先到学校，因为学校有那么多学生是吧。”②

集体的力量是强大的，孙女士说，地震发生的时间在下午两点二十八分，就在傍晚时分，人员安排，吃喝拉撒就全部都解决好了。“当时是孙总，孙岩松，他在二分厂做书记，那个时候，那么他就在这里布置，布置了以后，所有的家属都在二分厂的院里头，吃喝拉撒这些都要去解决了，那么他还要，还要组织他的员工到汉旺去救援，那么，晚上两点多我们到了德阳。”③ 孙女士感动于集体的强大、领导干部的组织能力和大家的齐心一致。正因有这些可贵的精神，才使东汽的员工得到很好的安置，东汽附近的学校得到很好的援助，在日后恢复生产的过程中，他们将抗震救灾的精神运用其中，书写了恢复生产、重建家园的绚烂篇章。

（二）学校：灾区学校在抗震救灾中彰显抗震救灾精神

学校是自我救助的另一主要的社会力量。地震发生时，教师们引导学生躲避灾害，尽力守护学生。灾害发生后，教师对学生组织救援与心理安抚，学生之间相互鼓励与支持，都彰显出学校这一主体在抗震救灾中的抗震救灾精神。

---

① 刘吕红、胡群钗、丁郁对孙晶的访谈。访谈时间：2017年3月19日。访谈地点：德阳市迪欧咖啡厅A01。孙晶，女，现年47岁，1970年出生于四川省绵竹市汉旺镇，现居住在德阳市庐山路，2008年5月12日汶川地震前居住在汉旺镇东汽家属区502栋。地震前曾在东汽制造技术处焊接培训站工作。

② 刘吕红、胡群钗、丁郁对孙晶的访谈。访谈时间：2017年3月19日。访谈地点：德阳市迪欧咖啡厅A01。孙晶，女，现年47岁，1970年出生于四川省绵竹市汉旺镇，现居住在德阳市庐山路，2008年5月12日汶川地震前居住在汉旺镇东汽家属区502栋。地震前曾在东汽制造技术处焊接培训站工作。

③ 刘吕红、胡群钗、丁郁对孙晶的访谈。访谈时间：2017年3月19日。访谈地点：德阳市迪欧咖啡厅A01。孙晶，女，现年47岁，1970年出生于四川省绵竹市汉旺镇，现居住在德阳市庐山路，2008年5月12日汶川地震前居住在汉旺镇东汽家属区502栋。地震前曾在东汽制造技术处焊接培训站工作。

学校这一社会组织有它的特殊性，因为就其人员主体学生而言，其一是很少有经历过地震的，在对地震的认知与防御方面显露出一定的薄弱性；其二，在面临特大地震时，其身体、心理的承受能力都较成年人弱。在抗震救灾的自我救助中，教师们的临场指挥与组织、对学生生命的保护、对学生的心理疏通与建设是自救的中心任务。“学生都朝上面跑，就想着躲过，我就想肯定是躲不过它的，我就说马上趴下，趴在比较宽阔的地方，因为刚好在路上，我周围的几个学生，也刚好有老师就趴在地上，不一会地震灰全部蒙下来了，眼睛睁不开，我们马上把衣服扯上来把头蒙住，我们就趴在地上，地下那种感觉真的是，地上是水泥地硬的那种，就感觉变成软绵绵的，我从来没有那种感觉，那种感觉真的是，地下就像蛇一样游动，这个地震太大了，平常还是有小的地震，之前经历过小的，但没有经历过这么大的。”① 对于学生群体的特殊群体幼儿园的小朋友，教师们坚守职业道德，保护着这些小生命，“幼儿园还好了，有老师开始把他们从……因为小孩在睡午觉，就把他们全部喊出来，把他们弄到山上去了，山上还比较安全一些，动作还是比较快的，因为平时都有小地震，还是有那种意识，意识还是有的”②。

灾难发生，解决吃住是学生们面临的首要问题。王老师在口述中表示，那个时候学校统一组织，在救灾物资送来之前，都是有计划的分配。集中力量，统一分配，是此刻面对灾难的有效方式，除此之外，因为教师对学生天然的责任，他们吃住都在一起。实时对学生进行思想政治工作，给了学生面对灾害最健康的精神状态。尽管外界的救援还没有到来，但老师们针对这样的特大灾害，已经自觉地履行自己的职责，对学生开展思想工作，进行心理上的疏导。因此尽管灾害带来巨大恐慌，但学生们基本没什么异常，“因为学校都在组织安抚，开展思想工作，学生倒是没有什么异常”③。王老师所在的学校，“学生全部住在足球场，处于人挤人的状态。当时大家都很害怕，我们学校边上有条河，河对面有一条公路，但是公路上就是山，我们学校前面是山，后面也是山，随时都在垮石头，我们还是很害怕堰塞湖，晚上我们有老师和学生值班，有一点小动静我们就紧张。当时主要是学校领导在组织安排，当时是马校长，他在外面跋山涉水地好像转路从绵阳、茂县那边回来的，映秀那边的路不通”。“吃饭当时有伙食团，因为房屋没倒塌，粮食这些还是可以抢救得出来，超市也可以抢救一些粮食，老师们在没有地震的时候赶紧跑回去拿点东西，又赶紧跑回来，家里能够吃的都搬出来，所以我们还是能够坚持几天，好像是一周吧，才有空投的物资。”“学生有些没有钱，半个月还是二十天过后，学生有些要回家，老师就把自己身上的钱拿出来大家用，那时候根本就没分谁是

---

① 张瑾、岑福雯、梁苗苗对王老师的访问。访谈时间：2017 年 3 月 18 日。访谈地点：汶川县水磨镇阿坝师范高等专科学校（以下简称阿坝师专）。王老师，女，现居住在水磨镇的阿坝师专家属区，职业：图书管理老师。2008 年地震的时候在汶川，之后灾后重建，随阿坝师专搬迁到水磨镇。

② 张瑾、岑福雯、梁苗苗对王老师的访问。访谈时间：2017 年 3 月 18 日。访谈地点：汶川县水磨镇阿坝师专。王老师，女，现居住在水磨镇的阿坝师专家属区，职业：图书管理老师。2008 年地震的时候在汶川，之后灾后重建，随阿坝师专搬迁到水磨镇。

③ 张瑾、岑福雯、梁苗苗对王老师的访问。访谈时间：2017 年 3 月 18 日。访谈地点：汶川县水磨镇阿坝师专。王老师，女，现居住在水磨镇的阿坝师专家属区，职业：图书管理老师。2008 年地震的时候在汶川，之后灾后重建，随阿坝师专搬迁到水磨镇。

谁。当时大家住在足球场就一起吃住，挖厕所，当时这是最大的问题，校长就带领后勤的老师们挖厕所、搭帐篷，那时候真的是团结一致、齐心协力，那时候那种感觉真的是有了。吃的时候我们就先给学生，小的、老的，自己能够吃一点就行，都是这样的。我们还算是幸运的，房子没有倒，东西还能拿出来，如果房子倒了，没有吃的，肯定就要挨饿。大概一周吧，我都记不住了，救援的就进来了。”①

学校这一社会组织有其特殊性，在 2008 年特大地震的经历中，全体师生面对突如其来的灾害的临场反应与组织，以及教师们对学生的心理疏导与心理建设都在自我救助中发挥了积极的效果。

① 张瑾、岑福雯、梁苗苗对王老师的访问。访谈时间：2017 年 3 月 18 日。访谈地点：汶川县水磨镇阿坝师专。

第六章　抢险救灾过程中抗震救灾精神的发扬

精神是一种力量。精神力量一旦被激发，它所能发挥的力量，比人们所说的身体力量、物质力量，以及那些未知的力量都要强大得多。精神汇聚力量，在抢险救灾过程中，迸发出来的磅礴能量，感天动地，谱写了一曲浩然正气的时代之歌。

一、军民一心是彰显抗震救灾精神的主体力量

2008 年 5 月 12 日地震发生后，15 时 55 分，时任中共中央总书记胡锦涛即作出重要指示，要求尽快抢救伤员，保证灾区人民生命安全。时任国务院总理温家宝随即乘坐飞机赶往四川。他当时正从外地抵达北京，正在前往中南海的路上，但在得知汶川大地震后，立即折返机场奔赴灾区。16 时 40 分，温家宝在飞机上主持召开紧急会议部署救灾工作。他明确指出，在灾难面前，最重要的是镇定、信心、勇气和强有力的指挥，他希望大家团结一致，众志成城，就一定能战胜这场特别重大的地震灾害。19 时 10 分，温家宝一行抵达成都。20 时，抵达都江堰，但因道路中断，温家宝随即在都江堰搭建帐篷部署救灾工作。他提出五点要求："一是部队要立即从南北两个方向向震中前进，二是要争分夺秒抢修公路，三是要进一步摸清受灾情况，四是各部门要想尽一切办法将救灾物资运进灾区，五是对地震趋势做出科学研判。"① 整个部署思路清晰，考虑周密，为各级政府的抗震救灾指明了方向。

在北京，抗震救灾工作也在紧张有序地启动。12 日晚，胡锦涛主持召开中共中央政治局常委会，会议强调，灾情就是命令，时间就是生命。灾区各级党委、政府和中央有关部门必须紧急行动起来，将抗震救灾作为当前首要任务，不怕困难，顽强奋战，全力抢救伤员，将受灾损失降到最低程度。同时，要求立即组织解放军、武警、民兵和医疗卫生人员，尽快赶赴灾区，救治伤员和运送救灾物资。根据这一会议精神，各级党委、政府和中央部门迅速行动起来。灾害发生后，国家减灾委启动了国家二级救灾应急响应。12 日下午 4 点，民政部还从西安中央救灾物资储备库紧急调拨 5000 顶帐篷支援灾区；卫生部组建了 10 支医疗卫生专业应急队伍，赶赴灾区开展救援；电监会启动应急机制，派出专业队伍赶赴事故现场，抢修损坏电网，保证电力供应；国家地震局、气象局启动紧急响应命令，全天候做好监测预报工作；住房与城乡建设部向四川等省发出紧急电报，要求上报受灾情况，并要求各地从即日起，每天上下午各向住房城乡建设部

① 杨艾祥：《汶川地震 15 天》，中国发展出版社，2008 年，第 29 页。

报送一次抗震救灾情况……

灾难发生后，各级政府立即启动应急预案，尽管出现了短暂的混乱，但这种情况很快就结束了。在绵阳，“大概两三天的样子，政府，其实政府反应得还是蛮快的。地震之后一天还是两天，他们就已经有巡逻车在街上，然后在宣传，就是这个让大家情绪稳定下来，不要惊慌”①。与此同时，救援队伍与物资开始迅速运往灾区。面对当时交通阻断的客观现实，救援队伍克服了余震的危险，尽最大努力抵达灾区。在重灾区绵竹市，12 号下午发生地震，13 号救援队伍就赶到了，而且那一天国务院总理温家宝也已经赶到了绵竹。② 在汶川县映秀镇，受访者就亲眼见到了温家宝总理：“当时温家宝（总理）亲自到现场，我还看到总理当时在参与救灾的时候穿了一个登山鞋，然后外面穿了一个外套，很憔悴，就跟我们说了很多话。”③ 与此同时，映秀镇的救援工作也已经迅速展开。例如抢救被困者和受伤者，并通过直升机将伤员运出灾区，送往成都等地就医。

茂县是此次地震的重灾区，但该地交通断绝，成了地震后的一座孤岛。据时人回忆，当时茂县所储存的粮食仅供全县四五天之用，在这种情况下，灾区民众处于一种“哀愁”即悲观的心理状态。为了尽快掌握灾区情况，解放军和武警部队全面启动应急机制。15 日，汶川县的驻军和武警部队就已经开始救援，成为第一批出现在救灾现场的部队。但由于交通与通信中断，灾区的灾情对于外界尚属未知数。

为了尽快了解灾区的情况，并建立与外界的通讯联系，必须尽快派军队进入重灾区。为此，人们将希望寄托在空降兵身上。13 日，临危受命的空降兵研究所所长李振波大校与 115 名空降兵登上了前往灾区的飞机。由于灾区气候条件恶劣，加之茂县境内为高山峡谷地形，山峰海拔均在四千米以上，空降危险性极大。但灾情紧急，这些平时训练时只在数百米高度跳伞的空降兵，不得不在近五千米的茂县高空实施空降。这是我国空军第一次在高原复杂地域，在无地面指挥引导、无地面标识、无气象资料的三无条件下运用伞降参加抗震救灾。

14 日上午 11 时 47 分，飞机抵达茂县上空，48 岁的李振波率领其他 14 名空降兵跃出飞机实施空降。④ 这种视死如归的精神，充分体现了人民子弟兵面对危险时的坚毅果敢。他们的到来，给整个茂县的群众注入了一剂强心针，对他们的精神是一个极大的鼓励：“看到绿色军装，心里边肯定感到非常的安全。”⑤ 据李振波回忆，他落地后，面对围上来的当地群众，他向他们表达了党中央、国务院的关心，表示救援部队正在赶来。

---

① 左露等对杨悟艺的访谈记录。访谈时间：2017 年 3 月 23 日。访谈地点：四川大学江安校区法学院二楼饮品店。杨悟艺，男，19 岁，出生于四川绵阳，现就读于四川大学江安校区法学院，是一名大二学生。

② 刘吕红等对孙晶的访谈记录。访谈时间：2017 年 3 月 19 日。访谈地点：德阳市迪欧咖啡厅 A01。孙晶，女，现年 47 岁，1970 年出生于四川省绵竹市汉旺镇，现居住在德阳市庐山路，2008 年 5 月 12 日“汶川地震”前居住在汉旺镇东汽家属区 502 栋。地震前曾在东汽制造技术处焊接培训站工作。

③ 韦志文等对马永玖的访谈记录。访谈时间：2017 年 3 月 22 日。访谈地点：阿坝州茂县八一民族中学家长接待室。马永玖，阿坝州茂县八一民族中学教师。

④ 中央电视台新闻专题部：《铭记：5·12 汶川大地震口述历史》，中国言实出版社，2009 年，第 78 页。

⑤ 何志明等对曹福清的访谈记录。访谈时间：2017 年 4 月 2 日。地点：茂县凤仪镇壳壳村上组。曹清福，男，现居茂县凤仪镇壳壳村上组。

群众听了后“嗷嗷地哭起来”，一起喊着“感谢党中央”“感谢国务院”。因为据他观察，当时“灾区人民已经处于绝望的状态”，见到他们的空降，确实起到一种稳定他们情绪的作用，感觉到他们有救了，他们不怕了，他们有依靠了[①]。空降兵携带的通信设备，恢复了外界与茂县的联系，为后续的物资投放奠定了重要基础。

先头部队克服道路阻断、余震滚石等重重困难，最终抵达灾区，他们的到来鼓舞着每一位受灾群众。在德阳，著名国企东汽遭到了严重的破坏，一些厂房倒塌，大量职工被掩埋在废墟中。12 日地震发生，国家救援队 12 日晚就赶到了。[②] 救援队到来后，使灾区民众的焦虑情绪得到了疏解：“当时感受哈，就是国家救援队来了，就是心理比较放松一点，有人就是外头的力量进来，就觉得好多了，心要踏实些了，因为当时很压抑，觉得无能为力。”[③] 据一名参与救援的解放军回忆，军队到达灾区后，无疑给当地陷于绝望的灾民一支强心剂：“看到我们去了，好激动那种，就是说看到你们来了，我们心中就感觉得要那样些，要放松些了，安慰啊哪些，说就像救星一样的那种。”[④] 解放军和武警官兵的到来，给处于群体恐慌的灾区民众极大的鼓舞，这对于提升大家士气具有关键性意义。

当时绵阳一支驻军，属于典型运输部队，距离灾区最近。地震发生后，该部队接到上级命令后，立即赶往灾区，由于道路被切断，无法使用汽车，就连正常步行小道都已面目全非。但这些部队克服了巨大的困难，“进去往里边走全是爬过去的”[⑤]。时为映秀中学学生的杨磊回忆，他当时地震后被父母接回家的途中，遇到了很多前来救援的解放军。据他观察，由于道路断绝，这些解放军基本是翻山越岭，轻装前来：“那些解放军同志……啥都没带，每个人就背了一个军用铲子，身上背了一壶水，然后压缩饼干，那些人看到我们走那儿过的话，还主动把那些饼干还有水给我们吃，真的让我非常感动。然后也没有带啥子武器这些，就前面领队的带了一些就是那种随身的武器，其他的都看着……我觉得他们看到比我们都还可怜，看到已经累得不行了，已经都从都江堰翻山越岭……当时交通完全不通，翻山越岭过来，有很多……（声音哽咽）当时我才发现我们国家其实在灾难面前，还是非常强大的。包括其他省市的，有吉林省的、山东省的各个省市的都在往这边赶。路上有穿黄衣服的消防队，有穿绿颜色的就是迷彩服的……有武警，有消防队，然后还有军人，所有的救援力量都在往我们都江堰、汶川然后映秀那些

---

① 中央电视台新闻专题部：《铭记：5·12 汶川大地震口述历史》，中国言实出版社，2009 年，第 78 页，第 80 页。

② 刘吕红等对孙岩松的访谈记录。访谈时间：2017 年 3 月 19 日。访谈地点：德阳市迪欧咖啡厅 A01。孙岩松，男，中共党员，49 岁，1967 年 9 月出生于黑龙江省哈尔滨市，第二代东汽人，跟随父母支援三线建设来到四川。现居住在四川省德阳市，现任东汽实业开发有限责任公司党委书记、总经理。

③ 刘吕红等对唐建的访谈记录。访谈时间：2017 年 3 月 19 日。访谈地点：德阳市迪欧咖啡厅 A01。唐建，男，33 岁，1984 年出生于四川省安岳县，现居德阳市旌阳区翠屏山路 6 号，现工作于东汽叶片分厂。2008 年地震时居住于四川省绵竹市汉旺镇，在东汽叶片分厂从事设备维修工作。

④ 胡群钗等对姚召全的电话访谈记录。访谈时间：2017 年 3 月 27 日。姚召全，男，30 岁，1987 年出生于重庆市酉阳县，现居重庆市酉阳县。2008 年四川地震时在成都军区云南分区当兵。2008 年地震时作为一名解放军参与绵阳市平武县的抗震救灾及灾后重建工作共 100 天。

⑤ 符腾对刘志强的访谈记录。访谈时间：2017 年 3 月 19 日。访谈地点：四川大学江安校区法学院二楼。刘志强，男，25 岁，1992 年出生于四川绵阳，现在四川大学江安校区法学院学习。

地方赶。”[①]

在翻山越岭过程中，由于余震不断，部队前进遇到了极大的阻力。在一边轻装前进的同时，道路抢修工作也在积极展开。在修路过程中，余震造成的道路塌方，“新挖路也死了好多解放军”[②]，这些解放军战士英勇地献出了自己年轻的生命。这种大无畏的牺牲精神，就是抗震救灾精神中“不畏艰险、百折不挠”的最生动体现。解放军这种百折不挠的精神感染着灾区民众。地震发生时，一支武警部队正在阿坝马尔康地区执行任务，地震后接到武警总部的命令，要求立即赶往灾区开展紧急救援。他们在行军途中面临着严重困难，在一个叫狮子坪水电站的地方，“道路被完全堵住，山体塌方，大大小小的碎石把公路路面全部盖住，上千吨的巨石砸下来，倒下的树木、电杆、电线，被砸烂的汽车，全都塞在路上，无路可走”。这种情况严重阻碍着部队机械化设备的前进。为了与时间赛跑，上级严令“要不惜一切代价”，面对紧急的灾情，部队官兵表示“哪怕就是在路上遇到任何困难，都要坚决克服掉，哪怕就是付出生命，也要去完成这个任务”，该部轻装上阵改为步行。该部参谋长曾回忆：“我们下车出发的时候，把我们的装具、背包、其他一些生活用品基本都放在车上了，官兵就把那个挎包、水壶带上，带了一点干粮，把抢险救灾的一些简单的工具，十字镐、圆撬这些带上了，因为在通过最艰难那一段，行动很不方便，有的战士干粮都扔掉了，这样往里走。”[③]

该部先是前往理县县城，但抵达该地后接到上级命令，要求立即赶往汶川县城。他们以这种极限行军的方式赶往灾区，最大限度地挽救灾区人民的生命。据一名受访者称，她在茂县即见到了从松潘绕道而来的救援部队，据她估计，这些士兵基本是“徒步跑了一百公里路左右了”，尽管十分疲惫，但精神状态高昂。为了最大限度减轻负担，他们甚至将携带的简单背包丢弃，以徒步奔袭的方式冲向茂县，“反正他们到这的时候就已经很累了”[④]。但他们抵达灾区后，当即争分夺秒地投入到抗震救灾工作中。

解放军官兵在抢险救灾中的表现得到了灾区民众的大力赞扬。据茂县的一名受访者回忆称，对于军队救灾“印象深刻的，那就是，说老实话，就是哪里危险，就是他们，比如说，那个沟。路就是基本都是他们在处理，还有那个掏房子，那个老房子倒了，也是他们，就像我们这些确实都有点那个”[⑤]。例如，来自山东号称“铁军”的解放军在抵达汶川水磨镇后，立即展开抢险救援，首先就是解救被困民众：“那些部队过来就帮到起人些嘛，那些房子垮了，抢救些东西嘛，看哈屋头还有没有啥子能抢救出来的，然后就是帮到人些搬这样搬那样了。”此外就是卫生防疫、打扫卫生，帮助灾民搭建帐篷，

① 姜力月对杨磊的访谈记录。访谈时间：2017 年 3 月 25 日，访谈地点：四川省成都市金牛区交岳巷。杨磊，（原）四川省汶川县映秀中学高一学生。

② 郑雯对岳水利的访谈记录。访谈时间：2017 年 3 月 26 日。访谈地点：四川大学江安校区文科楼二区 514 室。岳水利，绵阳安县人，地震时小学六年级，现为四川大学大学二年级学生。

③ 中央电视台新闻专题部：《铭记：5·12 汶川大地震口述历史》，中国言实出版社，2009 年，第 85 页。

④ 韦志文等对高杨族的访谈记录。访谈时间：2017 年 3 月 29 日。地点：四川大学江安校区西园九舍。高杨族，女，26 岁，1990 年出生于四川阿坝州茂县黑虎乡，初中于茂县民族中学就读，高中于汶川中学就读，现为四川大学江安校区马克思主义学院二年级硕士研究生。

⑤ 何志明等对曹福清的访谈记录。访谈时间：2017 年 4 月 2 日。地点：茂县凤仪镇壳壳村上组。曹清福，男，现居茂县凤仪镇壳壳村上组。

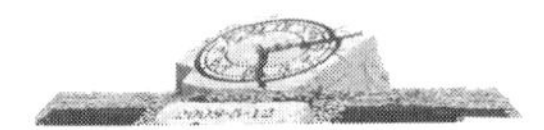

他们在水磨镇进行了长达半年的灾后恢复和重建。① 在救灾过程中，由于设备缺乏，一些解放军和武警为此而受伤的并不少见。据一名都江堰受访者回忆，令他印象最深的是一名武警在帮助灾民搭建帐篷的时候，由于上级下达的任务较急，在工具紧张之时，他在打桩的时候不小心削掉了一根手指。在这种情况下，他简单包扎一下继续工作，这一幕使旁边的受灾民众十分感动："那个时候，他不过，就是对这件英勇的事，他也就是荣获了一个三等功这种哈，对他来说的话，还是一个不大不小的终身残疾嘛，我们就看着也特别特别的感动。"②

在部队官兵开展救援的同时，他们得到了灾区民众的高度评价。由于昼夜赶路，不少士兵脚上都打起了血泡，但是他们无暇休整，抵达灾区后立即展开抢险救灾。这些都被灾区民众看在眼里："有些新兵些嘛，走得造孽的莫法了，脚啊，那个脚上那些泡儿都打起了，就看到心里头嘛，像我们这些人，自己的娃娃在当兵，更这样子的嘛，更加心痛。"③

这些救援部队是紧急抽调前来的，只是携带数天的干粮，后勤供应存在严重问题。当时服役于云南省军区的姚召全回忆，他所在连队在地震后即接到上级通知前往四川抢险救灾，5 分钟全连紧急集合，当即于下午 6 点从昆明乘坐火车前往四川，后步行，于 14 日凌晨抵达平武县。由于命令紧急，部队携带的装备较差："我们都是背的一个背包去，里面啥子都没得，就有个被子、衣服这些洗漱用品之类的，睡都是睡在露天坝。"由于灾情紧急，他们无暇休整即投入到救灾中去，"那时候，又没有吃东西，几天都没有睡瞌睡，根本就不知道困和饿"，立即分组分村开始搜救。每个小组每天要搜救几十人，"刚开始那几天，有三四天嘛，没吃没喝没睡"。在食品方面，交通堵塞，根本毫无后勤保障，而且走得很急亦并未很好地准备干粮，全靠吃压缩饼干充饥。④

在访谈过程中，一些受访者不断表示出对于国家、对于解放军的感谢之情，在谈及最应该感谢哪些人时，一名受访者毫不犹豫地说："最想感谢哪些人，我最想感谢的，身边的人，周围的人，是肯定很想感谢的。最想感谢的，其实就是解放军叔叔，因为我从小的梦想就是当兵。当兵呢，额，以前，小的时候，包括到现在，从新闻上面也好，看到也好，还是媒体呀，或者就是我自己亲身经历、亲自看到的也好，对这个解放军，特别崇拜、崇敬，我很尊敬他们。每次我看到哪里有个，有个解放军，我就说，包括武警啊、警察啊之类的，我总觉得我想去看他一眼，真的是，从心里尊敬。因为从那个，

---

① 张瑾等对郭大爷的访谈记录。访谈时间：2017 年 3 月 18 日。访谈地点：汶川县水磨镇街道旁。郭大爷，1952 年生，地震时住水磨镇。

② 武文韬等对张珂伟的访谈记录。访谈时间：2017 年 3 月 21 日。访谈地点：四川大学望江校区文理图书馆二楼。张珂玮，男，24 岁，1993 年出生于都江堰，现居都江堰市。现学习地点四川大学，在读研究生。2008 年地震时居住在都江堰，初中生。地震中经历紧急疏散，住板房过渡，后期房屋重建。

③ 张雪丹等对金会蓉的访谈记录。访谈时间：2017 年 3 月 22 日。访谈地点：阿坝州茂县七一中学门卫室。金会蓉，女，现年 56 岁，茂县沟口乡村民，现于茂县聚友串串香担任服务人员，2008 年 5 月 12 日汶川大地震时正在村里。

④ 胡群钗等对姚召全的电话访谈记录。访谈时间：2017 年 3 月 27 日。姚召全，男，30 岁，1987 年出生于重庆市酉阳县，现居重庆市酉阳县。2008 年四川地震时在成都军区云南分区当兵。2008 年地震时作为一名解放军参与绵阳市平武县的抗震救灾及灾后重建工作共 100 天。

从媒体上面看到的，不管是抗震救灾、抗洪抢险，往大了说就是保卫国家主权之类的，到处离不开解放军的身影。像我自己亲身经历，在我们那上面的时候，嗯，那个物资拉不，拉不过去的时候，那些解放军，一人扛一袋米，翻山四个小时，往那个村上送粮食那些，而他们一天的干粮，他们的口粮就是，一瓶矿泉水，一盒压缩饼干，这就是他们一天的食物，这个是我亲自经历过的，地震的时候，所以，我特别特别崇敬他们。"①

在茂县民族中学，参与救援的一支炮兵部队。他们"不分昼夜，加班加点，搭起板房"的表现更是令全校师生感动。② 解放军和武警等救援力量以这种大无畏的精神，为灾区人民带去了希望，这种高效的救灾行为，极大缓解了灾区民众的生存压力。解放军是开展救援的主要力量。在救灾过程中，缺乏重型设备，他们就用简单工具甚至徒手的方式解救被困灾民。不少官兵在救援过程中受伤，由于徒手造成了严重的损伤，"那些抗震救灾的士兵，没有一个，应该是没有一个人的手是好的"，"指头上的肉都会磨掉"③。

一些灾区民众就组织起来给军队送粥。"那些人还是煮饭哦，就帮到，给那些当兵的吃……都觉得那些当兵的造孽嘛。"④ 他们的英勇行为感动了灾区民众。一名受访者说："有时候给我感觉那些官兵那些呀，自己身上都弄得很破破烂烂的，然后有时候都是浑身血污的那种，我都觉得他们，怎么说呢，很伟大，当时真的觉得官兵是在我心中一种伟大的存在，他们确实把自己弄得身上有些伤，有些伤，这让我看到都非常心痛的感觉。"⑤

军民鱼水情，在都江堰，解放军官兵冒着余震的风险，不舍昼夜地救人，但同时他们的后勤供应却很不容易，救援之时依靠面包、罐头为主食。⑥ 为了表示自己的感谢，及时给解放军补充营养，灾区民众亦组织起来劳军，他们倾尽所有，积极慰问解放军：

"地里面很多都熟了，像啥子，土豆啊，四季豆啊之类的，还有，你晓得，农村人喜欢，喜欢腌点腊肉啊，后来当时，就自发地，自发地组织起来呢，给解放军，是送的，我们自己家的土特产。当时然后请了一个人，他拉，拉到乡政府去的，因为当时那些解放军都住在乡政府噻，然后给他们送，给他们送物资去。"⑦ 军民互助，众志成城、

---

① 赵敏等对魏星的访谈记录。访谈时间：2017 年 3 月 26 日。访谈地点：江油市江油火车站旁休闲茶庄。魏星，男，绵阳市江油市人，现在江油市太平镇政府上班，2008 年地震时在江油市太白中学读高二。

② 韦志文等对杨志林的访谈记录。访谈时间：2017 年 3 月 22 日。访谈地点：茂县民族中学家长接待室。杨志林，男，现年 46 岁，1971 年出生于四川省茂县，现居住在茂县，2006 年参加工作，现担任茂县七一民族中学德育处主任，2008 年 5 月 12 日汶川地震发生时正在学校上班。

③ 符腾对刘志强的访谈记录。访谈时间：2017 年 3 月 19 日。访谈地点：四川大学江安校区法学院二楼。刘志强，男，25 岁，1992 年出生于四川绵阳，现在四川大学江安校区法学院学习。

④ 张雪丹等对金会蓉的访谈记录。访谈时间：2017 年 3 月 22 日。访谈地点：阿坝州茂县七一中学门卫室。金会蓉，女，现年 56 岁，茂县沟口乡村民，现于茂县聚友串串香担任服务人员，2008 年 5 月 12 日汶川地震时正在村里。

⑤ 左露等对杨悟艺的访谈记录。访谈时间：2017 年 3 月 23 日。访谈地点：四川大学江安校区法学院二楼饮品店。杨悟艺，男，19 岁，出生于四川绵阳，现就读于四川大学江安校区法学院，是一名大二学生。

⑥ 罗迹联等对谢继辉的访谈记录。访谈时间：2017 年 3 月 18 日。访谈地点：四川大学江安校区西苑一食堂一楼。谢继辉，男，24 岁，1992 年出生于都江堰，现为四川大学马克思主义学院政治学二年级研究生。

⑦ 赵敏等对魏星的访谈记录。访谈时间：2017 年 3 月 26 日。访谈地点：江油市江油火车站旁休闲茶庄。魏星，男，绵阳市江油市人，现在江油市太平镇政府上班，2008 年地震时在江油市太白中学读高二。

万众一心的精神得到了最好的体现。

在救援过程中，一些解放军甚至为此献出了年轻的生命。据受访者回忆，参与该地救援的一名叫武文斌的解放军在帮助一位老人抢救粮食时，遭遇余震而牺牲。他的牺牲在当地引起了极大的震动。灾民自发地前往参加他的追悼会，隔壁县的人都开着车带着花圈前来悼念，那个场面十分壮观。受访者也买了一个花圈前往悼念。为了纪念他的英雄事迹，该镇将一条道路命名为“文斌路”以纪念他。更令人感怀的是，在得知他牺牲的消息后，他父亲特地赶到都江堰参加救灾工作，并表示“儿子没有完成的抗震救灾事业，他来继续完成”①。人民子弟兵在抢险救灾过程中展现出来的“不畏艰险、百折不挠”精神，成为伟大抗震救灾精神的最直观体现。他们展现出来的精神风貌，更是中华民族精神的重要组成部分。人民子弟兵们在灾区中体现的勇于牺牲、勇于奉献的精神，得到了灾区人民的高度评价：“你还是可以看一下军民的融合程度有多高。你们不知道当时解放军离开的时候，整个我们那个地方的人，真的是夹道欢送。平时看电视剧的时候，这种场景应该只出现在欢送红军，才能看到。”“在他们撤离时，欢送的灾民们自发涌上前去，给他们赠送吃用的东西，“没有任何人组织，发自内心的。就真的你会看到电视剧里边演的一样，会尽量，会往那些士兵身上去塞吃的东西给他们，塞用的东西给他们，因为他们确实太辛苦了。”②

在重灾区茂县，这种军民一心更是表现得淋漓尽致：“这个时候也体现出我们茂县和军队之间，民众……普通民众和部队之间的那种非常纯真的鱼水情，因为当时我们茂县很多老百姓把自个儿家里边的粮食熬成粥送给这些部队，送给这些官兵。啊……还有一些羌族妇女把自己的鞋垫，做好的鞋垫送给这些士兵。因为这些士兵当时他们是走路过来的，鞋基本上已经磨坏了。他们垫的是什么，他们垫的是卫生巾，鞋里边，所以呢，我们很多的老百姓，也就是羌族妇女，我们就把她们的绣花鞋垫送给他们。其实……在这个，虽然它说是一种灾难，但是从另外的一个方面，让它真正地感受到了我们中国以往，应该讲，在七八十年代所具有的那种非常浓烈，军民之间那种非常深厚的气息。”③ 军民鱼水情，在抗震救灾过程中得到了进一步升华，也使“万众一心、众志成城”的抗震救灾精神在这个过程中逐步彰显。

接下来，让我们来看一组数字：据统计，在汶川特大地震后，解放军先后投入救灾部队总兵力达到 14.6 万人，来自各大军区、各军兵种和武警部队，专业兵种达到 20 余个，涉及范围、投入力量之多、速度之快，均创下了解放军救灾历史记录。在救灾的 10 万平方公里土地上，14 万救援大军进入每一个村庄，解救出被掩埋生还民众达到 3338 人，解救被困灾民 140 万人，安置受灾群众的 102 万人。抗震救灾期间，全军和武警部队投入医疗、防疫救援队 214 支，救治伤员 136 万人次，动用车辆、工程机械

---

① 罗迹联等对谢继辉的访谈记录。访谈时间：2017 年 3 月 18 日。地点：四川大学江安校区西苑一食堂一楼。谢继辉，男，24 岁，1992 年出生于都江堰，现为四川大学马克思主义学院政治学二年级研究生。

② 符腾对刘志强的访谈记录。访谈时间：2017 年 3 月 19 日。访谈地点：四川大学江安校区法学院二楼。刘志强，男，25 岁，1992 年出生于四川绵阳，现在四川大学江安校区法学院学习。

③ 韦志文等对马永玖的访谈记录。访谈时间：2017 年 3 月 22 日。访谈地点：阿坝州茂县八一民族中学家长接待室。马永玖，阿坝州茂县八一民族中学教师。

9670台，出动飞机、直升机193架，运送物资156万吨，其中空运7700吨，抢通损毁道路17000余公里。[①] 从这个数字可以看出，解放军和武警官兵在此次抗震救灾中起到了中流砥柱的作用。这些救援力量的迅速到来，有效地缓解了灾民的精神压力。尽管时隔近十年，其救援队伍的高效率依然为受访者所称道："政府的措施其实特别有效率，地震发生没多久，救援物资就来了，还是挺及时的。"

在救援过程中，在道路损毁和信息阻断的情况下，空中运输是当时唯一的一条通道，无论是空中侦查、运送伤员还是投放物资，都是当时救灾的重要途径。为了尽快掌握灾区情况，军队首先派出直升机侦查灾情。据一名受访者回忆："我记得特别多直升机从那飞过，飞的海拔特别特别低，可能就是，勘察受灾情况，或者往汶川飞。你感觉你看得特别清楚，海拔压得太低了，就还在那挥手，感觉别人能看到你，救援你。"[②]

这些飞机的巨大轰鸣声，给予了几乎陷于绝望的受灾群众巨大的鼓舞与信心。城市与乡村不同，前者并无食物源生产能力，而主要通过市场或行政力量供应的方式解决。灾难发生后，城市物资供给断绝，面临着严重的危机。正如一位受访者所言："你要在城区里边待着，那真可能饿死你的（如果你没存粮食）。"[③] 因此，必须尽快将物资运入城镇，以保障灾区的生活需要，这是抗震救灾的重要内容。军队在抢险救灾的同时，各种救灾物资也随之发放下来。这些物资很快解决了受灾群众的吃住问题。据受访者回忆："过了几天，救援就下来了，就会每家每户给你分那些吃的，反正牛奶、方便米饭、方便面，就感觉救援来得挺快的。住了一段时间自己搭的简易棚，救援来了以后，吃的东西来了，过了一段时间，就有帐篷来了，帐篷住了一两个月，就是发的帐篷，一直住的。"[④] 在汶川映秀镇，"几个月过后，我们啥子都不做，每天就领救灾物资、帐篷、方便面，然后纯净水（扳指头数），以及日常那些米面油啊那些能够维持我们生活必需的那些东西"，"政府对老百姓这方面的话还是做得非常好"[⑤]。在发放物资的同时，救援食品亦开始陆续抵达并发放给灾民。

物资的迅速到来，极大地缓解了灾区食物短缺问题。在马尔康，灾区民众印象最深的就是矿泉水、方便面、鸡蛋、火腿，通过大卡车运送过来："因为当时就是有很大这种大卡车，当时马尔康的路还能通嘛，从理县那边过来的，就不走汶川，就还能通那个路。就拉到那里（手势比划），大车大车地拉到那里。当时我跟你说的，我们学校就其他的人都放了嘛，路通了能回家了都回家了。就我们一个班在上课，就我们班几个男生

① 中央电视台新闻专题部：《铭记：5·12汶川大地震口述历史》，中国言实出版社，2009年，第96页。

② 武文韬等对郑雪的访谈记录。访谈时间：2017年3月28日。访谈地点：四川大学江安校区西园。郑雪，女，23岁，1994年出生于都江堰，现居都江堰市蒲阳镇。目前为四川大学马克思主义学院学生。2008年汶川地震时在都江堰蒲阳中学就读初三。

③ 符腾对刘志强的访谈记录。访谈时间：2017年3月19日。访谈地点：四川大学江安校区法学院二楼。刘志强，男，25岁，1992年出生于四川绵阳，现在四川大学江安校区法学院学习。

④ 武文韬等对郑雪的访谈记录。访谈时间：2017年3月28日。访谈地点：四川大学江安校区西园。郑雪，女，23岁，1994年出生于都江堰，现居都江堰市蒲阳镇。目前为四川大学马克思主义学院学生。2008年汶川地震时在都江堰蒲阳中学就读初三。

⑤ 姜力月对杨磊的访谈记录。访谈时间：2017年3月25日。访谈地点：四川省成都市金牛区交岳巷。杨磊，（原）四川省汶川县映秀中学高一学生。

去帮着下货，就我们下车下到那个里面嘛，下……下了好多东西哦，就那几天之后，我们天天食堂吃饭吃的就是火腿和鸡蛋。到后来已经……已经莫法，就是吃不完了那种（无奈笑）。后来连那个酸菜里面都是炒的鸡蛋。”①

在一些地方采取了发放生活补助和物品的方式进行救灾。“国家政策好，那阵的时候每个人每天还有 10 元钱的补助，还有一斤大米还有火腿肠，啥子都给你拿起来，矿泉水一上来就给你拿起来。”② 这些物资的到来，极大地缓解了灾区食物短缺和濒临绝望的压力：“发物资这种特别多，物资特别多，吃的喝的，嗯，一点不缺，这个就是很大程度上就是说，这个肚子饱了，人的那种恐惧感也就没有那么强烈了，就活着的人，死了的人就感受不到那种恐惧了，活着的人有吃的，有住的，自然，心就比较安定就不会有那种（恐惧了）。”③

还有人回忆：“当时还有很多直升机空投物资，当时路断了，自发组织把物资放好，然后乡政府先堆起来一起分发，秩序是挺好的。学校这边老师会说一下这边多少人，然后就派代表去拿，学生这边挺好，大家一起去拿了再分，没有那种因为什么就打起来的事。”④ “当时有很多救灾物资是源源不断地被拉过来了，当时我跟着其他人去镇政府，去领救灾的，比如说水呀，矿泉水、帐篷，还有一些其他物资的时候，然后当时我帮忙搬了很多，我当时看到整个镇政府堆积如山，物资呀，衣服呀，反正特别多的东西。”⑤ 一位受访者说：“就是啊飞机就给我们送吃的，送水那些来嘛，当时啊路还没有通的嘛，还是恼火。所以说啊，还是政府好啊，又是给我们发吃的，又是给我们发水，后头还发帐篷的嘛，啊没有地方住，就每家发帐篷，搭起噻，就都是住帐篷头。”⑥

对于政府在救灾过程中的表现，一位地震亲历者回忆称：“平时我们都可能对国家、对政府呀，或者什么，抱有一些微词，但是真的出现这种大的灾难的时候，你才发现其实还真的要政府的力量，政府可靠。”⑦

在大灾大难面前，国家的力量充分显现出来。为了及时对受伤者进行治疗，经过政府方面的协调，决定将一部分伤者转移到省外就医。兄弟省份解决了很大的问题。灾区

---

① 姜力月对杨小勇的访谈记录。访谈时间：2017 年 3 月 17 日。访谈地点：四川大学江安校区文科楼二区 514 室。

② 章静等对龙安吉的访谈记录。访谈时间：2017 年 3 月 25 日。访谈地点：彭州市白鹿镇回水村龙安吉家。龙安吉，男，68 岁，家住彭州市白鹿镇回水村，一直在家里务农，见证了地震发生的全过程和彭州市白鹿镇回水村的灾后重建。

③ 武文韬等对张珂伟的访谈记录。访谈时间：2017 年 3 月 21 日。访谈地点：四川大学望江校区文理图书馆二楼。张珂玮，男，24 岁，1993 年出生于都江堰，现居都江堰市。目前学习地点四川大学，在读研究生。2008 年地震居住都江堰，初中生。地震中经历紧急疏散，住板房过渡，后期房屋重建。

④ 罗迹联等对秦近玲的访谈记录。访谈时间：2017 年 3 月 18 日。访谈地点：四川大学江安校区文科楼二区一楼。秦近玲，女，21 岁，1995 年出生于四川省阿坝州金川县马尔邦乡，现为四川大学本科二年级食品与轻纺学院学生。

⑤ 罗迹联等对谢继辉的访谈记录。访谈时间：2017 年 3 月 18 日。访谈地点：四川大学江安校区西苑一食堂一楼。谢继辉，男，24 岁，1992 年出生于都江堰，现为四川大学马克思主义学院政治学研究生二年级学生。

⑥ 张瑾等对环卫阿姨的访谈记录。访谈时间：2017 年 3 月 18 日。访谈地点：汶川县映秀镇阿姨家附近的亭子里。该环卫阿姨地震时住汶川县映秀镇，十岁孙子在地震中遇难。

⑦ 符腾对刘志强的访谈记录。访谈时间：2017 年 3 月 19 日。访谈地点：四川大学江安校区法学院二楼。刘志强，男，25 岁，1992 年出生于四川绵阳，现在四川大学江安校区法学院学习。

群众李平的爱人（盲人）在地震时被滚石轧断了一条腿，后被转移到山东的医院。据他回忆，当他们进入医院病房时，室内的医生患者听说他们是四川灾区来的，表现得异常关心，令他心中十分温暖。尽管距离快十年了，但他对那个场景至今记忆犹新："说句老实话，那儿的人对我们四川人真的太好了。我们去的时候，当时人家那儿医院头，每一位一下子都站起，看到我们四川人去了多热情地接待我们。"[①] 经过医务人员六个多小时的手术，最终使他爱人转危为安。在茂县凤仪镇壳壳村，该村团支部书记因在余震中严重受伤，救援队伍派出直升机将其送出四川，后转移到上海接受治疗。[②]

大灾之后必有大疫。这是人类灾难史上颠扑不破的规律。抗震救灾的重要工作内容就是加强对灾区疫情的控制。在卫生部的统一部署下，各地纷纷向灾区派出医疗卫生队伍，保证灾区人民不再受到疫情的第二次伤害。以新疆军区派出的卫生防疫队为例，该队负责对阿坝州理县桃坪乡的卫生防疫工作，由于该地阴雨连绵，气候潮湿，蚊虫肆虐，防疫任务十分艰巨。但防疫队冒着酷暑，真正做到了卫生不留死角。在5月31日该乡佳山村，喷洒药剂2.6吨，面积达到8万平方米。据统计，截至6月3日，新疆军区卫生防疫队的官兵们，每天人均负重23公斤，每天步行30公里，走遍了该乡所有行政村，为2316名受灾户送去了医疗服务，消杀灭面积达到20万平方米。他们还为灾区培训村医、兽医和防疫人员近2000名，为678名村民进行健康教育，为458名村民进行心理疏导，确保了该乡没有发生一起疫情。[③] 在这些防疫队伍的辛勤工作下，汶川地震灾后并未发生大规模疫情，打破了"大灾之后无大疫"的规律，成为人类灾荒史上的一段奇迹。

除此之外，政府的动员能力得到了充分体现，例如在征调物资方面，一位受访者的叔叔为驾校教练，被抽调去运送物资。"看一个执政党执政能力如何，就看在大灾大难面前党的凝聚力、号召力怎么样。"[④] 在救灾过程中体现出来的宝贵精神，来自强大国家的支撑。在灾难中，"自己能感受到，你所在国家还是不会忘记你，你才会感受到一个国家的力量是强大的；然后你能感受到主流的价值观还是光明的"，"就是自己所在的民族还是有凝聚力的。那个时候捐款、捐物呀，献血呀，这些，都是非常踊跃的"[⑤]。对抗震救灾过程中体现出来的这种精神，一位受访者颇有感触："这个东西说得大一点就是中国人最大的优势是什么？能忍、能磨。我不知道你们对历史喜不喜欢。中国共产党的历史，中国底层人的历史，就是在磨难当中奋进的历史。所以中国人的特性，第

---

① 章静等对李平的访谈记录。访谈时间：2017年3月23日。访谈地点：彭州市白鹿镇回水村龙安吉家。李平，男，66岁，实际年龄为68岁。家住彭州市白鹿镇回水村，年轻时做过村里财务、林业员，在新疆兵团当过兵，后来在回水村煤矿工作过，现独自一人在成都当保安。老伴为盲人，在汶川地震中被一块巨石压断了一条腿，治好后于2013年因病去世。

② 何志明等对曹福清的访谈记录。访谈时间：2017年4月2日。访谈地点：茂县凤仪镇壳壳村上组。曹清福，男，现居茂县凤仪镇壳壳村上组。

③ 张亦萌：《大爱无疆：汶川大地震新疆抢险救灾行动纪实》，新疆人民出版社，2008年，第88页。

④ 符腾对刘志强的访谈记录。访谈时间：2017年3月19日。访谈地点：四川大学江安校区法学院二楼。刘志强，男，25岁，1992年出生于四川绵阳，现在四川大学江安校区法学院学习。

⑤ 符腾对刘志强的访谈记录。访谈时间：2017年3月19日。访谈地点：四川大学江安校区法学院二楼。刘志强，男，25岁，1992年出生于四川绵阳，现在四川大学江安校区法学院学习。

一，中国人是不怕苦的；第二，中国人是很能受得住磨难，从封建统治时候，整个中国底层农民，不叫农民嘛，就底层人民，其实就是一部受难的历史呀。因为吃不饱、穿不暖所以才会有农民起义，才会有推翻政权。”①

抗震救灾过程中涌现了许许多多感人至深的事迹。灾区的情况牵动着每一个人的心。地震导致通信中断，电话无法拨通，此时的电台广播就发挥了重要的信息传递媒介。地震发生后，成都市广播电台开始了紧张有序的工作。交通广播电台主持人孙静在地震后连续工作了七十多个小时，甚至有听众直接拨打电话要求她休息。据她自己回忆：“整个人就处于一种说不出话的状态。”在地震后的这段时间里，她冒着余震的风险，继续坚持播放灾区信息，据她事后回忆：“因为我也是经历者，现在想想当时我在直播间里也挺后怕的，你也不知道下一秒这个房间会不会垮。当时最夸张的就是我刚进去（直播间）十分钟的时候，我可以从这儿被晃到那面墙去。”②

各级政府和解放军在抗震救灾中的积极表现，得到了灾区民众的肯定和赞扬。军民一心是此次抗震救灾的重要优势。在这个过程中，国家认同通过灾难得到了进一步加强。我们在访谈过程中，不断听到受访者对党和国家由衷的感激之情：“反正对帮助过我们的特别感谢嘛，那个时候，就有人想到，那个时候你没有吃的，没有住的，那个时候包括国家政府的救援物资，真的特别实用的，吃的，帐篷，那个时候特别需要嘛，国家政府方面肯定要感谢的，因为做得挺好的。”③ 另一名受访者亦说：“年轻人不会讨论（地震）了，除非可能别人问到你，你会给他讲述一遍，父母辈也还好，不太讨论，但是老年人爱讨论，讨论的时候，会特别赞扬政府做的事，他们觉得那个时候没有人来管你，只有共产党管你，后来，他们搬迁嘛，可能会给他们买社保、养老保险之类的，每个月会给他们钱，他们觉得共产党特别好，那种感激。”④

这种高度的国家认同感，源自受灾民众对于人民子弟兵和各级政府在抗震救灾过程中的英勇表现。解放军和武警官兵的英勇奉献，成为伟大抗震救灾精神的重要来源。值得注意的是，此次抗震救灾是全社会总动员的结果，除了政府方面的力量外，社会上的其他救灾力量在此次地震灾害中发挥了不可忽视的作用。

二、非政府组织和人员是践行和弘扬抗震救灾精神的社会力量

政府在抗震救灾过程中扮演了主导者的角色，但与此同时，广大非政府力量亦在这

---

① 符腾对刘志强的访谈记录。访谈时间：2017 年 3 月 19 日。访谈地点：四川大学江安校区法学院二楼。刘志强，男，25 岁，1992 年出生于四川绵阳，现在四川大学江安校区法学院学习。

② 郑雯对孙静的访谈记录。访谈时间：2017 年 3 月 24 日。访谈地点：成华区双林路 99 号成都电视台一楼直播间。孙静，成都市广播电台主持人。

③ 武文韬等对郑雪的访谈记录。访谈时间：2017 年 3 月 28 日。访谈地点：四川大学江安校区西园。郑雪，女，23 岁，1994 年出生于都江堰，现居都江堰市蒲阳镇。目前为四川大学马克思主义学院学生。2008 年汶川地震时在都江堰蒲阳中学就读初三。

④ 武文韬等对郑雪的访谈记录。访谈时间：2017 年 3 月 28 日。访谈地点：四川大学江安校区西园。郑雪，女，23 岁，1994 年出生于都江堰，现居都江堰市蒲阳镇。目前为四川大学马克思主义学院学生。2008 年汶川地震时在都江堰蒲阳中学就读初三。

个过程中发挥了不可忽视的作用。他们分别代表国家与社会的角色，在此次抗震救灾中紧密协作，成为此次救灾的一大亮点。这种特殊的合作方式，充分展现了抗震救灾精神中的“万众一心、众志成城”，值得我们关注。来自民间的志愿者就是这些非政府力量的重要来源。在灾区对外交通恢复后，大量志愿者为抗震救灾工作贡献了重要力量。

为了抢救伤员，成都市内掀起了灾区志愿服务的高潮。地震发生后，鉴于都江堰运送伤员的车辆严重不足，成都市交通委员会通过交通电台紧急呼吁出租车驾驶员前往都江堰协助运送。在短短几个小时里，17 家成都市出租车公司近千辆出租车就自发前往都江堰。他们为伤员得到及时救治做出了重大贡献：“还有那些的士师傅，然后整个成灌高速，那个成都到都江堰的高速全部是的士师傅，形成了一片绿色的海洋。为什么？拉伤员！你不知道，整个晚上我们听到广播，我们的那个感受，现在慢慢回忆起来，非常的感动！很多人，到处都是，广播里面各种热线电话都是说我们要去献血，而成都的的士师傅就拉了很多的救灾物资呀，帐篷呀之类的，就往都江堰跑，所以说那天晚上听到广播是很感动的。一方面，国家领导人都在赶赴救灾现场，民间的各种热心肠呀，爱心呀也是特别厉害。然后当时，自己也在反思，为什么当时自己没有救人的这种想法，觉得很愧疚。”①

12 日那天夜晚，成灌高速彻夜不眠，成百上千辆闪着应急灯的出租车在雨中来回奔驰。一位出租车司机说：“没有什么好说的，能为灾区尽点力，义不容辞。”出租车司机们的义举，感动着灾区人民，也感动着每一个中国人，他们体现出来的“万众一心，众志成城”，诠释着伟大抗震救灾精神的真实内涵。

在成都市林荫街的武侯爱心献血屋外，近千人自发前往排队献血。12 日下午 4 点 40 分，企业家陈光标就派出了 60 台吊车、推土车、挖土机等大型机械组成的救援队，昼夜向西而行。14 日凌晨，车队抵达都江堰。在灾后不到 36 个小时，陈光标的救灾队伍就抵达灾区，被认定为中国民间首支自发的抗震救灾队伍。② 这些民间力量，用自己的行为，强有力地证明了中华民族面对灾难时爆发出来的团结与凝聚力。

在新疆，汶川地震发生后，新疆环塔和新疆红十字会成立了联合救援队，招募志愿者奔赴灾区救灾。招募条件是“能负重 30 公斤、有野外行走 10 公里以上的户外经验和山地运动经验，并要具备一定的医护常识”，主要任务是为不通车的地区运送物资。见到这个消息后，身为四川人的杨轶，是户外运动爱好者，当即报名参加志愿者活动，同时他还主动联系新疆昌吉州人民政府，要求参加政府组织的救援队。经过体能测试，他顺利入选新疆红十字会环塔联合救援队成员。他的义举感动着身边的每一个人，新长征户外运动发起人吕永霞得知他加入志愿者队伍后，积极筹措救灾物资，还为杨轶挑选了一些户外装备与户外食品。20 日，杨轶进入绵阳安县救灾，他们主要帮助居民收拾震后的房屋以及帮忙搬运粮食，他们每天的配给是一瓶水、一袋奶茶和两块饼干。③

灾情发生后，千千万万地民间力量奔赴灾区，这些志愿者在其中发挥了重要作用。

---

① 罗迹联等对谢继辉的访谈记录。访谈时间：2017 年 3 月 18 日。访谈地点：四川大学江安校区西苑一食堂一楼。谢继辉，男，24 岁，1992 年出生于都江堰，现为四川大学马克思主义学院政治学二年级研究生。

② 杨艾祥：《汶川地震 15 天》，中国发展出版社，2008 年，第 39 页。

③ 张亦萌：《大爱无疆：汶川大地震新疆抢险救灾行动纪实》，新疆人民出版社，2008 年，第72～73页。

除出租车司机外，帮助这些运送物资的志愿者在灾区随处可见。在绵阳安县，一位受访者即表示："每天中午都会派人送那个救灾物资过来，分到我们每一个人头上，每天都在送，然后经常就是我觉得当时是路上有很多车，就是那种他们自己组织的那种。他们就过来看到比较惨的需要帮助的，就下来送东西。"① 这些志愿者的做法鼓舞着每一个人，也为灾区的抗震救灾提供了重大帮助。

志愿者来源多样，有退伍军人、自由职业者、青年学生。在茂县，八一民族中学的学生就自发加入一个被称为"红丝带"的志愿者队伍中来。该校一个老师说："我们还有一部分学生非常热衷参与志愿者活动。当时有一个红丝带，不知道大家知不知道，实际上红丝带就是志愿者的一个标志。我班上的学生乃至班上非常调皮的学生都参与了这个组织里边，哦……帮助消毒，全城范围内消毒，然后帮助去把街道上那些已经破损的倒塌的房屋的砖瓦进行清理，腾出这些通道，这是我们学生做的。"②

志愿者主要负责提供咨询、消毒和发放救灾物资。北川县的灾民被大量安置到绵阳九州体育馆，这些志愿者发挥了重要作用。据受访者回忆："当时是有很多志愿者，当我们一到那个地方的时候，马上就有人给你讲先要去干吗，再要去干吗，在哪里领东西，在哪里上厕所，他们都会给我们讲。然后有问题的话他们就有个志愿者，就是有那种咨询台嘛，然后我们就随时可以过去，但是反正……主要就是当时的瘟疫，然后他们就是消毒，比较那个，比较快，然后比较那个频繁，然后消毒很多，然后就是物资的发放。他们……我觉得就是，反正就是确保每个帐篷，每家人都够吃那样子，然后还有个就是晚上的取暖问题嘛，因为晚上比较冷，然后他们就是被子那些会……就是每家来问一下够不够，然后再发这样子。"③

在茂县八一民族中学，当时的红十字会组织的志愿者运送物资前来茂县，让民族中学的师生感受到了来自外界的关心。据受访者回忆，这个志愿队是一个北京的律师组织的，他个人出资十万元，在网上联络了十几个人，这些人来自四川、浙江、北京等。"在参与这个活动的过程中，我们也感受到了，作为外地志愿者他们对茂县的无私贡献、无私帮助"，他们到来后和灾区民众一起搬运与装卸救灾物资，"在这个过程中，他们没有任何的推诿、推脱，和我们一样"④。曾经也有茂县记者去采访他们，但是那个队长他拒绝了，他说："我来是来做事情的，不是为了出名的。"⑤

一些志愿者积极为救灾提供后勤保障，他们在道路上送水送食物，极大地鼓舞着灾

---

① 郑雯对岳水利的访谈记录。访谈时间：2017 年 3 月 26 日。访谈地点：四川大学江安校区文科楼二区 514 室。岳水利，绵阳安县人，地震时小学六年级，现为四川大学大学二年级学生。

② 韦志文等对马永玖的访谈记录。访谈时间：2017 年 3 月 22 日。访谈地点：阿坝州茂县八一民族中学家长接待室。马永玖，阿坝州茂县八一民族中学教师。

③ 赵敏等对杨琴的访谈记录。访谈时间：2017 年 3 月 21 日。访谈地点：四川师范大学狮子山校区聚贤楼一栋。杨琴，女，绵阳市北川县擂鼓镇人。现在四川师范大学读大三。2008 年地震时在擂鼓镇擂鼓中学（今擂鼓八一中学）读初一。

④ 韦志文等对马永玖的访谈记录。访谈时间：2017 年 3 月 22 日。访谈地点：阿坝州茂县八一民族中学家长接待室。马永玖，阿坝州茂县八一民族中学教师。

⑤ 韦志文等对马永玖的访谈记录。访谈时间：2017 年 3 月 22 日。访谈地点：阿坝州茂县八一民族中学家长接待室。马永玖，阿坝州茂县八一民族中学教师。

区民众："我们的车走在路上，一路上都有送吃的，吃的全部免费的，我们在路上饿了，要喝水呀，随时都有，那时候做得多好啊，一路上都有吃的摆在路上，都在说你吃不吃？都在给我们递。我们往出来转移的时候，一路上都是快餐面、水和干粮，随时都有，只要你下车，都在喊吃吃吃，那时候还是感觉多温暖的。主要是帮着关心大家、进行心理安慰，而且有专门的人，官兵帮着救人、帮着搬东西，医疗当时都是免费的。"①

为了便于受灾民众集中，不少北川县的灾民都住在绵阳市内的长虹培训中心，他们的饮食起居都被照料得很好。据一名受访者回忆，他们当时在该中心寄居之时，"在生活方面给予了我们一定的照顾，就是每个月交很少的钱就能吃到很多的饭。社会上给我们捐的这个方便面，还有女同志用的卫生巾，还有衣服、运动鞋，这些我们都领到，感觉到真的是爱心人士"②。这是受灾民众的最真切感受。官方的救援力量与物资发放往往会因面积过大而出现力不能及的情况，但非政府力量却不然，它以其机动灵活的特点，有效地补充了政府救援力量的不足，成为抗震救灾工作中的一道特殊风景线。

与此同时，救助灾民与心理疏导是同步进行的，志愿者在心理疏导方面发挥了重要作用。面对家园被毁甚至亲人受伤乃至遇难，很多受灾民众心理上极易出现问题，特别是中小学生更易留下心理创伤。为了对这些特殊群体开展心理疏导，志愿者在这方面做出了很多努力。在绵阳安县的中小学，随处可见这些大学生志愿者："那段时间大学生志愿者过来得特别多，还跟我们辅导功课啊，陪我们聊天啊，就是特别暖啊，还给我们送书包，送书啊，我现在家里都还有那个文具盒啊什么的，还有水彩笔。对呀，教我们跳舞啊，跳那种手语操什么的。我反正是地震之后去了好几个地方，有的来得久，有的来的时间短。那个时候就感觉大家都在给我们帮助嘛，不光是送东西，还有就是帮助我们。"③

地震后，不少小学生收到了来自外省的绿色的、很大的"爱心包裹"："有一个叫作爱心包裹的东西，对，有一个叫爱心包裹的东西，那个东西呢，可能是政府组织其他省份的群众，然后这个可能是筹款、捐款那种感觉嘛，就是给我们每一个当地的同学、每一个孩子发一个绿色的、很大的爱心包裹。当我们收到包裹的时候非常非常欣喜，打开之后就发现是各种文具，有水彩笔呀，笔呀，书包呀，文具袋呀，还有水杯，对，还有水杯。然后，当然颜色各异的那种感觉。还是挺有意思的，还是挺好的。"不仅如此，他们还收到了来自外省小朋友的明信片："怎么说呢，很欣喜、很感动这种感觉。尤其是后来，在课上的时候，我们老师忽然拿了，拿了很多的明信片来到学校，当时我坐在座位上我就觉得，我就在想这是给谁的明信片呢？就，其实就给了我们每个同学一张明信片，那些明信片很惊讶的是，把我们每个人的名字都写上去了的，啊，就是，我当时

① 张瑾等对王老师的访谈记录。访谈时间：2017年3月18日。访谈地点：汶川县水磨古镇阿坝师专图书馆。

② 罗瑶等对宋代勇的访谈记录。访谈时间：2017年3月25日。访谈地点：绵阳市北川县北川中学。宋代勇，北川中学高中部历史老师。地震时，任北川中学高三的老师。在地震发生之后的第一时间内，参与了北川中学高三的复课和北川中学的重建工程。为汶川大地震的亲历者。

③ 郑雯对岳水利的访谈记录。访谈时间：2017年3月26日。访谈地点：四川大学江安校区文科楼二区514室。岳水利，为绵阳安县人，地震时小学六年级，现为四川大学大学二年级学生。

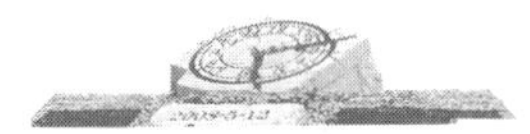

好像收到的是从安徽寄来的。”[①]

这些“小志愿者”通过自己的方式，向灾区小朋友传递温暖的做法，在后者心中引起了共鸣，也鼓舞着他们尽快走出灾难带给他们的阴影和伤害。事实上，这些灾区的孩子，特别是在地震中因伤致残的孩子，面对生活和学习的困难，表现出了令人惊异的顽强。他们的这种精神，不仅源自个人强大的内心，还得益于社会各界的关心与帮助。

为了帮助灾区学生尽快走出心理阴影。来自社会各界的志愿者发挥了重要作用。当时一个企业家组成的志愿者团队，名为“托起明天的太阳”，前往金川县中小学对受灾学生进行心理辅导。他们主要通过组织学生玩游戏，调节心理状态进而增加对别人的信赖。一名受访者在与一个来自深圳的志愿者交流时，后者告诉她：“一个人只有自己强大了，别人才会尊重你。”这句话让她终身铭记。她自己也说：“就是因为这次活动之后，就觉得我变化挺大的。”从此之后，她学会了调解自己的心态，从内向逐渐变得开朗。此后，四川大学学术社团——自强社亦曾组织社员前去汶川中学举行“跑完全程”的活动，这次活动令他们第一次接触了大学生这个团体，“当时，他们走的时候，我们都哭得稀里哗啦的，都很舍不得”。经过努力，她最后也考上了四川大学，还在学校里见到了当年前来组织他们玩游戏的哥哥姐姐。[②] 从这个案例可以看出，民间志愿者在从事灾后心理疏导过程中发挥的重要作用。

汶川地震后，各种社会组织力量纷纷伸出援助之手，他们以各种形式加入抗震救灾中来。因此，2008 年又被称为中国社会组织的元年。正如一位受访者所言：因为当时出现了很多的志愿者，志愿者都以组织的形式参与到救灾中，所以到了“5·12”地震的时候，因为 2008 年是一个爆发点，许多社会组织一下子爆发起来，爆发式的成长。[③]

由于汶川地震是中华人民共和国成立以来除唐山大地震外规模最大的一次地震，各种社会组织如同雨后春笋般地涌现出来。他们在发挥巨大作用的同时，也考验着其运转的效能。例如灾害来临时，社会组织应该做什么？灾后抢险阶段应该如何做？灾后重建阶段又该如何？这些都是在此次汶川地震中所取得的经验教训。他们的最大感受就是：“（救援）不能盲目！社会的热情应该是有的，但是你要有懂的专业人士去救援。比如说紧急救援阶段，专业人士进入，比如当时的蓝天救援队呀；后来的灾后重建阶段，这些心理干预，具有心理辅导作用的社会组织进入；灾后重建阶段的话，就是帮助灾民修葺房子，帮助他们，带领他们走出经济的困境，应该带去更专业的资源去给他们利用。要分不同的阶段，去进行援建、抗震救灾。”[④]

这是地震救援带给志愿者的宝贵经验。地震发生后，成都市内一些志愿者组织开始

---

① 左露等对杨悟艺的访谈记录。访谈时间：2017 年 3 月 23 日。访谈地点：四川大学江安校区法学院二楼饮品店。杨悟艺，男，19 岁，出生于四川绵阳，现就读于四川大学江安校区法学院，是一名大二学生。

② 罗迹联等对秦近玲的访谈记录。访谈时间：2017 年 3 月 18 日。访谈地点：四川大学江安校区文科楼二区一楼。秦近玲，女，21 岁，1995 年出生于四川省阿坝州金川县马尔邦乡，现为四川大学本科二年级食品与轻纺学院学生。

③ 罗迹联等对谢继辉的访谈记录。访谈时间：2017 年 3 月 18 日。访谈地点：四川大学江安校区西苑一食堂一楼。谢继辉，男，24 岁，1992 年出生于都江堰，现为四川大学马克思主义学院政治学二年级研究生。

④ 罗迹联等对谢继辉的访谈记录。访谈时间：2017 年 3 月 18 日。访谈地点：四川大学江安校区西苑一食堂一楼。谢继辉，男，24 岁，1992 年出生于都江堰，现为四川大学马克思主义学院政治学二年级研究生。

迅速集中起来，并投入到抗震救灾工作中去。这里必须提到著名的天虎应急救援队（后简称救援队），就是这个非政府救灾力量的重要代表。课题组采访到了现任救援队办公室主任的鄢卫东先生，他曾直接参与汶川地震救灾工作，并在其中发挥了重要作用。根据他的描述，我们大致可以了解该救援队在汶川地震中的情况，并以此来管窥整个救灾过程中非政府力量，即民间志愿者力量在其中扮演的角色。这个救援队的组成人员较为多元化，例如退役军人、退役警察、私企老板、打工者等，除队长左弟海外，绝大部分成员都是空余时间从事志愿活动工作。

地震后三天，即 5 月 14 日，鄢卫东在安顿好家人后，即前往四川省红十字会报到，并登记下自己的车牌号与联系方式，以便随时听候调遣。在救灾过程中，根据红十字会的安排，他主要是前往彭州、温江、绵阳等成都周边地区帮助运送帐篷与食品。据他观察，很多朋友都自发组织购买食品和矿泉水。例如成都体育学院一个女教师发动其朋友们购买了很多面包、矿泉水和火腿肠等一些干粮，帮他们拉到灾区。地震发生后，大量成都青年人主动前往团市委报到参加志愿服务工作。团市委将这些人组织起来，一共成立了十一支分队，按照不同的专业和特长，分为医疗、交通运输、治安防范等。但他尚未加入这些组织，而只是在红十字会登记，对此他评价道："只能说，帮助那些需要帮助的人，是一个人，一个善良的人的本性。"他在玉树地震后才加入团市委的这个队伍。此后，他参加了玉树地震、甘肃舟曲泥石流、云南丽江地震、芦山地震、鲁甸地震救援工作。

据他回忆，他们在灾区的主要工作是，头三天主要是救人，即在废墟中找人。但遗憾的是，在救人过程中尚未发现生还者。第四天一般物资之类的就运输进来，然后他们会在灾区呆一个星期左右，主要是搜救和发放物资。例如在汶川地震中，他们主要是"拉物资，搬运物资，（物资）是国家的帐篷和棉絮以及社会力量捐赠的干粮"。值得注意的是，他们在灾区充分考虑到了受灾者的心理状态，例如在称谓上，一般不叫"灾民"，而是叫"受灾群众"。① 这些非政府力量的加入，为抗震救灾工作增添了活力，也有效地补充了政府救援力量的不足。他们的自愿到来，充分彰显了"团结一心、众志成城"的抗震救灾精神。

汶川地震后，成都团市委为了便于管理与协同这些志愿者，在整合个人特长的基础上成立了 11 支共计 512 人的志愿者服务队伍，主要分为医疗救护、水上救援、交通运输，还包括防震减灾、秩序维护、新闻宣导等一些志愿者服务队伍，在 2009 年时整合起来成为成都青年应急服务队。为了便于管理，在经过注册后，成为成都天虎防灾减灾应急中心，作为青年应急服务队下属的一个队伍。据该队队长左弟海介绍，随着时间的推移和实践经验的积累，这个救援队的职能逐步实现了转换和跨越，即从"救"的工作转移到"防"，具体说来就是："在做好我们自身保证能参与救援响应能力的情况下，再转变为社区、社会的这个'防'的准备，教大家怎么去防灾减灾，灾害教育、生命教

---

① 罗迹联等对鄢卫东的访谈记录。访谈时间：2017 年 3 月 18 日。访谈地点：四川省成都市青羊区小南街 28 号成都市青少年活动中心 1704 室天虎防减灾应急中心办公室。鄢卫东，男，46 岁，1970 年 11 月出生于四川省井研县，现工作于成都某科技有限公司。汶川地震时，多次前往灾区运送物资，参与救援工作；汶川地震之后，继续从事各种志愿者工作，多次前往地震灾区，并于 2010 年加入天虎应急救援队，并任救援队的办公室主任。

育、安全教育，这是我们的应急手段，主要的手段、方法，那么推动社区、学校、单位以及公共场所，包括我们的一些企业、建筑工地等等，做他们的一些应急技能、应急常识的一种培训，以推动他们的这个意识的提高、技能的提高、知识的提高……以前的群众只知其然，不知其所以然……但是他们不懂，这个真正是专业的，怎样去应对，其实在那一瞬间是无法应对的，懂了那些知识和技能（才能应对）。”①

此外，该救援队不断壮大，并应云南团省委邀请，前往云南等地进行队伍孵化，帮助他们组织16个州市县的培训，并组成红河队和德宏州两支完成建制的救援队伍。同时，在省内雅安、青白江、彭州、龙泉、双流、崇州、都江堰拓展和孵化队伍。②

据左队长回忆，地震后他没有预计到严重性，只是心系在都江堰的战友以及自己在该地的房屋情况。但抵达都江堰后发现事态十分严重，在确认战友无恙后，先返回市内帮助搬运物资等，接着前往成都团市委报名。据他描述，当时前往团市委报名作为志愿者的人特别多：“那个金河宾馆那边，那个排队简直是很长，还站了几排，就是报名参加（救灾）的志愿者，当初的那个志愿者就井喷了，大家都愿意去做。其实是很无序的，状态很乱，大家也不是这个专业。我究竟是去干什么，我们只是抱着这种热情去做，当时参加的人特别多。”③

尽管大家都是出于热情而积极报名，但实际上对如何参与救援却并不十分了然。当然，这些志愿者投入到救灾之中，对于抗震救灾是一个非常大的帮助，“团结一心、众志成城”，在这一刻融入了每一个志愿者和灾区民众的心中。然而，此次志愿活动，启发了左队长的思路，为此后专业救援队伍的成立奠定了重要基础。2009年，在团市委的帮助下，这支志愿者队伍就组建起来，在管理、招募、培训方面，团市委都做出了很多努力，根据志愿者的专业技能，分为各个类别的支队。④

汶川地震催生了各类民间社会团体，这些志愿者组织在抗震救灾过程中发挥了不可

---

① 罗迹联等对左弟海的访谈记录。访谈时间：2017年3月28日。访谈地点：四川省成都市青羊区小南街28号成都市青少年活动中心1704室天虎防减灾应急中心办公室。左弟海，男，1698年3月出生于四川安岳，曾是军队干部，现在成都市共青团青年志愿者服务中心工作，担任成都天虎救援队队长。2008年汶川地震时居住在成都，从军队退役后闲居在家，在汶川地震中曾参与了都江堰、汶川等地的救援，后在成都市共青团组织的青年志愿者救援队中参与救援服务，并成立了专业的灾害救援队，担任主要负责人。

② 罗迹联等对左弟海的访谈记录。访谈时间：2017年3月28日。访谈地点：四川省成都市青羊区小南街28号成都市青少年活动中心1704室天虎防减灾应急中心办公室。左弟海，男，1698年3月出生于四川安岳，曾是军队干部，现在成都市共青团青年志愿者服务中心工作，担任成都天虎救援队队长。2008年汶川地震时居住在成都，从军队退役后闲居在家，在汶川地震中曾参与了都江堰、汶川等地的救援，后在成都市共青团组织的青年志愿者救援队中参与救援服务，并成立了专业的灾害救援队，担任主要负责人。

③ 罗迹联等对左弟海的访谈记录。访谈时间：2017年3月28日。访谈地点：四川省成都市青羊区小南街28号成都市青少年活动中心1704室天虎防减灾应急中心办公室。左弟海，男，1698年3月出生于四川安岳，曾是军队干部，现在成都市共青团青年志愿者服务中心工作，担任成都天虎救援队队长。2008年汶川地震时居住在成都，从军队退役后闲居在家，在汶川地震中曾参与了都江堰、汶川等地的救援，后在成都市共青团组织的青年志愿者救援队中参与救援服务，并成立了专业的灾害救援队，担任主要负责人。

④ 罗迹联等对左弟海的访谈记录。访谈时间：2017年3月28日。访谈地点：四川省成都市青羊区小南街28号成都市青少年活动中心1704室天虎防减灾应急中心办公室。左弟海，男，1698年3月出生于四川安岳，曾是军队干部，现在成都市共青团青年志愿者服务中心工作，担任成都天虎救援队队长。2008年汶川地震时居住在成都，从军队退役后闲居在家，在汶川地震中曾参与了都江堰、汶川等地的救援，后在成都市共青团组织的青年志愿者救援队中参与救援服务，并成立了专业的灾害救援队，担任主要负责人。

忽视的作用。他们以“不求回报，服务社会”为宗旨，诠释了非政府力量的行为选择与责任担当。他们以“团结一心、众志成城”的决心，“不畏艰险、百折不挠”的精神，在汶川以及此后的抗震救灾中成为官方不可或缺的重要助手。

在整个抗震救灾过程中，官方与民间积极协作，努力同心，攻坚克难，最终取得了抗震救灾的伟大胜利。在这个过程中，伟大的抗震救灾精神也得到了凝练与升华。这个精神的核心词汇之一就是“团结”。团结是支持官方与民间紧密协作的重要力量，是维系灾区与非灾区民众之间心灵纽带的重要媒介，更是中国与国际社会协同救灾的重要支柱。正如一位受访者所言：“团结！真的是团结，真的是团结！（点头）勇敢也是，对整个民族很重要。就是整个事情已经发生了。然后我们就团结一起面对。在这次灾害中可以看到很多人真实的一面，太真实了，包括他的哭、他的害怕、他的勇敢，包括他能力所能及地帮助别人。”①

一言以蔽之，那就是“灾难面前，最重要的就是‘万众一心，众志成城’”②。抗震救灾事关灾区民众生命财产安全，在汶川大地震中，政府与民间力量紧密结合，互为补充，谱写了一曲抗震救灾精神的交响乐。伟大的抗震救灾精神也在这个过程中逐步显现。“万众一心、众志成城，不畏艰险、百折不挠”在地震发生后的紧急救灾过程中表现得淋漓尽致。抗震救灾之后，紧接着的就是繁重的灾后重建工作。与紧急救灾不同，灾后重建侧重于灾区民众的长远发展，需要以“以人为本、尊重科学”的态度来进行。十年过去了，我们回过头来看灾区的重建，自然具有特殊的现实意义，并在这个过程中发现与挖掘抗震救灾精神的提炼与升华，就是本课题的主旨所在。

三、灾后重建遵循抗震救灾精神的引领

灾后重建是一个巨大的工程，不仅是物质上的重建，更有精神上的再塑；不仅有实践上的推进，更有理论上的建构和指导。

（一）美丽家园的重建

美丽家园的重建是灾后重建的基础，因为它关乎受灾民众最基本的生存权利。在重建家园的过程中，汶川大地震得到来自全国各地的支持与帮助，如实物帮助、资金帮助、技术帮助等，它们共同构成家园重建的坚实基础。这里家园重建的主体主要包括居民、学校、企业等。

1. 以抗震救灾精神为指导重建以居民为主体的家园

在整个重建过程中，国家的科学政策是重要的保障。如全国除四川的每个省都一对一地帮扶一个地方。这些省市遵从国家的政策，全心全意地为灾区民众提供物质帮助、

---

① 郑雯对孙静的访谈记录。访谈时间：2017 年 3 月 24 日。访谈地点：成华区双林路 99 号成都电视台一楼直播间。孙静，成都市广播电台主持人。

② 郑雯对岳水利的访谈记录。访谈时间：2017 年 3 月 26 日。访谈地点：四川大学江安校区文科楼二区 514 室。岳水利，绵阳安县人，地震时小学六年级，现为四川大学大学二年级学生。

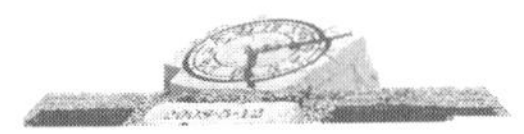

技术帮助等，体现了面对灾难，万众一心，众志成城；在重建过程中，他们始终不畏艰险、百折不挠，始终以人为本、尊重科学。“就拿我们小金县来举例的话，当时地震之后，我们小金县也是属于那种重灾县城之一嘛。因为当时就有个那个……政策（回忆）就是一个省帮扶一个地方那种。我们小金县当时是江西省援建的那种嘛，然后就，真的是我们全小金人民都很感谢江西人民，都喊‘江西老表’嘛（大家笑）。然后就，他们援建我们那种，反正在我印象当中，我们县城就变了个样，就新修了地方，有个江西医院，还有个江西路、一个江西广场，就在我们小金县城里头。然后就是特别感激那种，给予我们帮助给予我们资助那种人们嘛。特别是地震一周年两周年的时候嘛，就有纪念活动。”①

资金无疑是重建过程中最不可缺的要素。全国上下也万众一心，踊跃捐款。在捐助过程中，有的同为灾民，但仅仅是因为你也许比我更需要资助，于是便献出自己的零花钱，为帮助他人添一根柴火。捐款“我们当时也有。是上高中的时候老师讲过吧，我们那个高中，好像所有的学生那天开什么会，把所有的学生都叫到操场上面。那次组织捐款的时候，其他的学生都捐 5 块、10 块，班上有个捐 50 的，他平时特别节省，老师也不理解，家里没钱为什么捐那么多。他说，他特别害怕。当时所有人都在操场，只有他自己，好像全校只有他自己在教学楼里面。当时楼乱晃，周围都没有人，他特别害怕，他以为自己要死掉了。当时学校要求所有的人都要下去，他学习比较认真”②。

正是因为有众人一心、众志成城的坚定力量，地震灾区在国家的领导下，经过专家组的认真研讨和决议后迅速地开启了重建工作。地震是无情的，但只要秉持万众一心、不畏艰险的抗震救灾精神，人们就能发挥主观能动性，把家园建得更好。来自四川绵阳安县的岳水利分享了她眼中的新家园。重建的新家园不仅增添了企业，提升它的发展动力，还增添了娱乐设施以改善人们的生活方式。“小时候本来就没有娱乐设施。地震之后我们那边都修得特别好，基础设施什么的，然后我们学校也是重新修的，小学都是重新修的，什么都是重新修的。特别好，都重建的，因为地震后的房子都不能住人。然后就得拆了重修。”重建家园不仅在于硬件设施都变成现代化，还在于根据当地的特色与特点进行有针对性的重建，如此，既保持了地方特色，也使人民生活水平得到提升。“对，我们那边有很多汽车厂、重工业厂，然后什么的厂都特别多。我们那边因为是搞高科技的，就是厂里面搞高科技，军队就过来驻扎，但是我们县里面，低一级的地方是从地震之后，然后各方面工业啊，经济啊都发展得特别好，街道什么的都变了个样子，全都变了个样子。”在重建家园的过程中，发展新的科学的产业结构是核心内容之一，人们根据当地的特色，重新规划未来的发展方向。“没有没有，当时我们那边都是很老的工业。后来就援建嘛，就各种人过来投资嘛，然后就鼓励大家去做，都是有鼓励的。然后有各方面政策，政策我都是听说，就觉得特别好。然后乡村里马路修到家门口，每

---

① 姜力月对杨小勇的访谈记录。访谈时间：2017 年 3 月 17 日。访谈地点：四川大学江安校区文科楼二区 514 室。杨小勇，四川大学法学院研究生一年级。

② 张瑾、梁苗苗对韩晓晓的采访。访谈时间：2017 年 3 月 18 日。访谈地点：四川大学江安校区法学院一楼。韩晓晓，女，20 岁，1997 年 3 月 10 日出生于安徽省太和县，现居于四川省德阳市，于四川大学就读本科。

家每户都是两层，真的是新农村。然后反正各方面都做得特别好。”①

合理的分配住宅是家园重建过程中需要考量的要素。在分配过程中，国家始终坚持以人为本，从受灾民众的整体情况出发，结合受灾民众的实际需求，受灾民众在国家政策的补贴中，运用自己的力量再次恢复家的模样。政府补贴，银行免息贷款，自己的存款是灾区民众再次获得住房的资金来源。“这儿嘛，给钱嘛，自己出钱嘛。770 一个平方。都是自己出钱修的，国家嘛，补贴你一部分嘛。”“你看嘛，就是一家。有 120 的，150 的，90 的，他照一个人 30 个平方。你家有几个人嘛，就允许你修好宽的房子嘛，就是这样的。”“嗯，一个，一平方 770 嘛，你照到算嘛。100 个平方就要 7 万 7，7 万 7 他补助的有，9 个人是一万六，除了剩下的你就要自己掏了哇。有两万的，最高的有补到二万三的，那就是 150 的。”“啊，贷款嘛。那个时候修房子莫得钱的嘛，就贷款嘛，那个时候的贷款等于说就是五年莫得利息的嘛。”②

2. 以抗震救灾精神为指导重建以学校为主体的家园

学校是重建的另一主体。学校重建事关国家教育的发展与学生的成长。在重建过程中，人们对学校的重建投入了巨大的精力。学校的选址、学校建筑的考量等，都始终以人为本、尊重科学，因为人们的目标不仅是重建学校的建筑，更重要的是建一个以学生为本的校园。在四川灾区，北川、映秀等地区受灾的学校都得到重新修建。重新修建后的校园更适合学生的学习与生活。采访中的王老师就描述了她所在的学校的相应情况。科学勘测，重新选择合理的校园地址，“重新建的，他们选择一个重建地址，汶川原来比较窄，我猜的哈”，即便迁址会花费大量的资金，但依旧不可动摇，“肯定是地震后，不地震怎么可能迁动，不地震肯定不会迁出来，迁动一下花多大资金啊”③。

以抗震救灾精神为指导重建以企业为主体的家园。灾区企业的重建关系灾区经济的可持续发展。灾区企业在地震后自主开始恢复生产，他们不畏艰险，百折不挠，集聚各方力量，解决面临的困难。在他们看来，只要能解决的问题，再难都不是问题。

东汽是四川灾区规模较大的企业，在地震中，其生产处于瘫痪状态。尽管如此，他们的员工坚信东气不会倒下，他们的领导志在一定要恢复生产，正是在抗震救灾精神的引领下，他们谱写了东汽人特有的精神品质，抑或说，东汽人在抗震救灾中的万众一心、百折不挠，以人为本、尊重科学是抗震救灾精神的现实来源。购买设备、联系厂房、完成审批，他们在抗震救灾精神的引领下，东汽再次恢复昔日的神采。就生产自救而言，“生产自救，我们就是到焊培站的话有很多设备嘛，那么都陆陆续续地去，去了

① 姜力月对岳水利的访谈记录。访谈时间：2017 年 3 月 26 日。访谈地点：四川大学江安校区文科楼二区 514 室。岳水利，四川大学大二学生。

② 张瑾、岑福雯、梁苗苗对环卫阿姨的访谈。访谈时间：2017 年 3 月 19 日。访谈地点：汶川县映秀镇阿姨家附近的亭子里。环卫阿姨，女，现居汶川县映秀镇。2008 年四川汶川地震时居于汶川县映秀镇渔子溪村 4 大队，地震时在地里干活，年仅 10 岁的孙子在地震中遇难于小学，家里房屋倒塌。现搬迁至安置房内，由政府安排工作，打扫环境卫生。

③ 张瑾、岑福雯、梁苗苗对王老师的访谈。访谈时间：2017 年 3 月 18 日。访谈地点：四川汶川水磨镇阿坝师专。王老师，女，现居住在水磨镇的阿坝师专家属区，职业：图书管理老师。2008 年地震的时候在汶川，之后灾后重建，随阿坝师专搬迁到水磨镇。

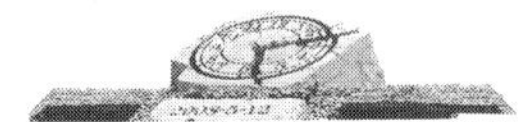

以后，嗯……我们就是，那个时候，我呢，就是负责去找厂房，去联系，那么还有一些，不能说我们找到就去，还有一些手续要去办这些，那个时候的话，他们看到我，每天骑个自行车……那个时候，因为单位的话，一个单位的话都是四面八方的，到各地方去签字啊，请示啊，批示啊，那些什么的，那个时候天开始热起来了嘛，骑个自行车这样跑，人不知疲惫，那种，那种情况下，人的……好像没往这方面去想，好累啊，没有去想，就想赶紧去做这件事情，下面的话我还要去做什么事情，都是这样子的"[①] 四川地区的企业在政府的支持下，在各个企业的自我建设中再次获得了好的发展。在政策帮扶下，四川涌现出一批新的生产企业。他们为四川经济的恢复发挥了积极作用。

（二）灾区的规划事业

灾区的规划事业是灾后重建的另一重要任务，它关系地震灾区的可持续发展。灾后重建中的规划事业，包括灾民的生计安排、灾区的生产结构、经济发展方向等内容。

1. 以抗震救灾精神为指导，结合实际解决灾民的生计

灾区民众的生计安排关系到民众最基本的生存权利。地震后，灾区民众充分发挥自己专业所长重新恢复到自我生产之中。对特殊人群的安顿成为需要解决的问题。灾区政府在国家与社会的各方支持下结合当地民众的实际情况，合理解决灾民生计问题。

恢复家园、建设家园成为许多灾区青年人的职业规划。他们将个人理想与恢复、发展家园的理想相结合，贡献自己的力量。如来自灾区的川大学子杨小勇真挚地说道，那里有我的亲人，守护家园，我应有一份力，对此，他选择了始终站在第一线的刑警这个岗位，既守护家园，也遵从自己的内心。"因为这个首先就是说，说大了是责任在嘛，还有一个地方……你想嘛，你那边全部都是你自己的亲人，是你最亲近的人在那边，如果他们发生什么事情你不会是缩在后面的撒，你肯定是第一个冲到前面去保护他们的……我觉得，有这个责任感在身上，到了那个时候，发生了什么事情的话，肯定到时候还是会、一定会、绝对会冲到最前面的，去帮助那些需要帮助的人嘛，首先一个把自己的责任感、使命感嘛那种尽到嘛。这个还是会的。"[②]

政府根据灾区民众的实际情况，为灾区民众安排了工作，为他们的生活提供了最长久的帮助。采访中的环卫阿姨就是其中一位。"哦，这哈都在一起。哦。人家他打工又去不到的嘛，像我们这儿扫地都是咋的喃，都是安排的遇难者家属，安排我们媳妇儿，安排媳妇儿，这哈子队上的干部就说的，意思是看到我天天都，他们那些人家尽都没有遇难的人喃就嗯有说有笑的，你在那儿哭，人家队长干部就说的就干脆等你们老的去扫，你们年轻的去打工，就这样子的。打工嘛，他们也就没有再出去了嘛，就在映秀当地就找到工作了嘛，还是想的一家人不要离得远得很，在一起就可以了，挣钱嘛，挣多挣少都一样的。地震过后嘛，我就在这儿打扫卫生。（岑：等于说政府就把有遇难的就

---

① 刘吕红、胡群钗、丁郁对孙晶的访谈。访谈时间 2017 年 3 月 19 日。访谈地点：德阳市迪欧咖啡厅 A01。孙晶，女，现年 47 岁，1970 年出生于四川省绵竹市汉旺镇，现居住在德阳市庐山路，为退休人员。

② 姜力月对杨小勇的访谈记录。访谈时间：2017 年 3 月 17 日。访谈地点：四川大学江安校区文科楼二区 514 室。杨小勇，四川大学法学院一年级研究生。

工作安排了。)”①

合理安置灾区弱势群体的工作，使人们有维持生活与发展的路径是重建家园过程中的重要工作，它在一定程度上保障了灾区的稳定与发展。引导灾区民众将自己的事业与重建家园相结合，则为灾区的可持续发展提供新鲜血液，是灾区发展的可持续之路。

2. 以抗震救灾精神为指导，规划灾区城镇的生产

受灾地区的生产是需要长期规划的事业。在重建家园的过程中，不仅是重新修建房子，更重要的还在于恢复当地的生产，这是可持续发展的命脉。

在岳水利的口述中，他叙述了家乡的新变化，这种变化不仅是建立新家园，更是建立一份新事业。“小时候本来就没有娱乐设施。地震之后我们那边都修得特别好，基础设施什么的，然后我们学校也是重新修的，小学都是重新修的，什么都是重新修的。特别好，都重建的，因为地震后的房子都不能住人。然后就得拆了重修。”“当时我们那边都是很老的工业。后来就援建嘛就各种人过来投资嘛，然后就鼓励大家去做，都是有鼓励的。然后有各方面政策，政策我都是听说，就觉得特别好。然后乡村里马路修到家门口，每家每户都是两层，真的是新农村。然后反正各方面都做得特别好。”②

3. 以抗震救灾精神为指导，规划灾区经济的发展方向

在灾后重建过程中，规划灾区经济的发展方向是一项重要任务。当地民众在当地政府的领导组织下，积极发展现代化经济，实现产业结构的转型。从以前的种庄稼，逐渐向第三产业发展。“种啥子庄稼哦，你看这里头基本就是种点玉米啊那些，就这儿地震过了嘛，还是有人种，但是都少了，基本上都搞旅游去了嘛，年轻的就去当导游啥子的，像我们嘛就屋头摆个小摊摊嘛，就是这样。以前阿师专嘛在汶川嘛，这儿地震过后就把阿师专搬到这儿水磨来了嘛，啊河那边的人家户些等于说就搬迁了嘛，为了修阿师专，就搬到啊底下去了，啊底下就你们上来那儿的那个羌城嘛，就是为了修阿师专，啊人户些就搬到那儿去了嘛。现在啥子菜市场啊，车站啊这些都在河那边，我们这边就主要是做那个旅游生意了嘛，等于说就是这样的。还是好，这共产党，这政府的政策还是好，你看这房子给我们修得好好嘛，要不是这共产党的政策啊，这回地震过后我们还不晓得啥子时候才把房子修得起来哦，恼火哦，你看这儿现在，整个水磨镇，发展好好嘛，我们说的起码是前进了二十年，可能还不止哦。”③

在对灾区民众的采访中，人们感恩灾区的政策，感恩社会的帮助，在重建的家园中恢复了生活，也积极发挥自己的力量努力让生活过得更好。但在采访中，我们也听到了另一种真切的声音，他们期望有更多“软件”的投入，如优秀的师资队伍、优秀的医疗队伍等，那是从他们的生活实际出发的愿景，也是想要让家乡更好的一种责任。“嗯，

---

① 张瑾、岑福雯、梁苗苗对环卫阿姨的访谈记录。访谈时间：2017年3月19日。访谈地点：汶川县映秀镇阿姨家附近的亭子里。环卫阿姨，女，现居汶川县映秀镇。

② 郑雯对岳水利的采访。访谈时间：2017年3月26日。访谈地点：四川大学江安校区文科楼二区514。岳水利，四川大学大二学生。

③ 张瑾、岑福雯、梁苗苗对郭大爷（房东）的访谈。访谈时间：2017年3月18日晚。郭大爷，男，65岁，1952年生，现居汶川县水磨镇，职业：个体户。

首先说实话，我们那个地方的生活水平从那个生活质量包括那个幸福指数都是提升了的，包括人均可支配收入这些肯定是比地震之前提升了不少，这个一方面是政府的一些就是灾后重建、帮扶；另外一方面就是那边发展旅游业带来一些发展的机会以及一些商机。从这些方面来说我们那边硬件条件包括学校的建设，然后那些一些先进的东西，比如说修房子，包括那些基础设施建设，都比较完善。是可以这样子说——和成都那些郊县、那些乡镇比的话毫不逊色——仅从硬件方面来说。生活水平的话，也有相当大程度的提高，但是，从一些软性方面的东西来说，包括人的素质，比如说接受教育的水平，以及师资力量、医疗力量这些方面可能和地震之前（相比）有一定的提升，但是提升不是很明显。因为这个我觉得需要一个长期的过程，肯定不是一蹴而就的。你说如果是要我们那边医院的设备很先进，然后学校修得很漂亮，道路修得很宽，老百姓的房子就是说住得很舒服、很大，但是你没得相应的匹配的一些就是说优秀的，比如说医院的医资力量、学校的师资力量……这些我觉得到现在还没有达到一个匹配，就是相应的匹配。所以说我觉得，以后整个汶川县，包括就是说嗯……我们地震的灾区，就是说接受过国家帮扶、支持和重建的地方，觉得更重要的是去解决他们一些可持续发展方向的一些东西，包括比如说……嗯，你当地即是说人民的素质，以及教育水平，然后医疗条件这方面就是说硬件方面的提升，我觉得的话，这个才有利于长期发展。如果仅是提升硬件的一些东西，比如说你把马路修宽了，学校修大了，医院里面有很多先进的设备，但是你没得相应的一些软件方面的一些资源来支撑的话，这些东西的话，我觉得会造成一个资源浪费。而且我觉得对于我们那个地方的可持续发展来说，帮助是不大的。”①

重建家园不仅是硬件设施的完善与更新，还在于文化的投入与发展。民众感恩政府、社会的支援与建设，也期待在硬件投入的同时，加大对灾区教育、医疗、文化事业的投入与建设。还有一个更为重要的并不可或缺的建设在于对灾区民众心理的建设与意识的提升。只有实现物质与精神两方面的建设，才能实现受灾地区的生态发展。

（三）灾后的心理疏导

心理疏导是灾后重建的长期任务。家园被毁，可以重建，但亲人离世，却无法回生；财产损失，可以再生产，但记忆中地震带来的恐慌与害怕，却迟迟不能抹去。帮助灾区民众积极面对生活是心理疏导的出发点与落脚点。地震中对生命的感悟，亲人、朋友的陪伴，志愿组织的加入为恢复受灾民众的心理健康发挥了作用。

1. 坚定过幸福生活的态度是心理疏导的出发点与落脚点

走出地震的阴影、接受失去的事实、重拾生活的信心是心理疏导的重要内容。在心理疏导中，灾区民众自主的积极态度、教育的作用、心理辅导是主要的形态，他们共同帮助灾区民众恢复精神面貌与心理健康。

烙在中国人骨子里的能忍的性格、能磨的性子帮助他们积极面对灾后的生活。“就创伤后的应激反应嘛。这个东西有肯定会有，但是，呃，这个东西说得大一点就是中国

① 姜力月对杨磊的采访。访谈时间：2017 年 3 月 25 日上午。访谈地点：四川省成都市金牛区交岳巷。杨磊，（原）四川省汶川县映秀中学高一学生。

人最大的优势是什么？能忍、能磨。我不知道你们对历史喜不喜欢。中国共产党的历史，中国底层人的历史，就是在磨难当中奋进的历史。所以中国人的特性，第一，中国人是不怕苦的；第二，中国人是很能受得住磨难，从封建统治时候，整个中国底层农民，不叫农民嘛，就底层人民，其实就是一部受难的历史呀。因为吃不饱、穿不暖所以才会有农民起义，才会有推翻政权。"[①] 坚韧不拔的民族性格帮助灾区民众积极面对灾后的生活。杨磊在接受采访中说，经历地震，更觉生命之可贵，更要积极乐观、勇敢地面对生活。"确实，确实地震过后包括我心里的一些变化，以及我的一些体会，然后我就想告诉大家：确实，没得啥子比生命更重要的，当然如果是你经历过生死，你就更应该珍惜来之不易得到的你这个生命。所以说就是要……嗯……不管遇到啥子事情，都应该积极阳光地去面对，然后就是……嗯，希望更多的人就是说珍爱生命嘛，然后就是在灾难或者困难面前就是相互团结、相互帮助。因为，确实，只有这样子的话我觉得整个……说大一点就是你自己的话，包括你的价值，在某些方面就会得到体现。真的，包括你帮助别人，或者你自己得到成长，或者你身边人得到成长，这就是你价值的一种体现。然后说得再大一点就是，如果每个人都能够（咂嘴）有这种想法的话，我觉得整个社会肯定会更加的和谐。"[②]

积极地过一种幸福的生活，不仅是个人的愿望，也是人类社会群体的愿望。但正如马克思所说，人的本质，在其现实性上，是一切社会关系的总和。因此，过幸福的生活，即是在共同体的总体幸福中寻找个体的幸福，共同体总体幸福的关键就在于各种社会交往的良好实现。因此，来自群体的力量，在帮助他人中体验存在的价值也是灾区民众心理疏导的重要表现形态。

2. 学校组织心理辅导，帮助教师、学生恢复心理健康

学生群体，就其成长的规律与身心发展的规律而言，都需要得到及时的帮助。灾后，学校迅速成立心理教研室，安排专业心理教师，帮助学生们重建心理健康。

学校通过课堂，采取相应措施为学生进行心理辅导，通过设置专业的心理教师，帮助学生恢复心理健康。"我就记得很长时间都有一些心理学方面的老师、学者来给我们做心理辅导，开导我们，可能因为我们经历的不是那么严重，反正我感觉我周围人的心理还是蛮健康的，但那些教育还是蛮有帮助的。"除心理辅导外，教师们也充分利用课堂，借助视频、实践活动等媒介帮助学生恢复心理健康，"老师在班上讲，放一些视频，做活动，都是在课堂上开展的"[③]。"我们学校还是专门安排老师的，专门安排的老师进

① 符腾、左露对刘志强的访问。访谈时间：2017 年 3 月 19 日。访谈地点：四川大学江安校区法学院二楼饮品店。刘志强，男，25 岁，1992 年出生于四川绵阳，现在四川大学江安校区法学院学习。

② 姜力月对杨磊的访谈。访谈时间：2017 年 3 月 25 日上午。访谈地点：四川省成都市金牛区交岳巷。杨磊，（原）四川省汶川县映秀中学高一学生。

③ 张瑾、梁苗苗对韩晓晓的访问。访谈时间：2017 年 3 月 18 日。访谈地点：四川大学江安校区法学院一楼。韩晓晓，女，20 岁，1997 年 3 月 10 日出生于安徽省太和县，现居于四川省德阳市。

行，有心理问题的可以专门找心理老师，有专门的，我们学校有心理老师。”①

3. 心理志愿者团队，帮助人们恢复心理健康

心理志愿者团队及时的心理疏导为灾区民众提供了巨大的精神支持。时间的恒久性，成为人们走出灾害阴影，勇敢面对生活的最好陪伴。在孙女士的口述中，我们再次追忆当时志愿团队的积极作为。“具体的我不是很清楚，我只能说是对全美华人教育基金会，后来不是当了义工嘛，因为东汽它毕竟是一个大单位，它很多人都来帮助嘛，跟其他的地方又不一样了，我当了义工以后呢，我就去找过这些点，那么我就到了那个绵竹，绵竹呢，找的是绵竹实验中学，那么找的这些学生呢，都是家里面有遇难的人员，遇难的话对孩子的话是多多少少都是有影响的，嗯……有一个学生，他是叫，叫，叫什么名字，我一会看一下，他呢，就是说他妈妈是老师，嗯……他爸爸是在银行里面当保安，但是他那个时候呢，精神已经有点，有点，有些时候就是有点异常了，这样子就是说，我把这件事情跟那个什么，都跟那个基金会做了，做了一个回访嘛，就是，写了一个东西给他们，他们就是说对这些学生就是说，家里条件，就是说还，还能过得去的，就做一个学生之间的一对一的交流，那么家里条件实在很贫困的，那么他就做一个，一个资助，就是每学期有资助的费用，另外，还有一个学生与学生之间的书信来往，就是说这样子做一个心理辅导。（刘：做书信的那个是我们学院做的，叫五彩石，从08年开始到现在，现在还在做。）”……“因为全美华人教育基金会呢，它是04年组建的，是个非（政府）组织，非营利的一个，那个，嗯，它呢就是这方面的人员也都有，这样子的话就给学生一种沟通，交流慢慢慢慢他们就从这些，就是阴影中走出来了，那么这些小孩的话也都挺优秀的……（刘：书信啊，或者一对一的帮扶啊，然后各界力量进来以后对他们还是很大的支撑，他看到就是刚才你说的四面八方人都来了，他们还是觉得不孤独。）”② 灾后心理重建是抗震救灾的重要构成要件，只有灾区民众心理健康、观念正确，才能重建家园，实现生活的可持续发展与生态发展。

抗震救灾是一个长久的过程，灾后重建是长久过程中的长时间工程，它包含家园恢复中的“硬件建设”，也包含人的心理状况与精神状况等“软件建设”。“硬件建设”在于恢复灾区民众生存与发展的基础，“软件建设”在于重建灾区民众生存与发展的灵魂。2008年汶川特大地震距今近十年，灾区民众在追忆与现实体验中感恩国家、社会、民众等的救助与支持，也秉持抗震救灾精神，建设更美好的生活。

---

① 张瑾、岑福雯、梁苗苗对王老师的访谈。访谈时间：2017年3月18日。访谈地点：四川汶川水磨镇阿坝师专。王老师，女，现居住在水磨镇的阿坝师专家属区，职业：图书管理老师。2008年地震的时候在汶川，之后灾后重建，随阿坝师专搬迁到水磨镇。

② 刘吕红、胡群钗、丁郁对孙晶的访谈。访谈时间2017年3月19日。访谈地点：德阳市迪欧咖啡厅A01。孙晶，女，现年47岁，1970年出生于四川省绵竹市汉旺镇，现居住在德阳市庐山路，为退休人员。

第｜四｜编

第七章　创造、践行、弘扬抗震救灾精神的党员干部

这是非常困难的一章，因材料太多而难取舍，因涉及面很广而难企及，因影响太大而难周全，因此，本章采取了和这编其他两章不同的写法，将案例+判断作为基本的写作范式。同时还要说明，案例仅是个案，判断却是宏观。

一、几个案例①

案例是对一个真实情景的描述，具有说服、思考、教育的功能。典型案例是人们特别关注的焦点处的陈述，透过典型案例，可以深刻地认识事物蕴藏的道理，感受其中的意义。本章的案例旨在为说明党员干部创造、践行和弘扬抗震救灾精神做铺垫。

（一）案例一：日记里的党员爸爸

故事的主人公是一位县处级干部。汶川大地震时，书记公务在外，县长受伤住院，他担任了抗震救灾的总指挥，这是使命所在，责任所系，更是党性要求，人性本能。

在抗震救灾期间，他带领党员干部冲锋在前，始终把灾区群众摆在优先位置。地震发生后，“生命孤岛”汶川缺水、缺粮、缺药品，面对数以万计的灾民和仅存的稀缺物资，只能采取集中存放、统一分配的方式，才能确保每一位灾民生存下来。在分发矿泉水时，老人、小孩每天2瓶，其他群众每天1瓶，党员干部每天半瓶。几天下来，每一个党员干部的嘴唇上都因缺水长满了水泡，满脸疲惫和身体消瘦，但都坚守岗位用实际行动赢得了灾区群众的理解和支持，带领大家开展互帮互助、灾害自救。

但在四岁女儿的日记里，这个平时疼爱自己的爸爸，却因为一杯粥暴怒不已，骂了自己疼爱的女儿。灾害发生后，商户熬粥救济群众，女儿排队领了一杯粥，高高兴兴地送到抗震指挥部给自己的爸爸。看到粥时，他没有表扬自己年幼的女儿，而是面对众人吼骂了自己的孩子，骂她不懂事，认为是走后门让自己特殊化，命令其立刻将粥送给其他灾民。女儿很委屈，不能理解送粥给爸爸犯了什么错误，但还是听从了爸爸的话，将那杯粥送给了其他灾民。

这只是一件小事，不久他就遗忘了。但是，有一次在整理女儿书本时，他无意间看

---

① 本章5个案例来自刘吕红、阙敏、余红军于2017年8月23日对四川省委党校5·12研究中心王春英教授的采访。王教授多次深入汶川、北川进行调研，深度采访了475个经历汶川地震的党员干部，收集了大量的一手资料，因时间有限选取了5位典型人物，转述了他们震撼心灵、感人肺腑的故事，党员干部在大灾大难面前用自己的行动深度诠释了抗震救灾精神，深刻表现了勇于担当、甘于奉献的崇高精神，彰显了党性的光辉、人性的光芒……

到了女儿的日记。日记本上，女儿记录了那天发生的事，在最后委屈地写道："县长就不是人了吗？就不喝稀饭了吗？"这句话触动了他的心灵，让他久久不语，心生愧疚。但党员干部的身份，只能让他继续前行，对女儿的愧疚只能留在余生，慢慢弥补。

（二）案例二：历经灾难蜕变的好干部

故事的主人公是一位镇长。汶川大地震时，书记重伤住院，自己临危受命，带领全镇党员干部进行抗震救灾。历经灾难，让他重新认识了人生意义，改变了人生轨迹：从一个不懂世事、平庸无为的公务员，蜕变成一个敢于担当、踏实干事的"好干部"。

他出生于北方的干部家庭，从小桀骜不驯，个性十足，梦想做一位商人，享乐人生。大学期间，便逐鹿商海，倒卖货物，赚取人生第一桶金。毕业后，碍于父母之命，弃商从政考到汶川。数年间，从一名基层公务员官至一镇之长，本想按部就班地过日子，但汶川大地震的突然来临，书记重伤住院的残酷现实，数万灾民的殷切期盼，让他顷刻间认识到了，自己作为党员干部、一镇之长所肩负的救灾重任。

抛弃了幻想和依靠，他不怕牺牲、不怕吃苦，毅然决然间带领全镇党员干部进行了抗震救灾，不断地在实践中教育自我、锻炼自我、提升自我。但在灾后表彰的评选中，该镇镇委书记被评为抗震救灾英雄模范，让他在一段时期内难以接受，认为自己的工作没有得到应有的肯定，导致他思想上不思进取，工作上有所懈怠，总觉得做多做少一个样。

然而，在去医院看望受伤住院的书记时，书记的一番交心的谈话："我知道你很委屈，但如果事情可以重来，我希望今天躺在这里，享受英模待遇的是你，而我像你一样带领大家抗震救灾，站在这里看望我。"让他认识到：名利都是假的，生命才是真的。作为汶川大地震的幸存者，无伤无缺地活在这个世上，这已是老天对自己的最大眷顾，相比那些死去、伤残的人，自己还有什么理由去抱怨不公呢？

摒弃了抱怨与消沉，在灾后重建中，他清正廉洁，踏实干事，安抚灾民，重建民居，恢复工商，用一个个工作业绩赢得了灾区群众的广泛赞誉和组织上的高度肯定，逐渐成长为一名有党性、守纪律的"好干部"，先后被任命为副县长、县委书记等要职。

（三）案例三：长相厮守八个月，相念牵挂一辈子

故事的主人公是一对党员干部夫妇，有一个品学兼优、多才多艺的女儿，多次荣获国家、省、市级奖项。汶川大地震时，因通信中断失去联络，作为党员干部，夫妻俩坚守岗位奋战在抗震救灾的第一线，挽救了数十人的生命；但作为孩子父母，将受伤的女儿送上去医院的车后，除了坚守岗位抗震救灾，唯有祈求上天保佑，希望女儿平安无事。

灾后第 3 天，夫妻向领导请假后四处寻访，终于在医院的走廊上见到了女儿。曾经，那是一个花季少女，漂亮活泼，多次参加各类艺术比赛且获奖无数，充满朝气与青春的气息。而今，看到的是弱小、孤独的女儿，一人坐在满是伤员的医院走廊，人们因为忙碌难以照顾没有外伤的女儿。她低着头，抱紧双肩瑟瑟发抖，旁边放着半个凉透了的馒头。夫妻俩见到女儿既高兴又心酸，跑上前去相拥而泣。

女儿见到爸妈非常高兴，趴在父母的身上低声哭泣，她浑身发冷，饥饿难耐。夫妻二人因救女心切，外出时忘了带钱，搜遍已经湿透的衣服口袋也只有 37 元，只能到院外买了一碗热粥给女儿驱寒饱腹。就这样一家人在医院团聚，庆幸灾后余生的美好与期盼，诉说着彼此的思念与亲情。可能是震后的奔波与劳累，不知不觉中女儿在妈妈的怀里沉沉睡去，这一睡，花季少女再也没有醒来。没有人想到，看着无伤的女儿其实深受内伤，一碗热粥加重了病情让女儿永远离开了人世。医院一聚，既是家人的厮守也是最后的告别。女儿火化后，因无钱购买骨灰盒，夫妻决定用一个红色袋子装着女儿的骨灰，之后轮流背着红袋子，以期余生永载再不分离。

白发人送黑发人，向来是人生最大悲事。夫妻难以接受这个事实，但党员干部的使命让他们只能将丧女之痛深深埋在心底，不向任何人说起。就这样背着装有女儿骨灰的红袋子，夫妻俩又回到了抗震救灾的第一线，无论工作睡觉都没有取下这个红色的袋子。这一背就是 8 个月。

8 个月过去了，政府决定收集遇难者的骨灰统一安葬，修墓地建纪念碑，让世人永远记住这些遇难者的名字。夫妻两人虽然知道政府决定的意义，但更是不舍女儿，深深地自责。他们在交出女儿的骨灰前，想为女儿做点什么。为了让女儿安息，让自己安心，最后他们决定送女儿"回一趟"在北川老城的家。经过努力，夫妻俩再次回到了北川老县城，在倒塌的废墟中，艰难地进入到已经震垮的老家，静静地让女儿待在家里。之后，夫妻二人按照政府要求，黯然神伤地将骨灰交给了政府统一安葬。

多年过去了，身边的同事没有问过红袋子的事，也没有询问过女儿的去向，或许当时大家都已麻木，或许都不希望再次回忆起那段伤心的往事。但夫妻二人再没有走出丧女之痛，丈夫曾经有过追随女儿合家团聚之念，但因妻子深受打击精神不好，为了照顾妻子而艰难地生活在这个世上。

（四）案例四：深埋丧妻之痛，历经人世沧桑

故事的主人公是县里一位副科级干部。汶川大地震时，他因公外出到成都引进人才，地震发生后第一时间赶往灾区，徒步进入北川县城，希望在尽快参与抗震救灾的同时，救出陪伴自己多年的妻子。到达县城时，展现在他眼前的是满目疮痍、断垣残壁、一片废墟。这种景象震撼了他的心灵，触动了他的灵魂。整个县城，党员干部死伤大半，幸存者寥寥无几。对于妻子唯一能做的只有祈祷她平安。在这种情况下，他临危受命担任了县民政局局长，但一无下属，二无钱粮，只能雇佣两个民工开展工作。

在抗震救灾中，他的任务就是做好防疫工作，处理遇难者的遗体。在条件有限的情况下，对于任何一个遗体他都会为他洗净面容，整理衣装，他能做到的就是最大限度地让遇难者有尊严地离开人世。每到夜深人静或者路过老家的时候，他都会呼喊自己妻子的名字，希望妻子能有所回应。有一天，在一个艳阳高照、无风闷热的下午，他又来到了老家的废墟上呼喊妻子的名字，说："如果你还在人世，你就大声喊出来，让我知道你在哪里。如果你已不在世间，就让家里的窗帘抖动一下。"忽然间，一阵风吹过，窗帘在风中抖动作响。虽然他不相信鬼神，但那一刻他仿佛听到了妻子的声音，希望他在没有她的余生里好好生活。之后，他放弃了寻找妻子的希望，全身心地投入到抗震救灾

的工作中去。

在抗震救灾过程中，他一共处理了380多具尸体，没有恐惧，没有悲伤，也没有进行防疫，只有心无杂念处理好遇难者的遗体。但是，工作忙过以后，他每晚都睡不着觉，一闭上眼睛，满眼都是残垣断壁、尸山骨海和遇难者的容貌，每晚都需要服用大剂量的安眠药才能入睡。为了缓解这种精神状况，他采取了多种办法，最后找到一个比较好的方式：灾后幸存者们聚在一起，通过打"金钱板"的方式，述说自己的故事，缓解自己的情绪，让自己慢慢平复，适应现在的生活。

采访他的王教授说，第一眼看见他时，以为这个人已经70多岁，但问了年龄才40岁。虽然，汶川地震才过了6年，但他仿佛历经人生的沧桑。那副与实际年龄不符的容貌，让我们再次看到了党员干部在抗震救灾中的奉献与付出，他们用血与泪诠释着"为人民服务"的宗旨。

（五）案例五：人性党性的交融，辗转千里的跟随

故事的主人公是一位科级干部，在抗震救灾时冲锋在前，在抢救至亲时不顾一切；他因违反纪律而受到降职处分，但也因此保留了亲人的血脉。今天，当我们再次审视抗震救灾时从他的往事，我们能看到的是作为党员干部对人民的忠诚与担当，作为一般人对家人的挚爱与守护。

他是北川本地人，妈妈、姐姐、姐夫、侄儿以及他的一家人都在北川县城。地震发生时，他因公在外侥幸存活了下来，和大家一起积极投入到抗震救灾的工作中。在赶往他处进行救援时，他知晓妻子和女儿平安无恙，但妈妈、姐姐和姐夫都不幸遇难。突然间，他想到了正在北川中学读书的姐姐的儿子还生死未卜，人性本能的反应让他第一时间奔赴到了北川中学，在一片废墟中呼喊着侄儿的名字，寻找着生命的迹象。幸运的是，他找到了侄儿，并用一天一夜的时间从废墟中挖出了看起来只有外伤的侄儿。

在以前读书的时候，他深知地震中有很多从废墟救出来的人，很大可能患有内伤，不能喝水，需要及时救治。所以，在救出侄儿后，他违反相关规定第一时间上了救护车，护送侄儿奔赴医院。当时，他心里只有一个信念：无论如何都要跟着侄儿，直到他平安无事，为姐姐留下最后的血脉。

在守护救援侄儿的过程中，他不管任何规定，冲破各种阻挠，辗转都江堰、成都到武汉千余里，历时四个多月照顾受伤的侄儿，直到康复回北川老家。回来后，因抗震救灾时违反规定未按时到岗，受到了降职处罚。

作为党员干部，他深知组织的纪律和要求，反省了自己的思想和行为，认识到了自己的不足和过错，诚心地接受了组织的教育和处罚。处罚不是目的，而是一种手段。在学习和教育中，在自省和反思后，他深刻认识到党组织对自己严格要求，是一种爱护和鞭策；对自己放松要求，那是一种纵容与伤害。他深刻认识到，作为党员干部，既要讲人性，更要讲党性，是党性和人性的统一体，在特殊时刻、关键时刻要把党性放在首位。组织上虽然处罚了他，但主要是为了治病救人，希望他在今后的工作中更加严格地要求自己。所以，他没有因此而沉沦，反而在重建中奋起。鉴于其在后来工作中的成绩，组织上也重新对其考察，经过严格的程序后，他再次被委以重任，为灾区的发展做

出贡献。

他也就在这个过程中逐渐成为一个党性坚定、为民服务的好干部！

二、基本判断

党员干部在抗震救灾和灾后重建中起着中流砥柱[①]的作用，是抗震救灾精神的主要创造者、忠实践行者、最好弘扬者。在抗震救灾中，党员干部经受住了检验，在大灾大难前勇于担当、甘于奉献，创造了伟大的抗震救灾精神；在灾后重建中，党员干部经受住了历练，在为民务实中走在前列、干在实处，践行了伟大的抗震救灾精神。在决胜小康、实现复兴的关键阶段，更需党员干部发挥先锋模范作用，弘扬伟大的抗震救灾精神。

（一）党员干部是抗震救灾精神的主要创造者

伟大的抗震救灾精神，是以党员干部为主要代表的人民群众共同创造的精神财富。在抗震救灾的过程中，每一个党员干部作为中国共产党先进集体的一部分，从不同角度、不同方面通过一个个生动、鲜活的典型事迹，诠释和铸就了伟大的抗震救灾精神。

1．纪律面前，党员干部无特殊

纪律是铁律，纪律面前无特殊。在汶川抗震救灾中，党员干部始终牢记党的宗旨和纪律，克己奉公、一心为民。在缺水、缺粮的困境中，面对堆积如山的食品和药水，党员干部忍受口渴与疲惫，优先照顾受灾的人民群众；面对女儿、家人送的一碗粥、一口粮，党员干部心怀无私，将来之不易的粮食分给了灾区群众……面对灾难，党员干部经受住了纪律考验，和灾区群众共患难，与灾区群众共命运。

2．灾难面前，党员干部勇担责

灾难面前人人自危，唯有党员干部勇往直前。在汶川抗震救灾中，党员干部充分认识到了自己的使命，勇于担负救灾的重责，始终奋战在抗震第一线。他们勇敢担负起领导核心的作用，抛弃了等、靠、要的思想，组织大家开展抗震救灾，深入一线带领群众开展互帮自救……面对灾难，党员干部经受住了使命考验，切实履行了党员干部的职责。

3．人性面前，党性要求永在前

大灾大难验出精神，关键时刻考验党性。在汶川抗震救灾中，党员干部始终把党性摆在第一位，把人性统一在党性中，无私忘我，奉献自己。他们严格党性要求，三过家门而不入，忙于救灾无私忘我，深埋伤痛奋战一线，忍受饥渴抗震救灾……面对灾难，党员干部经受住了党性考验，用行动彰显了党性的光辉、人性的光芒。

---

① 2008年6月27日至29日，习近平在在四川考察抗震救灾工作。他指出，灾区以及参加抗震救灾的各级党组织和广大党员、干部发挥中流砥柱作用的事实再一次表明，这些年中央聚精会神抓党的建设是富有成效的。（《习近平在四川考察抗震救灾工作》，中央电视台“四川汶川大地震”专题之一，http://news.cctv.com/china/20080630/100003.shtml）。

4．悲痛面前，为民服务始如一

亲情是人的第一情感，为民服务是党的根本宗旨。在汶川抗震救灾中，无数党员干部失去了亲人和家人，和普通人一样他们悲伤难过；但与普通人不一样，他们不忘党的宗旨，牢记自己的使命，坚守自己的岗位，全心服务灾区群众……面对灾难，党员干部经受住了意志的考验，始终践行着为人民服务的宗旨。

5．逆境面前，拒绝沉沦再奋起

顺境与逆境是人生境遇的两面，面对逆境是沉沦还是奋起，是人生不同的选择。在汶川抗震救灾中，有的党员干部因为害怕，在灾难面前有所胆怯，有的因为亲人在抗震救灾中犯了一些错误……受到了不同程度处罚。但他们拒绝沉沦，在抗震救灾中立刻立改奋战在抗震救灾第一线，在灾后重建中接受教育为灾后重建奉献自己……面对灾难，党员干部经受住了逆境的考验，他们拒绝沉沦再次奋起，为取得抗震救灾和灾后重建的最终胜利贡献了自己的力量。

（二）党员干部是抗震救灾精神的忠实践行者

汶川地震灾后重建，规模空前，难度空前，是一个“世界性难题”[①]。但是在中国共产党的坚强领导下，我们创造了“四川速度”“中国奇迹”，实现了“三年重建任务两年基本完成”的目标。这是以党员干部为主要代表的人民群众努力践行伟大的抗震救灾精神的结果。

1．发挥领导核心作用，凝聚灾后重建的人心士气

在灾后重建中，党员干部充分发挥领导核心作用，凝聚灾后重建的人心士气，团结带领灾区群众，万众一心，众志成城，重建了美丽的家园。他们坚持“两手抓”，一手坚持不懈地抓抗震救灾，做好灾区生产自救和恢复重建；一手坚定不移地抓经济社会发展，促进经济平稳较快发展和社会和谐稳定。他们坚持以宣传动员凝聚人心、以心理援助重树信心、以物资帮助鼓舞斗志，带领灾区群众不等不靠，全力推进灾后重建。他们坚持科学重建，始终把以人为本作为灾后重建的根本理念，贯彻到灾后重建的全过程。

2．发挥骨干带头作用，引领灾后重建的坚实力量

灾后重建一靠党员干部发挥骨干带头作用，更要靠灾区群众宏大的坚实力量。在灾后重建过程中，党员干部积极发挥骨干带头作用，始终不忘肩负的责任，坚定地站在灾后重建的第一线，身先士卒、靠前指挥，竭尽全力让老百姓早日过上更加幸福美好的生活。开展了以“下访服务、公仆尽责”为主要内容的干部联系农户等活动，做到了“包重建、包致富、包稳定、包安全”。他们以真情换真心，用付出赢口碑，引领和激发了人民群众灾后重建的坚实力量。

3．发挥先锋模范作用，践行灾后重建的为民宗旨

在灾后重建中，哪里工作任务最繁重，哪里就有共产党员的身影。灾区广大党员充

---

① 《汶川地震三周年：灾后重建彰显伟大力量》，《光明日报》，2011 年 5 月 9 日。

分发挥先锋模范作用，“干给群众看、组织群众干、帮着群众干”，有力推进了灾后恢复重建的步伐。开展了“灾后重建、党员争先”等主题实践活动，加快推进灾后农户永久性住房建设；主动捐款、捐物，义务帮助送货、送物，协调处理资金、材料等问题，确保灾后重建顺利实施，人民生活尽快恢复，美丽家园再现人间。

（三）党员干部是抗震救灾精神最好的弘扬者

从灾难中汲取信心，从灾难中汲取力量。当前，我们正处在决胜小康、实现复兴的关键阶段。面对机遇与挑战，把伟大的抗震救灾精神转化为夺取全面建设小康社会的新胜利，实现中华民族的伟大复兴的实际行动和强大力量，就是我们对抗震救灾伟大精神最好的弘扬。党员干部作为实现中国梦的中坚力量，是抗震救灾精神的最好弘扬者。

1. 弘扬伟大抗震救灾精神，为实现中国梦顽强奋斗

若要事业成功就要百折不挠，若要梦想成真就得顽强奋斗。面对复杂多变的国际形势、艰巨繁重的发展任务，党员干部务必要大力弘扬抗震救灾精神，牢记自己的职责和使命，勇于担当，敢于奋斗，自觉加强党性修养，始终保持先进性和纯洁性，充分发挥先锋模范带头作用，凝聚起万众一心、众志成城的磅礴力量；始终保持锐意进取、开拓创新的精神状态和求真务实、真抓实干的工作作风，深入贯彻落实各项方针、政策，扎实做好每一项工作，不断夺取前进路上的新胜利，为实现中国梦作出新贡献。

2. 弘扬伟大抗震救灾精神，为实现中国梦艰苦奋斗

我们党在长期的革命、建设和改革发展中形成了“自力更生、艰苦奋斗”的优良作风。当前，全面建成小康社会、实现中华民族伟大复兴，还有许多困难要克服、许多问题要解决。面对诸多的困难和问题，党员干部务必要大力弘扬伟大抗震救灾精神，树立问题导向意识，着力解决发展过程中的主要问题；秉承以人为本理念，始终与人民在一起，同呼吸、共命运；坚持自力更生，艰苦奋斗，依靠人民群众创造美好的未来。

3. 弘扬伟大抗震救灾精神，为实现中国梦不懈奋斗

全面建成小康社会，实现中华民族伟大复兴梦，是一个漫长而艰辛的过程，不可能一蹴而就。这一历史进程，总会与艰难曲折相伴，与艰难困苦相随，这是事物发展的客观规律，我们必须有清醒的认识。今天，我们比历史上任何时候都更加接近实现中国梦。但是，在奋勇向前的道路上，我们必然会遇到许多困难、风险和挑战。所以，党员干部务必要弘扬伟大抗震救灾精神，树立坚定的理想信念，为实现中国梦矢志不渝、不懈奋斗。只有这样，我们才能克服各种困难、跨过各种险滩，不断接近中国梦，最终实现中国梦。

第八章　高校创新运用抗震救灾精神的四川大学范本

高校是筑牢社会主流意识形态的重要阵地，是弘扬和培育民族精神的有力战场，更是阐释和彰显时代精神的主要场域。抗震救灾精神是社会主义核心价值观的现实表征，是民族精神和时代精神的集中体现，高校在创新运用抗震救灾精神的过程中，理应担负起不可推卸的历史使命和时代责任。作为地震多发区的教育部直属全国重点综合性大学，四川大学（以下简称川大）充分发挥自身的学科、科研、人才和区位优势，积极探索创新运用抗震救灾精神的现实路径，主动开创了一系列独具特色且较为完善的预防地震灾害、抗震救灾和灾后重建的实践模式，助力国家灾害治理和社会主义思想文化建设，形成高校创新运用抗震救灾精神的范本，对其他高校创新运用抗震救灾精神提供了宝贵的实践经验和清晰的现实思路。

一、川大是高校创新运用抗震救灾精神的典范

汶川地震发生后，全国各地高校纷纷通过实际行动弘扬抗震救灾精神：清华大学成立由7位院士领衔、数十名专家学者参与的抗震减灾专家组，发挥清华大学建筑、土木、水利、环境、公共安全等学科优势，为灾区提供技术支持。第二军医大学、扬州大学、中山大学、南昌大学等高校尽全力快速组建医疗队奔赴灾区前线，争取时间救治伤病员。其中，在由第二军医大学3家附属医院抽调医护人员所组成的医疗队里，第一医疗队经历艰难跋涉而成为三江镇地区第一支也是唯一一支医疗救援队。同时，作为军事院校，第二军医大学以丰富的抗灾救灾经验和完备的应急预案为保障，迅速组织全校官兵参加一线抗震救灾和伤员救治工作。首都医科大学、北京交通大学、大连理工大学、河北大学、天津大学、西安交通大学、河南理工大学、江南大学、江西理工大学、暨南大学等高校在地震灾害发生后迅速号召广大师生通过筹集善款、捐献物资、踊跃献血等方式为灾区人民提供援助，北京交通大学和河北大学还开展了大型赈灾义演活动向灾区人民献爱心。作为震区高校，西南交通大学由土木学院和校产集团联合组成抗震救灾专家团，按专业划分为5个专家组分赴各灾区进行勘察，为抗灾救灾提供专业技术支持，并派出国防生支援救灾工作；成都理工大学成立抗震减灾领导小组，确保学校师生的安全和正常生活学习；四川音乐学院组织专业词、曲作家深入灾区创作了《我们众志成城》等抗震救灾歌曲；西安交通大学的老师和工作人员及时疏散学生，成立以校长为组长的应急工作领导小组，深入学生，并安抚受灾区的学生。此外，还有全国其他高校同样在医疗救助、关注祈福、物资支援、心理辅助、灾后重建等方面开展了各具特色的实

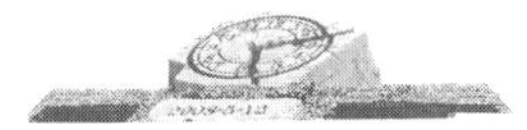

践活动，展现了高校内蕴的智力支撑和精神涵养作用。

在众多高校的实践中，川大树立了创新运用抗震救灾精神的典范。自汶川地震发生后的近十年来，川大先后参与了汶川地震、玉树地震、芦山地震、尼泊尔地震、九寨沟地震等重大灾害的救灾以及灾后重建工作。特别是在汶川大地震中，川大是全国高校领域中最早系统地提出并实施了支援重灾区抗震救灾和灾后重建计划的大学，是派出各类抗震救灾专业抢险队和志愿者队伍人数最多、行动最快的大学之一，是抗震救灾中收治重灾区伤员最重要的基地之一。

在“5·12”汶川特大地震中，川大受到了较大影响、遭受了巨大损失，特别是20世纪30年代的华西老建筑破坏较严重，总的经济损失约8亿元。但在余震频发、人心恐慌的关键时刻，川大师生勇敢地承担起社会责任，展示出优秀的科学品质和心理素质。震情发生后，川大迅即成立抗震工作指挥部，随时掌握第一手权威震情信息，及时对震情作出科学分析和判断，随时向全校师生公布权威信息，并向全校师生印发地震知识和科学防震宣传知识；学校迅速组织专家，对全校建筑物进行危房排查，对危房和有险情的建筑与路段，进行封闭，维护了学校秩序稳定；在确保安全的前提下，2008年5月14日学校恢复了正常有序的工作状态，5月15日全面复课，广大师生自觉地带头维护正常的学习和生活秩序，稳步推进川大的教学、科研和各项工作全面恢复正常，既保证了学校的有序运行，也保障了成都乃至整个四川灾区的社会稳定，为抗震救灾工作提供了最大和最好的支持。

尽管自身受到了较大影响，但川大师生仍然没有忘记救助重灾区的受灾群众，全面、全程、全力参与重灾区抗震救灾、灾后防疫和灾后重建工作，充分展现了具有强烈社会责任的新时代高校在弘扬抗震救灾精神中的先锋模范作用。汶川地震发生后，川大师生充分发扬关注社会的博爱精神、大公无私的奉献精神、求真务实的科学精神，迅速组织各种专业志愿者服务队奔赴抗震救灾一线全面深入开展医疗救助、灾民心理安抚、收治危重伤员、救灾物资发放、危房鉴别、抢险排险、防疫救助、抗震救灾知识宣传、国际援助应急翻译等任务，并加强专门的志愿服务培训，完善志愿服务的组织和管理，其中有很多是具有开创性的服务工作；在赈灾和灾后重建过程中，川大正式启动“地震灾区受灾学生救助计划”，并拨专款设立“地震灾区受灾学生救助基金”，以实际行动积极履行高水平研究型大学的社会责任，在经济上援助来自灾区且家庭受到伤害的川大学生，为震区灾后重建提供物质、资金、技术、政治、教育、心理等全方位的帮助；另外，川大充分发挥自身的学科和人才优势，鼓励各学院发挥专业特点，加强与相关部门的联合攻关，深化科学研究，坚持智力支援和科学重建，并成立专门的灾后重建与管理学院，加强对抗震救灾相关专业和专门人才的培养，提高防控地震灾害的科学研究能力和水平。

近十年来，在不断的抗震救灾实践中，川大形成一系列运用抗震救灾精神的创造性举措，经历了从积极开展抗震自救，到参与救灾和灾后重建工作，再到主动开展灾害研究和普及科学防灾知识。这个漫长的过程，让川大从被动应付灾害，转变为积极主动去研究灾害、预防灾害；更让川大从过去对防灾减灾知识匮乏，到主动学习、研究、传播防灾减灾和灾后重建科学知识，推进科学防灾减灾和灾后重建工作。

川大之所以发展成为各地高校创新运用抗震救灾精神的典范，一是基于四川是地震多发地区，川大师生亲历了汶川大地震、芦山地震、九寨沟地震等几次震级较强的灾害，对地震有着较其他高校更为深切、真实和频繁的体悟感受，并且在主动参与抗震救灾的过程中积累了丰富的实践经验，而抗震救灾精神就是在汶川地震中凝练出的，是对全党全军和全国人民抗震救灾实践的精辟总结，因此，作为地震多发区的高校更能深刻理解抗震救灾精神的科学内涵；二是基于川大作为西部重点综合性大学，在特大地震的洗礼中，充分发扬以“海纳百川、有容乃大”的校训和“严谨勤奋、求是创新”的校风为核心的川大精神，心系人民、仰副国家，尊重科学、务实理性，与日俱新、立学立行，勇敢承担社会责任，以全校师生的实际行动弘扬抗震救灾精神，充分发挥了高校的文化引领主阵地作用，展现了高校服务社会的责任情怀。

二、川大创新运用抗震救灾精神的实践

汶川地震后，川大身体力行，全面、全程、全力参与抗震救灾斗争，着力培育和弘扬抗震救灾精神，不断探索创新运用抗震救灾精神的高校模式，形成了包括参与救灾赈灾、开展灾后重建、完善自身建设、拓展国际合作、丰富思政教学在内的较为系统的实践模式，充分发挥了高校在弘扬和培育抗震救灾精神中的主阵地作用。

（一）诠释抗震救灾精神，参与救灾赈灾的实践

1. 迅速组织青年志愿者和专家队伍参与抗震救灾斗争

青年志愿者和专家是高校参与抗震救灾、践行抗震救灾精神的重要支撑。面对特大地震，川大青年志愿者和各领域专家积极自觉探索高校志愿服务突发灾害事件的应急机制，发挥了研究型综合大学所具有的学科、专业和人才优势，形成物质支援和精神支援相结合、科学服务和有效服务为主导、智力支持和团队服务为主体的志愿服务活动，彰显了高校志愿者文化、大学文化和社会文化相融合的特色。

汶川地震发生后，川大青年志愿者迅速行动，在校内、社区、灾区积极组织和开展志愿服务，在勇担时代责任中彰显青年人活力。青年志愿者一方面积极维护校园秩序、确保校园安全稳定，另一方面分赴川大附属医院、省红十字会、机场、车站等地投入紧张的病员疏散、医疗救治、伤员抬运、协助搭建临时病房、募集物资、搬运物资、防疫宣传、心理援助等工作。如汶川地震发生当晚 10 点，由 15 名学生组成的第一支赴校外服务的志愿者队伍前往四川肿瘤医院参加救灾物资的搬运工作。在成都机场空管设施损坏的情况下，川大派出专业科研人员和民航空管职工连续奋战，紧急搭建学校自主研制的应急雷达管制席位，提供了 1 个多月每天 24 小时不间断现场技术支持和保障，保证了成都地区的救灾空运。针对如何保障救灾期间空管系统可靠运行，学校成立专门小组进行专题研究和技术攻关，为后续救灾空运保障工作提供了强有力的技术支持，受到国务院和中央军委的高度赞扬。

在抗震救灾一线，川大青年志愿者也极力发挥了应有的责任担当。汶川地震后，全校有 1300 多支抗震救灾专业志愿者服务队，超过 21000 多人次奔赴地震重灾区开展了

全面的抗震救灾志愿服务。如由22名教职员工和8名学生组成的川大抗震救灾青年突击队赴都江堰开展伤员紧急救治、灾民心理安抚和救灾物资发放等工作；由52名师生组成的华西公共卫生学院疾病预防控制志愿者服务队前往都江堰开展地震灾后疾病预防控制工作；在川大青年志愿者的倡议、动员和组织下，灾民成立自助志愿者队，川大青年志愿者协助建立灾民安置点临时团支部，进行人口普查并建立灾民信息数据库；川大国防生志愿者积极投身各项抗震救灾志愿工作；志愿服务总队创办“阳光帐篷学校”，派志愿者前往灾区进行心理和课程辅导等。

为了保证志愿者开展理性科学的志愿服务，学校有关部门在完善志愿服务队伍的组织和管理基础上，联合学院组织针对志愿者的专门培训。如聘请专家对赴灾区防病救助志愿服务队进行培训，分别就“创伤修复的自我调适技巧”“灾区现场工作准备及公共卫生的组织”“急性中毒的急救处理”“现场流行病学”“地震灾害后的疫情防治”等题作了培训报告；政治学院和校团委联合举办“抗震救灾”心理援助志愿者培训会，从“灾难发生后的反应”“心理创伤”“常见心理反应”“生理反应”“纾解情绪与缓和身体症状的方法”“心理辅导人员注意事项”“震后心理救援步骤”等方面对心理援助志愿者进行培训；为强化和完善志愿服务队的管理，正式成立川大抗震救灾志愿服务总队并下设学院分队，设置医疗帮扶志愿服务队、青年师生突击队、心理援助志愿服务队、防疫救助志愿服务队、抗震救灾知识宣传志愿服务队、危房鉴别专家志愿服务队、爆破和结构专家志愿服务队、稀缺血型义务献血志愿服务队、抗震救灾工作机构应急志愿服务队、救援物品搬运志愿服务队等专业服务队，提高志愿服务的专业化和有效性。

此外，由川大教师和各领域专家组成的服务队专门奔赴灾区，发挥各自的专业特长和学科优势，为灾区抗震减灾提供专业的技术支持和智力援助。如水利水电学院爆破和结构专家星夜兼程，赶赴德阳汉旺灾区的德阳东汽集团抢险救灾；另外组织3支干部突击队奔赴灾区，冒着生命危险为重灾区水库、大坝、河流排险。建筑与环境学院教师分赴地震灾区检查化工企业危险源与风险技术评估、成都市灾后环境风险评估、饮用水源水质安全评估、灾后重建的城市环境规划、彭州龙门山脉地震灾害调查和堰塞湖安全鉴定以及进行环保专业工作。学校心理健康教育中心联合有关单位共同组建心理救援专家团前往灾区开展心理救援工作等。这不仅发挥了川大的科研、专业和人才优势，为灾区提供了关键的专业技术帮扶，而且通过实地作业，检验了相关学科的科研成果，拓展了科研范畴。

2. 川大附属医院和医学院进行抗震救灾医疗救护

作为专业的医疗和研究机构，川大四所附属医院和医学院充分发挥了自身的医疗资源优势和高超的医疗水平，不仅在汶川地震、芦山地震、阿坝泥石流和九寨沟地震，还在青海玉树地震、甘肃舟曲泥石流、云南鲁甸地震等灾害发生后，自觉承担起重要的伤员救治职责。川大各附属医院在做好正常门诊及住院病人的安抚、转移和救治工作的同时，设置绿色通道，接诊、收治来自灾区的受灾伤病员，并迅速组织专业医疗救助队伍奔赴灾区、机场，设置临时的救治中心，开展医疗救助工作，保证了抗震救灾的阶段性胜利，不断创造着“医疗奇迹”和“川大奇迹”。

作为邻重灾区、具有超高水平的疑难重症的国家级诊疗中心，地震期间，川大各附属医院和校医院所有医护人员坚守工作岗位，维护医院救治秩序，坚持地震伤员诊治和非地震病人的普通门诊同时开展。汶川地震后，华西医院第一时间对众多门诊、住院病人进行安全转移，并积极开展地震伤病员的救助；华西医院第二住院大楼11层至13层的手术室中，医务人员在余震不断的情况下坚持继续给病人进行手术。在华西第二医院，每个护士怀抱一个婴儿撤离大楼，在组织人员有序转移的同时，还为两位孕妇顺利实施剖宫产。在华西口腔医院颌面外科，所有部门24小时待命，设立抗震救灾紧急抢救站，为灾区病人设立绿色通道，随时接诊灾区病人，除了抢救送至本院的伤员外，还派出医疗小分队前往华西医院等其他附属医院提供口腔专业医疗援助。在校医院，三个校区的紧急救护工作有条不紊地进行，针对医疗用车不足的问题，校医院员工使用私家车救护病人。华西医院在地震发生后，开始接诊来自灾区的伤病员，对来自美国、日本等国家以及中国香港、台湾、北京、黑龙江、吉林、天津、上海、广东、江苏等地区的外援医疗队，进行积极配合，采取以病区负责或医疗组的方式投入救治工作，保证他们能够很快适应环境和顺利开展工作，提高伤员医疗救助的效率。

在坚守医院阵地的同时，川大各附属医院在地震发生后迅速组建医疗分队分赴灾区展开救助工作。华西口腔医院先后派出三个抗震救灾医疗小分队赶赴灾区支援医疗工作，其中第一支全部由博士生组成的华西口腔医院博士生志愿者分队赴灾区开展救助工作，此外，凭借口腔医生敏锐的洞察力，紧急组织口腔卫生用品送往抗震救灾前线，及时解决缺水情况下灾区军民的口腔问题，提供细致周到的服务；华西医院在完成灾区放射诊断、远程会诊和分诊的同时，派出物资供应队为灾区网络医院提供血透、放射设备、药品与器材，建立省外医疗队后勤物资供应保障体系，在医院自有物资储备中紧急调拨药品、医用材料、器械、设备和食品等物资优先满足省外医疗队的需求；由学校各附属医院的青年组成的川大青年志愿者分为急诊志愿者、安全志愿者、寻亲志愿者、患儿看护志愿者和陪护志愿者，在各大医院救治现场，协助医疗物质运送和派发，守候陪护危重病员；华西基础与法医学院的8人组成法医学专家组奔赴北川县开展法医学检验和检材提取工作；华西医院心理咨询师组成8个志愿者队赴灾民集中地进行心理危机干预。

川大附属医院充分发扬科学求实精神，以科技创新为基础提高灾区医疗救助效率。华西医院借助先进的科学仪器和医院高超的医疗水平，开通灾区伤病员远程会诊咨询通道，通过远程网络医院为地震伤病员免费提供24小时的远程会诊咨询。如绵竹县是汶川地震的重灾区，受地震影响，震区医院医疗设备极度缺乏，不能满足伤病员的检察和诊治需求，川大华西医院将四川省红十字会紧急调拨的移动X光机与远程医学影像传输及诊断系统集成，通过无线通讯网络的支撑，将伤病员的检查影像数据实时传回华西医院，再由华西医院的专家团队及时作出诊断，通过可视对讲系统沟通病情，反馈诊断报告，以支撑灾区一线的医疗救治工作。

3. 广泛开展募捐活动，为灾区提供物资援助

地震发生后，川大校工会、学工部、校团委联合发出为地震灾区捐款的倡议书，倡议全校师生职工伸出援助之手，踊跃向灾区人民捐款，奉献一份川大人的关爱。

校工会分别在望江、华西和江安校区设立5个募捐点，组织全校师生积极募捐；在

校党委书记和校长的带领下，学校领导班子和机关干部在望江校区行政楼举行向灾区人民捐款仪式；为保障捐赠工作的有序、顺利开展，华西医院还制定了《四川大学华西医院抗震救灾捐赠管理办法》，并成立专门的管理小组；学校多个党支部召开专题组织生活会，广大党员、团员在其他渠道已捐款基础上，纷纷以缴纳“特殊党费”“特殊团费”的形式为灾区募捐。此外，校友是支援学校建设和发展的一股重要力量，地震发生后，广大校友在各地纷纷组织捐款，担当母校和灾区的救灾职责，如四川大学上海校友会联合重庆大学上海校友会在上海举办了“校友爱心，心系汶川”支援灾区的爱心募捐活动等等。

除爱心捐款外，广大师生又通过各种方式募集灾区急需药品和物品。学校将捐赠的电脑、钢笔、墨水等学习用品送给受灾地区学生；科产集团所属参股公司川大金钟公司组织车队将自己生产的3000袋二氧化氯消毒剂运送到灾区，捐赠给彭州市致和镇；川大将师生赈灾爱心捐款及时分批交付四川省红十字会，转交灾区，青年志愿者将募集到的棉被、衣物送抵抗震救灾中心；经济学院学生自筹资金3000余元购买应急药品捐赠给灾区医院，抗震救灾服务队到成都市多个社区进行药品募捐，将募集到的抗生素类、消毒类、扭伤类、抗感冒类等灾区急需的各类药品和医疗辅助器材送至灾区；学校统战系统各民主党派和无党派人士也慷慨解囊，大力发扬抗震救灾精神为灾区捐款捐物，如川大九三学社、民建会、致公党、农工委员会等成员向灾区捐款的基础上，还捐赠了口罩、手套、饼干、衣物、帐篷、雨伞、矿泉水、灾后防疫手册、蚊香、方便面、棉絮、医用物资及药品等物品。

此外，川大还开展了一些特殊形式的募捐活动。如川大出版社紧急组织学校心理健康教育中心和华西公共卫生学院编写《大震之后心理援助与疾病预防》，并将正式出版的图书免费向灾区人民发放，第一次印刷3万册很快分发完毕，紧接着又加印4.5万册发放给灾区人民，并向重灾区的阿坝师专、绵竹市中小学、彭州市教委等捐赠图书；川大轻纺与食品学院、四川师范大学美术学院联合发起“学子爱心汇聚共建美好家园”艺术品义卖活动，为支援灾区筹集善款。此外，川大充分利用与其他组织、院校的合作交流平台，吸收善款，捐赠灾区。

4. 开展适时有效的抗震自救工作

川大在支援一线抗震救灾工作的同时抓好抗震自救，是切实履行高水平研究型大学的社会责任的重要前提。汶川特大地震发生时，成都市距离震源92公里，有较强烈的震感。川大同样遭受了巨大的损失，但在余震频发、人心恐慌的关键时刻，为保障学生安全、稳定师生情绪、维护学校的正常秩序，学校迅即启动应急预案，在望江校区行政楼前召开紧急会议，成立临时应急指挥部，及时安排部署学校抗震救灾和安全稳定工作。

首先，加强舆论引导，努力消除恐慌情绪。基于学校大多数师生，乃至大多成都市民从来没有经历过特大地震灾害，缺乏思想准备和专业的科学防震减灾培训，难免产生严重的心理恐慌，加之谣言的散播，一些师生不可避免地陷入担心和恐惧之中，川大在第一时间对所有建筑物进行排查，进行科学分析、科学防震，确定了暂停使用、排危后使用、可以使用等建筑分类，并利用走访学生宿舍、食堂和学生进餐的机会，向同学们详细说明学校受灾情况和采取的救护措施，鼓励同学多听专家的科学意见，不传谣、不信谣，注重安全保护，防范次生灾害；震情发生后始终保持与四川省或成都市政府和地震局的密切联系，随时掌握第一手权威震情信息，了解专家对震情进行的科学分析和判断，随时向师生公布权威震情信息，将四川省地震局《震情通报》和学校的应对措施在学校广播站和校园“110”巡逻车高音喇叭滚动播出，并上传到学校网站主页，以澄清谣言，避免学生猜疑；通过互联网发出学校在灾后的第一份报道《四川大学积极组织抗震工作，学校秩序井然情绪稳定》，之后及时发布《致全校师生职工的一封公开信》，校党委书记杨泉明对全校师生职工发表《团结一致，众志成城，努力夺取抗震救灾的全面胜利——就抗震救灾工作对全校师生职工的电视讲话》；在充分了解情况、科学判断形势和系统综合分析基础上，转发四川新闻中心关于“成都市主城区不属余震区”的讯息，通过举行地震形势报告会等方式，希望广大师生树立大局意识，发挥高校知识分子对社会稳定的引领作用。

第二，开展防震知识教育，提高师生安全意识和科学防震能力。学校发挥学生政工队伍和学生党员干部的作用，加强对学生的管理，及时开展有针对性的安全教育、情绪稳定和心理抚慰工作，以各种形式对学生进行灾后心理健康知识和科学防震知识教育，引导学生树立信心；及时向全校师生印发地震知识和科学防震知识宣传单，以多种形式加强宣传教育；建筑与环境学院“开拓者”志愿者队在各校区空旷广场地区举行“抗震救灾——建筑物安全知识宣传”活动，数学学院“小数点”青年志愿者服务队在江安校区开展抗震救灾知识宣传活动，化工学院团委学生会和青鸟志愿者分队开展心理辅导咨询和科学防震等相关知识的教育活动，通过普及科学防震和建筑物安全知识，拓展师生防震意识，提高科学防震能力；学校加强社区抗震工作，进行安全宣传，对全校孤寡老人和“空巢老人”逐个进行联系和慰问；启动保卫紧急预案，增派保卫和执勤人员，进行通宵巡逻，特别是对学生集中的场所加强警戒和巡逻，用巡逻车上的喇叭宣传学校的抗震措施和有关通知；学生工作部工作人员和全校各学院党委（总支）分管学生工作的副书记、辅导员分赴学生各聚集点做好学生情绪稳定工作，开展抗震避险常识教育；在正式复课以后，许多教师在讲课前对学生进行了抗震自救的安全教育，甚至有个别教师将专业课程知识与震情相结合，用科学规律和客观事实打消学生的疑虑，并增长了学生的防震减灾知识；校领导白天深入课堂一线与同学们一起听课，晚上深入学生宿舍讲解震后安全知识；学校聘请专家组织了数场科学防震报告会，如水利水电学院教授，四川省岩土工程重点实验室主任、国家重点学科岩土工程学专家何昌荣教授面向全校师生做了两场以“树立信心，科学防震”为主题的学术报告，引导师生沉着应对地震灾害。

第三，妥善安置师生，保证校园秩序稳定。学校在地震发生后尽快将学生和教职工从教室、办公楼及其他建筑物内撤离到空旷安全地带，开放公用平房、教学楼一楼教室和会议室、一楼学生宿舍，并派专人值守，提供学生避雨休息处，妥善安置学生过夜；确保水电气通畅和后勤供应，在最短时间内调集食品，分赴学生聚集点供餐；迅速进行学校受损情况统计，及时开展危房鉴定，对各校区主要建筑、学生宿舍、教工宿舍受损建筑进行重点检查，确保师生职工的安全；加强门卫管理，避免学校拥堵情况，在校内重要地段和学生宿舍增派保卫和执勤人员，学校“110”巡逻车昼夜不间断在校园内巡

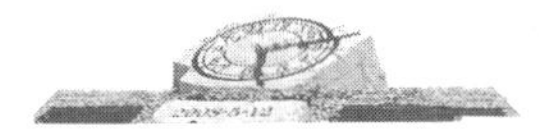

逻，确保学校正常秩序。

第四，准确判断形势，以科学决策履行社会责任。川大作为震区高校必须在防范社会恐慌方面起到带头作用，而作为高水平研究型综合性大学，川大师生是懂科学知识的群体，保持正常的教学秩序和稳定，是避免造成更大的恐慌和影响整个社会稳定的关键因素。成都市作为外界与灾区进行人员交换、信息转化的重要基地，稳定是第一重要的，川大稳定住、保持正常的教学工作秩序，就是对抗震救灾最重要的支持，因此，川大决定在社会稳定方面要发挥引领作用。通过科学论证，在分析地震的类型和建筑物结构，科学判断震情、摸清全校危房状况、能够确保师生安全的基础上，川大得出成都市区属于震感区而非余震区的判断。基于此，川大发出《致全校师生职工的一封公开信》，决定汶川地震发生后的第三天正式上班，第四天正式复课，率先恢复正常的教学、科研、工作和生活秩序，得到了全校师生的积极响应，尽管有个别老师当时很担心，个别学生也很恐慌，但学校做了详尽的解释，白天在午餐楼上课，晚上在宿舍给学生解释，消除大家的疑虑和恐慌，这对维护学校教学秩序、稳定师生情绪进而支援一线的抗震救灾工作具有重要意义。学校做出复课的决定不仅是完全科学的、负责任的和具有前瞻性的，而且真正体现了川大的科学决策能力和社会责任感，这种沉着应对、勇于开拓、攻坚克难的担当，正是川大对抗震救灾精神的现实诠释和具体运用。

另外，为了鼓舞广大师生积极参与抗震救灾，及时公布川大的抗震救灾实况，如法新社报道川大学生灾区救助行动、公布学校赈灾捐款情况等，激发川大师生参与抗震救灾的热情、爱心和积极性。

（二）发扬抗震救灾精神，开展灾后重建的实践

1. 实施针对灾区受灾学生的救助计划

安抚和帮助受灾学生是高校履行社会责任的重要体现。汶川地震后，川大正式启动“地震灾区受灾学生救助计划”，并设立“地震灾区受灾学生救助基金”，以实际行动积极履行高校应尽的社会责任。学校拨款100万元启动实施的“地震灾区受灾学生救助计划”的内容包括：对来自灾区并且家庭受到地震伤害的川大学生实施经济援助，帮助其顺利完成学业；组建由优秀青年教师、博士生、硕士生和本科生构成的抗震救灾青年志愿者服务队，为灾区抢险救灾和灾后重建提供专业支持、医疗卫生和教育服务；针对灾区受灾学生实施心理抚慰计划，减轻并消除地震带来的心理阴影；鼓励和倡导有条件的教职工领养或资助灾区孤儿学童，并发出《关于收养地震灾区孤儿相关事项的通知》；广泛动员川大校友资源、校董资源以及海内外资源的力量，设立受灾学生自主基金。另外中国扶贫基金会在第一时间为川大受灾学生募得12万元善款，定向资助受灾严重的120名同学。

汶川地震发生时，正直高考前的关键时期，为做好灾区学生的学习安抚工作，川大启动“地震灾区受灾考生关爱计划”，主要内容有：来自重灾区的普通类本科考生，凡报考川大，只要符合教育部、四川省高考招生录取政策，将优先录取；在抗震救灾中表现特别优秀的考生，报考川大并符合教育部、四川省相关规定的，将破格录取；在抗震救灾中，因抢救和保护国家与人民群众生命财产而牺牲的英烈的子女，为保护学生而光

荣献身的学校教职工的子女，凡报考川大，将给予特殊政策照顾。

在新生入学之际，川大对灾区学生实施全面的经济资助和人文关怀，表示学校的特别关注。如在开学前向每位灾区新生寄去慰问信，报销极重灾区同学到校的交通费，开设地震灾区延考区同学专用绿色通道，给灾区新生赠送被褥、水瓶、洗漱用品等生活必需品。通过落实针对受灾学生的救助计划，帮助受灾学生解决物质困难和消解心理困境，展现高校以学生为本的天职和大爱精神。

2. 开展形式多样的灾区灾后恢复和重建活动

地震灾区的灾后恢复工作是一项较为复杂的系统工程，包括经济恢复与重建、医疗卫生、疫情预防、建筑与生态环境、灾害预测与监控、社会重建、教育恢复、文化重建等领域。川大以自身的学科、专业和人才优势，将“灾后重建行动计划”列为学校“六大行动计划”之一，组建专家队伍和专业志愿者队伍，开展了形式多样的活动，为地震灾区的灾后恢复与重建工作提供科学决策、智力支撑和技术帮扶。

川大发挥科研和人才优势，加强对地震灾区的实况调研，总结和介绍其他地区灾后恢复和重建经验，为灾区科学重建进行科学论证、专业指导。如水利水电学院副院长杨兴国教授在唐家山堰塞湖工程抢险指挥部专家组中，多次深入堰塞坝上进行现场踏勘，为排险工作提供强有力的技术保障，作出了突出贡献。他们徒步考察白沙河无人区堰塞湖等地，完成了《都江堰市虹口乡白沙河枷担湾、窑子沟、关门山沟堰塞湖串排险工程处置方案建议》，开快速消除堰塞湖串险情并保留稀有开发资源的成功先例。汶川地震、攀枝花地震后，建筑与环境学院派出由房屋结构鉴定、建筑设计结构、环境影响评估等专业人士组成的专家及研究生援助服务团奔赴汶川、攀枝花市等灾区开展较为长期的灾后重建工作；此外，川大医学、护理等相关专业的专家、师生对灾民进行义诊、医疗咨询和免费电器维修等灾后医疗帮扶。学校发出《四川大学关于鼓励学生积极到地震灾区挂职参与灾区恢复重建工作的通知》（川大学〔2008〕12号），积极为广大学生参与灾区科学重建创造条件。2008年7月11日，川大抗震救灾志愿服务总队支援绵竹灾后重建硕士服务团抵达绵竹正式开展工作，来自工商管理、公共管理、建筑与环境、经济、文学与新闻等5个学院的25名硕士在绵竹市政府办、发展改革局、规划建设局、教育局、招商局、商务局、农办、经济开发区、社区管理等部门开展两个多月的服务工作，为灾区灾后恢复和重建贡献一定的智力支持；2008年7月16日，由15位硕士和博士组成的工商管理学院智力援助汶川重建特别行动队在汶川县党政部门挂职一年，在地震重灾区的灾后重建第一线发挥了重要作用，这是全国第一支全部从商学院选派并以党政挂职方式支援汶川县灾后重建的支援队伍。为了促进灾区的科学重建，四川大学成都科学发展研究院撰写了多份重要研究报告，编写了五期工作简报，提出了若干灾后重建对策建议，介绍了国外灾后重建的经验。

在直接帮扶的基础上，川大开展各类培训和心理治疗，提高灾区人民的自我恢复和重建能力。如华西第二医院启动“四川大学地震灾区妇幼卫生重建项目”，采取点对点的方式，分批次接收来自灾区的妇幼保健儿科领域医护人员进行培训学习，积极为灾区培养本地的妇幼医护人员。2008年7月21日至24日，华西口腔爱心支教团在新添小学开展了“微笑课堂”支教行动；华西临床医学院9名学生志愿者随同华西医院心理卫生中心灾后心理危机干预小组5位心理干预专家在什邡市红白镇开展灾后心理评估、心理危机干预、心理辅导治疗等工作。

3. 稳步推进学校自身的灾后恢复和重建工作

为做好川大自身的灾后恢复重建工作，校领导积极动员、组织全校师生开展相关工作，专门召开川大灾后恢复重建工作会议，全面部署启动学校的灾后恢复重建项目。在做好校园安全管理的基础上，通过前期论证，组建包括校内外建筑学、环境学等专家在内的专家咨询委员会，与校外设计施工单位联系，在完善论证规划的基础上做到科学施工；对全校范围内需要全面加固、全面维修的危房进行结构加固、功能复原和外形复原，确保建筑物安全；对望江校区、华西校区古建筑的修复按照国家文物保护法的相关规定，在文物部门指导下，维持原有建筑风格不变，修旧如旧，注重保护和传承文物所承载的历史内涵和精神价值；对需要拆除的建筑，按照校园整体规划，力求节约、高效、高质量地完成重建。

在整个灾后的救援、救治、初步安置工作基本完成以后，提前做好灾区流行病防疫准备，如川大发出《关于进一步加强震后校园卫生防疫及环境整治等有关事项的通知》（川大校〔2008〕14号），成立抗灾防病工作领导小组，确保校园良好的卫生环境；为记录和保存好学校的抗灾自救、抗震救灾和灾后防疫与重建的珍贵历史，学校发出《关于做好抗震救灾、灾后防疫、灾后重建相关材料收集和归档工作的通知》；为做好汶川地震一周年纪念活动，学校发出《关于进一步做好抗震救灾、灾后防疫和灾后重建工作相关材料的专题收集、整理和归档工作的紧急通知》（川大办〔2009〕1号）文件，通过对相关材料的收集、整理和归档，有助于将特殊的历史过程和实践经历以史料的形式保存下来，并逐渐将其融入涵养大学精神的素材之中。

（三）承续抗震救灾精神完善自身建设的实践

川大在自觉发扬抗震救灾精神，积极参与抗震救灾和灾后重建工作的基础上，加强和完善自身的科学研究、学科建设、学院设置等，取得了一系列重要的实践成果。

1. 围绕抗震救灾开展专门的科学研究

川大师生经历汶川地震等抗震救灾和灾后重建的辉煌历史，彰显了当代高校秉承自强不息、英勇奋斗的文化传统，这也将成为川大人永远抹不去的记忆。如何承续抗震救灾精神，将这些记忆转化为经验启示和引领新发展的力量，依然是摆在高校师生面前的现实课题。川大围绕抗震救灾以及抗震救灾精神，充分发挥自身的学科、专业和人才优势，开展了一系列专门的科学研究，设立和申报各级相关科研课题，并取得众多研究成果，在诠释中华民族独特的抗震救灾精神过程中，有效地推动了灾后重建工作，拓展了学校的科研领域，提升了相关学科的科研水平。

为深化抗震救灾相关问题的科学研究，川大与香港理工大学等合作成立“四川地震灾后重建支援及研究中心”，积极组织召开学术会议，划拨专项经费设立多项校级专题科研项目，成立地震灾后法律服务中心等专门科研和服务机构。川大分别就灾后妇幼卫生重建、地震灾后重建（建筑与规划）、建筑防灾减灾等问题与美国、日本、澳大利亚等国家的高校召开国际研讨会，川大教师直接参加或指导本科生、研究生参加抗震救灾、灾后防疫和灾后重建工作。

川大在弘扬和培育抗震救灾精神的过程中，基于强烈的社会责任感和历史使命感，充分发挥学校的人文社会学科优势，设立和申报各级各类科研项目，迅速开展科学研究，并取得丰硕的成果。如工商管理学院与历史文化学院牵头组建川大灾后重建联合调研组，深入灾区调研；校领导与文科学院的院长研究针对抗震救灾的应急科学研究方案，其中文学与新闻学院提出包括灾后传媒的宣导抚慰功能研究、灾后重建与少数民族文化遗产的抢救与恢复研究、新闻传播在重大灾难事件面前应急处置中的作用研究、国外灾难纪实片危机处理与灾民心理的恢复与重构研究、灾区危机状态与后危机状态的新闻传播功能研究、灾难语境中人际传播与大众传播的均衡与非均衡行为模式研究、四川大地震中的电视表达与传播新机制研究、四川城市与旅游形象的传播与重塑研究等问题在内的 8 个抗震救灾与灾后重建科研项目，经济学院、艺术学院等分别结合专业知识提出具体的研究课题；随后社科处出台《四川大学汶川地震转向研究项目管理办法》，积极筹备启动抗震救灾应急科研项目，经学校专家组评审，启动川大哲学社会科学抗震救灾首批项目，包括“地震引发的特殊民商法问题研究”（杨遂全）、“汶川地震灾后心理援助与精神家园重建”（曹萍）、“汶川大地震后灾区经济重建与产业结构调整可行性研究”（张衔）等涉及法律、文化、公共卫生、心理、生态、传媒、旅游、经济等多学科、多领域的实际问题研究；徐玖平教授作为首席专家牵头申报的课题“汶川大地震后‘经济—社会—生态’统筹恢复重建研究”获得 2008 年度国家社科基金重大招标项目；教育部人文社科重点研究基地——川大中国藏学研究所积极参与灾后重建多项重要工作；学校心理健康教育中心实施长期心理援助项目；公共管理学院王宏伟副教授作为第一参与者承担民政部救灾司委托的课题“汶川地震与玉树地震救灾捐赠实践比较研究”。

在加强科学研究的基础上，川大取得一系列重要的理论和实践成果。法学院杨遂全教授主编的《地震灾后热点法律问题解析》，从人身权、财产权、婚姻家庭财产继承、保险法、行政法和刑事犯罪 6 个方面，列举和解答了灾后大家所关注的热点法律问题；文学与新闻学院完成有关抗震救灾和灾后重建的多项成果，易丹教授参与《汶川 • 168 小时》故事片的编剧工作，干天全教授参与创作诗组《血泪涤荡我们的灵魂——献给“5 • 12”地震中遇难的人们》，蔡尚伟教授等在《今传媒》发表《汶川地震后四川及成都形象的重建策略》等；公共管理学院姜晓萍教授组织调研小组赴地震灾区开展“四川地震灾区公共需求与潜在社会风险”专题调研，并形成《四川地震灾区受灾群众需求调查与潜在社会风险分析》调查报告。

川大在承续抗震救灾精神过程中，联合相关学院，加强交叉学科研究，形成了重要的科研创新成果。抗震救灾精神是民族文化传统的当代映射，是中国力量的时代彰显。与汶川地震后灾民有序安置和灾情有效救治的状况相比，2010 年 1 月 12 日海地地震发生，造成重大的人员伤亡，而侥幸存活下来的人们露宿街头，忍受着伤痛、饥渴、暴力和社会动荡的折磨。基于此，四川大学设立“中国汶川与海地震后 20 天比较研究”校级重大课题，组织政治、管理、历史、外语、文学、新闻、艺术、经济和法学等相关学科的专家学者成立了 8 个课题攻关小组，对中国和海地这两个曾经具有相似历史经历的国家在震后20天政府和民众反应进行了系统比较，在援引大量事实、数据和观点的基础上，从两国政府的应急管理能力、国民经济动员能力、危机传播管理能力及世界各大国的反应等方面对两次地震震后20天的情况进行对比分析，并从制度、文化和历史轨迹等不同角度进行反思和总结，经过一个多月的努力形成由谢和平校长主编的近33万字的《中国的力量——从汶川与海地震后20天看中国的制度、文化和精神》一书，充分发挥了川大的学科优势、科研优势、人才优势和区位优势。该书的出版形成较大的社会影响，提升了川大承担社会责任和历史使命的能力，彰显了高校谋求发展、应对自然灾害、弘扬民族精神的自觉担当。

川大集中科技和人文社科多学科优势，对全面深入开展抗震救灾与灾后重建工作向四川省委省政府和成都市委市政府提交关于医药卫生、生物与生态环境、地质水利、灾后工业生产、电子信息技术预测监测突发灾害等20多项重大咨询建议报告。其中，川大成都科学发展研究院完成的研究报告被中央党校《思想理论内参》分两期全文刊载，部分内容被新华社内参《国内动态清样》分三期采用。此外，川大主办的《中国循证医学杂志》从2008年6月19日出版的第6期开始，开辟“汶川地震医疗救援”专栏，系列刊载有关汶川地震医疗救援的研究成果；鼓励教师积极面向全体学生开设有关抗震救灾、灾后防疫和灾后重建等方面的选修课，学校给予相应的开课经费支持；鼓励教师结合专业课程教学进行地震、防震、震后心理疏导、灾后防疫和灾后重建等专业科学知识内容的教育。

2. 将地震灾区设置为学校发展的重要基地

鼓励师生以川内地震灾区作为社会实践的重要基地，支持哲学、历史、文学、艺术等专业的学生到灾区体验生活，搞专业创作，把灾区作为教学、科研、创作的重要条件和环境，既支援了灾区的恢复和重建，又拓展了学校的科学研究、人才培养和社会服务基地。

在科研方面，学校召开震后恢复与重建研讨会，提出灾后环境影响评估和应急措施及重建关键技术、房屋结构安全性检测与评估等应急技术，废墟无害化处理等灾区恢复相关技术，村落聚居地及城镇重建选址的地质灾害评估与防护等灾区重建相关技术以及灾后慢性病防疫、灾民心理恢复等问题，在此基础上提出相关研究课题。2008年6月5日，华西第二医院妇产科、儿科、心理学等专家和学生志愿者20余人前往什邡市进行灾后重建需求调查，建立四川省抗震救灾“安置安心”心理援助什邡工作站；2008年7月11日至13日，历史文化（旅游）学院暑期实践队赴都江堰对震后景区进行旅游安全性实证调研；华西公共卫生学院疾病预防控制志愿队深入彭州市通济镇、小渔洞镇社区板房进行走访调查，确立了灾区慢性病防治工作重心，成为地震灾后慢性病防治的先例；马克思主义学院（政治学院）志愿者赴灾区进行慰问和调研，在肖旭教授的带领下，开创了大学生和灾区学生以作文形式结对交流的“五彩石”活动，并以此为契机，深化灾后心理与文化重建的实践和思考，形成川大优秀志愿服务项目和川大思想政治理论课社会实践模式创新案例项目。

在人才培养和社会服务方面，通过主动合作、挂职锻炼、暑期实践、课题调研等方式，增强大学生理论联系实际的能力和学校服务社会的能力。川大为深入展现在灾区重建中的主动性，与什邡市、绵竹市等地震灾区签署并实施了全面支持灾后重建框架协议。为鼓励学生到地震灾区政府和企业挂职服务，学校专门印发《四川大学鼓励学生积极到地震灾区挂职参与灾区恢复重建工作的通知》《四川大学鼓励教师和学生积极参加抗震救灾、灾后防疫和重建相应措施的实施细则》等，使相关工作规范化。通过鼓励学生到灾区服务，培养学生引领社会、服务社会的自觉性和责任感，增强运用理论知识解决实际问题的能力，把爱国热情、专业知识转化为支援灾区灾后恢复重建的实际行动，给予参加灾区挂职服务的学生基本生活补贴，挂职工作鉴定合格按照学校规定获得相应学分或认定为相应科研成果。2008 年 7 月 10 日，四川大学暑期社会实践重点团队“乡村知识滚动计划”项目座谈会暨启动仪式在什邡市师古镇政府二号会议室举行，并开展了为期 1 个月的知识宣传活动；法学院暑期社会实践团进行了法律志愿服务、灾后法律问题调研；公共卫生学院把科研基地建在灾区一线，让师生到一线进行科研，既支援了灾区灾后防疫和重建，又使广大师生在实践中得到锻炼，深化认知。另外川大本着服务社会、心系灾区的原则，出台相应的鼓励政策，支持川大毕业生到地震灾区就业，一方面服务灾区建设；另一方面加强大学生的基层经历，将地震灾区作为大学生历练成才的重要实践基地。2009 年 1 月出台《四川大学毕业生服务灾区行动计划及面向灾区与基层就业补充规定》，对赴地震灾区帮助地方进行灾区重建的川大毕业生，服务期满并考核合格者，享受学校基层就业有关优惠政策；对到地震灾区就业达到一定期限或参加“三支一扶”“村干部计划”等项目的川大毕业生报考本校硕士研究生可享受一定的政策优惠。

3. 以抗震救灾为契机完善学科发展和学院建设

川大在积极加强对地震灾害以及灾后重建相关问题科学研究的基础上，与香港理工大学联合共建“灾后重建与管理学院”，围绕抗震救灾完善学校的学科设置和学院发展，培养相关学科人才，努力实现高等教育与社会发展需要相统一。

灾后重建与管理学院的建立。针对汶川特大地震造成的惨重人员伤亡和巨大的物质财产损失，川大与香港理工大学以“心系人民，仰副国家”为价值追求，坚定地承担起公立大学的社会责任，于 2008 年 6 月合作成立“四川地震灾后重建支援及研究中心”，这是“5·12”汶川大地震后，香港的大学与内地大学合作成立的首个“四川地震灾后重建支援及研究中心”，通过两校现有科学资源、技术、人才，即社会资源优势的联合，共同为救灾及灾后重建提供高质量的科学与技术支援、研究和服务，协助灾区进行长远的社区重建工作；在香港马会的全力资助下，2009 年 7 月开始，在“四川地震灾后重建支援及研究中心”的基础上与香港理工大学共建了“灾后重建与管理学院”。该学院为全球首个专门进行防灾减灾和重大危机处理、科学研究、教育培训、社会服务和灾害信息服务的综合性学院。川大和香港理工大学充分发挥学科优势、科研优势、人才优势等，积极开展重大灾害应对研究，灾后重建技术服务、社会管理、专业人员培养等工作，并加强对防灾减灾知识的宣传和教育，不断提高人们抵御灾害的科技水平和管理能力。通过成立专门的研究中心、筹建灾后重建与管理学院、主办灾后重建国际学术研讨会等方式，川大加强对灾后重建的系统研究工作，彰显了位于地震多发区的重点高校在发扬抗震救灾精神方面的独特社会价值。

防灾减灾学科的完善化和专门人才的培养。灾后重建与管理学院自成立以来，在香港马会的全力资助下，围绕着灾害医学科学、安全科学与减灾以及灾害应用社会科学三大学科领域，形成了优势突出、特色鲜明的防灾减灾和重大危机处理的教学与研究体系，打造了一支高水平的教学科研团队，专门聘请了联合国减灾署总干事玛格丽塔为学院荣誉教授，全职引进了联合国教科文组织前助理总干事卡隆基担任学院院长。学院瞄准防灾减灾和重大危机处理领域基础性、前沿性、战略性问题，开展高水平科学研究，培养了一大批社会急需的防灾减灾领域高级专门人才。此外，川大各学院结合自身已有的学科和专业特点，与国家和省市的水利、卫生、科技、文化等部门紧密合作，开展联合攻关。华西临床医学院开展灾后抗震救灾伤病治疗相关规范研究，水利水电学院开展灾区水库大坝次生灾害研究，法学院开展地震灾后重建法律问题研究，历史文化学院开展文化遗产地震灾害评估与重建研究等，充分发扬了川大以智力支援为主导、以科学重建为核心的高校学科优势。

（四）弘扬抗震救灾精神，拓展国际合作的实践

川大通过自身的国际合作和跨区域合作平台优势，结合海内外社会各界的资金和物资等资源优势，在抗震救灾过程中积极联合海内外一流大学和国际组织，加强国际合作，有效汇聚和整合优质资源，发挥国外合作院校的技术和物资支持作用，助力灾区抗震救灾和灾后重建。

1. 发挥专业优势，协助国际组织的抗震救灾行动

在抗震救灾过程中，一些国际组织发挥“一方有难，八方支援”的国际主义精神，自觉参与抗震救灾。川大发挥自身的学科和人才优势，积极协助国际组织的抗震救灾行动。

国际组织联合川大华西医院开展地震伤员的医疗救助。汶川地震发生后，来自美国、日本、俄罗斯等国家和地区的医疗救助队伍到川大华西医院开展医疗救援。如2008年5月22日，日本国际紧急救援医疗队一行23人抵达华西医院开展了为期10天的医疗救援工作；6月8日，美国马里兰大学休克创伤中心中国救灾医疗队一行5人抵达华西医院ICU，开展对中国汶川大地震危重伤员的救治工作等。

川大外国语学院志愿者积极承担赴灾区国际医疗队的翻译工作。川大外国语学院研究生志愿者在康弘药业公司，为灾区翻译外国政府捐献的药品、医疗器械的说明书和捐赠清单；由英、日、俄、法各专业的硕士研究生和本科生组成的外国语学院应急翻译志愿服务队与外国医疗队和媒体一起深入灾区，全程参与了日本、俄罗斯援华救助医疗队的翻译工作，为日本救援队和医疗队、俄国医疗队等提供口译服务，接待外国媒体，并分类翻译了外国政府捐赠的物资、药品、医疗器械的说明书及捐赠清单等。

2. 联合世界一流大学和国际组织支援灾后重建

川大发挥自身的国际交流合作优势和在海外高校的影响力，加强与世界一流大学和国际的合作，吸收国外高校和地区抗震救灾与灾后重建的经验、技术、资金等，引进美国加州大学及劳伦斯国家实验室、英国剑桥大学等一批国家一流的科研、技术、人才等

资源，共同形成支援灾区重建的国际合力。

川大与境外高校的科技交流合作。汶川地震后，川大社科处发出《关于鼓励开展抗震救灾国际合作研究的通知》，第一时间发布希望开展合作研究的意愿，积极推动科学抗震救灾专项科研的国际合作。加州大学在地震发生后向川大发来慰问信，在余震不断之时派特别代表国际发展部主任 Gretchem Kalonji 教授率团到川大商讨加州大学 10 个分校区如何开展抗震救灾研究的相关赈灾事宜，但凡有项目，他们就提供资金、派遣人员、开展研究。常务副校长李虹教授会见国际儿科协会主席陈作耕，讨论灾后重建项目。川大与美国加州大学和劳伦斯伯克利国家实验室专家深入交流探讨，联合开展灾后重建合作研究。另外，加州大学专家服务团实地考察灾区破坏情况，就地震灾区建设轻型节能环保性住宅提出建议；伯克利分校土木环境工程系教授、地震研究中心主任对断裂地质结构进行了实地勘测和数据收集；专家组再次进行实地勘测后，加州地质调查局教授 Dr. Moh Huang 和美国太平洋天然气和电力公司的 Dr. Joseph Sun 到建筑与环境学院进行学术讨论，就实地考察的情况发表自己的观点和看法；滨河分校生态学专家 Larry Li 教授到水利水电学院作了题为“灾后生态重建若干问题”的专场报告会；圣地亚哥分校超型计算机中心主任举行“关于网络技术在灾难应急反应中的运用”专题报告会，并到电子信息学院参观座谈达成初步合作研究意向；加州大学与川大一致同意建立“四川大学加州大学地质灾害研究中心”，共同在美国国家科学基金会、中国自然科学基金委员会、国家外国专家局申请研究经费。川大与美国、日本等专家学者积极开展抗震救灾和灾后重建学术交流活动，美国专家赠送有关灾后重建的相关参考资料。美国加州大学和日本东北大学、东京大学等专家团就结构震害分析和中日美三国国际合作、地震建筑垃圾处置与再生混凝土利用、抗震加固与防灾教育、城市防灾等进行详细交流讨论。汶川地震后，川大吸引境外灾后重建科研经费 6000 多万元，灾后重建技术 40 多项。

此外，境外高校和国际组织在资助受灾学生、设置留学项目、开展培训、实施捐赠等方面对川大和地震灾区给予帮助。如韩国启明大学向川大地震灾区受灾学生捐赠救助基金；美国纽约州立大学、澳大利亚蒙纳士大学等国际著名高校向灾区派出专家 60 多人次，为来自灾区的 52 名川大学生提供全额奖学金。教育部、国家留学基金管理委员会与美国纽约州立大学专门设立四川地震灾区本科生赴美学习一年专项奖学金项目，并举办行前集训会，川大有 26 名本科生参加。2008 年 9 月 25 日至 26 日，外国语学院选派四名优秀英语教师和美国亚利桑那大学语言培训部主任一行，到地震灾区什邡市看望和慰问当地中学教师和学生，并对什邡中学的英语教师进行英语教学培训。2008 年 9 月 22 日和 23 日，前来川大访问的美国匹兹堡大学图书馆总馆长、美国亚利桑那州立大学图书馆总馆长、匹兹堡大学东亚图书馆馆长一行在川大图书馆有关工作人员的陪同下前往地震重灾区，向聚源中学、北川中学和绵阳师范学院图书馆捐赠图书。

（五）培育抗震救灾精神，丰富思政理论教育形式的实践

抗震救灾精神是一种宝贵的思想政治教育资源。川大探索培育和弘扬抗震救灾精神的实践，为思想政治理论教育提供了鲜活的内容、丰富的资源和崭新的契机。在思想政

治理论教育中，结合灾区人民的需要结构、高校的特色优势、大学生的时代特点，将抗震救灾精神充分融入大学校园文化建设之中，在潜移默化中起到思想熏陶的教育效果；抓住机遇开展以培育抗震救灾精神为主题的教学实践，创造性地丰富了教育形式，发掘了丰富的思想政治教育资源。

1. 强化精神感悟，升华川大校园文化

在直接参与抗震救灾和灾后重建的过程中，川大师生在地震灾区的第一现场，真实地感受到“万众一心、众志成城，不畏艰险、百折不挠，以人为本、尊重科学”的伟大抗震救灾精神，从中也受到了印象深刻的世界观、人生观、价值观教育。川大师生在强烈的感悟中，创造了丰富多彩的文艺活动和文化作品，将伟大的抗震救灾精神融入学校文化建设之中，使全校师生在潜移默化、润物无声的心灵熏陶和文化滋养中得到教育。

川大充分发挥自身人文社科优势，组织师生第一时间对抗震救灾的英雄事迹进行文学艺术创作，以抗震救灾精神为主旋律丰富校园文化。如川大师生实地创作《以生命的名义》文学艺术作品；出版地震系列丛书 4 部，创作抗震救灾系列诗歌 300 多首、散文 100 多篇、纪实文学 80 余部；由四川大学主办，艺术学院承办的《风雨同行，共创未来——四川大学抗震救灾文艺演出》分别在江安校区青春广场、望江校区体育馆举行，师生自创自编自导自演的抗震救灾特别节目使大学生们受到了深刻的抗震救灾精神教育。由川大主办，文学与新闻学院、宣传部、校团委、学工部、社科处共同承办的《共赴时难，奉献爱心——四川大学大型诗歌朗诵会》在江安校区青春广场举行，中宣部全国社科规划办主任张国祚、四川省作协秘书长曹纪祖、《星星诗刊》主编梁平、《四川文学》主编益西泽仁专程为朗诵会创作诗歌；由四川广播电视集团主办，四川电视台、凤凰卫视和成都电视台承办的《以生命的名义——四川省抗震救灾大型特别节目》在成都举办，川大艺术学院合唱团参加演出；各学院召开各种抗震救灾主题班会和党团员组织活动；学校邀请北京师范大学于丹教授在江安校区体育馆举行了一场名为“阅读经典，感悟成长”的演讲会，于丹教授结合《论语》中的智慧和自己的真实感受讲述了几次造访灾区的所见所悟，与广大师生一起分享。

通过这些形式多样、丰富多彩的艺术作品和文化活动，弘扬抗震救灾主旋律，讴歌英雄文化，学习先进模范，把伟大的抗震救灾精神与学校的优良文化传统有机结合，川大校园文化在抗震救灾和灾后重建中得到进一步升华。正是由于四川大学师生把伟大的抗震救灾精神“落实到行动，具体到工作，体现在岗位”，表现出达观的精神风貌、坚强的意志品质、崇高的理想信念和科学的应对方略，因而得到社会各界的高度评价。[①] 同时，川大师生以实际行动拓展胸怀祖国、报效人民的精神境界，彰显川大人优秀的精神品质，体现川大人高尚的文化品位。

2. 发挥精神优势，拓展思政实践教学

抗震救灾精神并非凭空而来，它建立在真实的人物和事件基础上，抗震救灾伟大实践是推进高校思想政治教育的生动教材和宝贵资源，因此，川大在思想政治教育理论教

---

① 谢和平：《大地震中升华的川大精神》，《光明日报》，2009 年 1 月 21 日第 11 版。

学中充分利用这一优势资源，积极突破既有的课堂教学模式，引导和带动大学生进行丰富的情感体验，在真实的情景融入中发掘自身的潜在认知，进行主动思考，达到更好的教育效果。

作为地震多发区的高校，川大师生有更直接的实践参与和精神体会，学校充分发掘这一精神优势，扩展思想政治教育的形式和影响。2008 年 6 月 23 日上午，四川省抗震救灾青年英模事迹报告团首场报告会、座谈会在川大举行，通过展示广大团员青年在抗震救灾一线的风采，加强对青年学子的思想教育，激发团员青年的斗志，为后续的灾后重建打下良好基础；马克思主义学院（政治学院）通过在全校开设的思想政治理论课的课程中开展以“大难与大爱，我们在行动”为主题的课堂演讲比赛，借此深化大学生的精神感触；学校印发《四川大学鼓励教师和学生积极参加抗震救灾、灾后防疫和重建相应措施的实施细则》，对参与抗震救灾、灾后防疫和灾后重建的大学生志愿者给予相应的政策优惠，旨在激发大学生发挥专业优势、参与社会服务的热情，同时使大学生在做具体事情的过程中，培养关心他人、关注社会、有责任、有担当的品行，通过参加社会实践，得到较好的社会锻炼，从中得出体会感想和调研成果，深化了思政课堂和教材的理论教育效果。

在把握和遵循思想政治教育规律的基础上，川大师生创造性地开展了一系列帮扶活动，既通过社会实践调动了大学生的主动性和积极性，又增强了高校思想政治工作的实效性。其中以肖旭教授为指导开展的灾后文化与心理重建“五彩石”志愿活动影响较大。连续 9 年来，“五彩石”活动以“系统叙事疗法”“心理环境方法”为理论指导，通过征集和组织大学生志愿者们与中小学生长年结对批改作文、进行书信交流以及不定期的联谊活动等形式，在引导灾区学生们正确看待生命、提高学习能力等方面起到了积极显著的心理调节效果，如促进创伤后成长（PTG）、缓解创伤后应激障碍（PTSD）症状等。同时也促进了大学生志愿者的自我成长（自我效能感的增强，自主意识、责任意识、合作意识的提高等），通过爱心传递，持续地促进着灾区学校和大学校园的双向校园心理文化建设。实现思想政治理论课多主体协同是提升思想政治理论课实效性的重要机制，“五彩石”志愿活动以志愿者大学生与结对中学生之间的互动为主线，建立了以学校为中心，政府与社会共同支持，实现高校思政理论课的共建机制。“五彩石”志愿活动始终围绕学生、关照学生、服务学生，按照结对中小学生的实际需要，遵循中小学生及大学生的成长成才规律，制定科学的社会实践措施，帮助大学生将所学知识与实践体验相结合，丰富了大学生的精神生活，帮助其自我成长。“五彩石”活动既是一项心理重建活动和文化重建活动，也是一项教育活动。活动按照互动式系统教育的思路，使大学生在与灾区中小学生、社区居民的互动中进行灾后文化与心理重建活动，将教育与自我教育相结合，提升自身的学习与服务能力，培养自身的志愿精神与合作精神，学会尊重他人，在实践中认识中国国情，将个人理想与社会理想相结合，同时也在帮助他人的实践体验中提升精神世界、获得自我价值。

川大作为地处灾区的大学，亲历了汶川大地震和芦山地震带来的阵痛，始终坚持勇敢、积极地参与灾后重建并帮助灾区实现可持续发展，在此基础上主动对全球灾害危机应对进行研究探索和服务支撑，并视之为自身对社会的重要责任和义务。正如时任川大校长谢和平院士所言，川大在应对国内外一系列重大灾害危机时，所采取的各种应对措施、各种艰辛探索的历程，正是一所旨在影响世界和人类进步的世界一流大学应该去想、去做的事情。面向未来，川大还会做出更多影响世界和人类进步的大事和要事，勇担大学责任和使命，携手社会各界，为推动灾区的发展振兴、为灾害危机预警、为人类文明发展进步作出川大的贡献！

三、川大创新运用抗震救灾精神的主要经验

在历次抗震救灾和灾后重建过程中，川大积极探索和实施创新运用抗震救灾精神的实践，积累了创新运用抗震救灾精神的有益经验。

（一）发挥抗震救灾精神凝聚力，整合内外优势资源

抗震救灾精神具有凝心聚力的团结作用，川大积极发挥“万众一心、众志成城”的精神品质，整合校内外、国内外各种优势资源，联合世界一流大学、国际组织、国内高校、社会力量，为抗震救灾和灾后重建提供医疗救助、技术指导、资金援助、人力支持等，充分发挥了抗震救灾精神的凝聚力。

地震灾害发生后，川大师生迅速行动，发动和联合校内、国内各方面力量，开展抗震救灾行动。在学校各级领导和相关部门的极力配合下，组织各种形式的志愿服务队一方面协助维护校内秩序，一方面紧急奔赴灾区和各救助点开展志愿服务工作；为安抚校内师生恐惧情绪，学校聘请校内外专家学者，开展专业的学术讲座，普及科学抗震救灾知识；与国内其他地区的专家、救援队、高校等积极配合，开展对地震灾区的救助和相关研究。

在积极整合国内优势资源的基础上，川大充分发挥高水平大学的平台作用，积极联合世界一流大学和国际组织，为四川灾后重建提供学科支撑、科技支援和智力支持。川大和美国加州大学、劳伦斯国家实验室联合开展灾后重建房屋抗震和研究、灾区能源重建研究等，先后吸引境内外灾后重建科研经费6000多万元、重点科技项目40多项，有力地支持了灾后重建工作。同时，在学校积极组织下，澳大利亚新南威尔士大学、美国纽约州立大学等国际著名高校为学校来自灾区的52名学生提供了全额奖学金；学校以及川大四所附属医院积极配合来自美国、日本等国家的医疗救助队伍开展伤员救治工作，引进抗震救灾和灾后重建的相关经验。

（二）彰显抗震救灾精神导向力，注重科学研究与服务灾区相结合

川大在实践中充分彰显了抗震救灾精神的导向力，在凸显高校的学科、专业和人才优势的基础上，围绕抗震救灾和灾后重建开展各级各类科研项目，完善学校自身的学科、专业和学院建设，注重科学研究与服务灾区相结合。

川大组织专家深入灾区进行灾后重建研究，以学科优势和科技创新带动灾后重建。川大和香港理工大学合作成立“四川地震灾后重建支援及研究中心”，依托香港理工大学的康复学和社会工作优势学科，并在香港融资1000万元，重点在地震灾区开展灾后

康复研究工作和实验。在此基础上，共建“灾后重建与管理学院”，学校利用这个高水平的学科平台，建立了一批灾区灾后重建急需的学科，如灾区心理健康、灾害经济与管理、灾区企业发展、灾害医学与健康、灾区环境规划与保护等学科专业，直接用于灾后重建、服务于灾区重建工作。

在医疗领域，川大对灾区医药卫生重大课题进行了研究，积极提供医疗技术服务，为地震灾区科学重建构建了现代医学医疗基地。全校4所附属医院和医学院，充分发挥自身人才和学科、科研优势，在科研合作、技术帮扶、业务培训、学历教育等方面对灾区给予重点支持，帮扶灾区不断提升医疗健康服务水平。特别是，学校作为四川省有成员伤亡家庭再生育技术服务专家组组长单位，为地震灾区制定了再生育医疗技术服务方案、流程和信息网络建设规划，对灾区再生育夫妇建立了绿色通道，实行一对一服务，先后对专业技术人员进行再生育服务专题培训1260人次，指导地震中失去子女的4000多个家庭的再生育治疗并获成功。

（三）开掘抗震救灾精神驱动力，坚持志愿援助全覆盖

抗震救灾精神具有强大的驱动力，是推进抗震救灾实践的力量源泉。川大积极组织多种志愿者队伍，自觉发扬“艰苦奋斗、百折不挠”的拼搏奋斗精神，千里驰援灾区，主动全面、全程、全力参与抗震救灾和灾后重建工作。

在汶川地震抗震救灾过程中，川大第一时间派出专家救援队62支、志愿者服务队1365支，组织学科专家4315人次，先后组织救援队、爆破、建筑等专业突击队和志愿服务队30000余人次，特别是，华西医院是接收最危险、救治最难伤者的救治基地，先后收治危重病伤员3000余人次。青海玉树地震发生后，川大迅速组建医疗救援队，携带急救车辆，以及价值近1000万元的药品和设备器械，奔赴灾区医疗救治第一线，全力救治受伤群众，同时捐赠医疗救治物资67224元。芦山地震发生后，学校第一时间派出医疗队24批次、卫生防疫队3批次赴重灾区，4所附属医院共接诊地震伤员783人，并向灾区85位同学发放应急补助6.55万元，组织师生为重灾区捐款捐物共计109.9万元。九寨沟地震发生后，川大迅速启动重大灾难应急预案，组织医护、防疫人员连夜赶赴地震灾区，调集医务人员和救灾物资驰援灾区，接收救治转运伤员等。

（四）增强抗震救灾精神感染力，推动思想教育与艺术创作共发展

抗震救灾精神作为民族精神的当代体现和新发展，秉承和展现了“以人为本、尊重科学”的内在品质。川大在灾后重建的过程中，不断强化抗震救灾精神的感染力，鼓励师生基于专业特点进行艺术创作、推进校园文化建设、拓展思想教育实践，提升了高校思想政治工作的实效性。

川大发挥人文社科优势，组织师生对抗震救灾的英雄事迹进行文学艺术创作，出版地震系列丛书4部，创作抗震救灾系列诗歌300多首、散文100多篇、纪实文学80余部；实地创作《以生命的名义》文学艺术作品，举办《风雨同行，共创未来》大型文艺演出和《共赴时难，奉献爱心》大型诗歌朗诵会；召开抗震救灾主题班会和党团员组织活动；邀请专家学者、抗震救灾英雄模范到校进行演讲、汇报，深化大学生的精神感

悟，激发大学生的爱国主义和集体主义情怀。

结合灾后恢复和重建的要求，川大师生在把握和尊重思想政治理论教育趋势与规律的基础上，开展了针对灾区人群的心理和文化重建活动。肖旭教授等专家和3000多名志愿者组建了“五彩石”团队，通过大学生给中小学生批改作文、书信交流以及不定期的联谊活动，连续9年为灾区学生提供一对一心理援助，重塑灾区孩子的心灵家园。这种润物无声的心理援助方式不仅得到了灾区老师、学生家长、学生的普遍认同，也使参与“五彩石”活动的大学生在实践体验中提升精神境界、实现自我价值，达到了很好的思想政治教育效果。

（五）激发抗震救灾精神提升力，促进人才培养与智库搭建相协同

抗震救灾精神具有提高道德境界和思想修养的提升力。川大以“海纳百川、有容乃大”的宽阔胸襟和开阔眼界，针对灾区学生给予优惠政策，注重提升人才的道德素养，并加强防灾减灾领域专门人才的培养。

地震发生后，川大通过出台规范化的文件，加强对人才的吸收和培养。川大出台《地震灾区受灾考生关爱计划》《地震灾区学生就业服务行动计划》等系列政策，鼓励师生积极参与灾后重建。学校提出，地震灾区学生报考川大，都会优先录取；在抗震救灾中表现优异的考生，可以破格录取。同时，开辟了入学绿色通道，对灾区新生入学实行减免学费、发放补助学金等，解除每个灾区学生的后顾之忧。同时，学校还通过灾后重建管理学院，培养了一大批社会急需的防灾减灾领域高级专门人才，其中包括已经毕业的物理治疗、职业治疗、假肢矫形、灾害护理专业硕士生200多人，以及“安全科学与减灾”“康复治疗学”等专业的在校硕博士生90余人，另外还培训社会人员5000人左右，为国内外防灾减灾领域人才培养工作作出了卓越贡献。

学校及时总结抗震救灾及灾后重建经验，积极进行学术研究，并积极组织力量为灾区灾后重建提供咨询建议，搭建智库平台。比如，学校提出只要川大学生到汶川灾区支援一周，就可以减免品德课应修学分，支援一个月就可以免修相应的学分，鼓励师生参与灾区的灾后重建工作。川大和绵竹市、什邡市签署了“四川大学全面支持灾后重建框架协议”，派出4000多名研究生和教师赴灾区挂职锻炼或参与灾后重建工作，为灾区迅速恢复生产生活发挥了重要指导作用。

四、高校创新运用抗震救灾精神的现实思路与对策

近年来世界范围内特重大灾害频发，影响范围逐渐扩大，而我国是世界上自然灾害较为严重的国家之一，灾害种类多、分布地域广、发生频次高。从国内看，2008年5月，四川省汶川发生8.0级地震；2010年4月，青海省玉树发生7.1级地震；2010年8月，甘肃省舟曲发生特大泥石流灾害；2013年4月，四川省芦山县发生7.0级地震；2014年8月，云南鲁甸县发生6.5级地震；2017年8月，四川省九寨沟县发生7.0级地震。从世界范围看，2009年1月，印度尼西亚巴布亚省马诺夸里地区发生7.6级地震；2011年，日本本州岛东北宫城县以东海域发生9.0级地震；2015年4月，尼泊尔

第二大城市博克拉发生 8.1 级地震，等等。可以说，一些特重大地质灾害、极端天气越来越频繁，很多灾害危机在历史上没有发生过，不等于现在不发生，更不等于将来不发生。随着经济社会的快速发展，各国面临的自然灾害风险持续增高，人们的生命和财产安全将受到严重威胁。对于高校来讲，在未来救灾与重建工作中的使命只会更大、责任只会更加艰巨。高校作为意识形态工作的主阵地，更应该提高灾害意识，增强创新运用抗震救灾精神的主动性和实效性。

（一）高校创新运用抗震救灾精神的现实思路

在自然灾害面前，高校应积极参与危机、应对灾害，自觉承担起更大的社会责任，在川大形成的范本基础上，继续探索创新运用抗震救灾精神的模式。具体思路如下：第一，应把灾害应对和灾区科学重建作为高等学校发展的重要战略方向并进行顶层设计，使学校自身的发展与推动经济社会进步紧密结合。第二，应按照服务灾害应对和灾区科学重建的社会要求，实现学科组织结构的进一步变革，在学科构建上进一步突出针对性和实用性。第三，应把灾害应对和灾区科学重建的科研管理工作重心前移，前移到灾区一线，前移到创新平台的第一线，前移到课题组和实验室的第一线。第四，应加大与政府，与企业产、学、研的实质性合作力度。高校应主动出击，以项目为纽带，以服务灾区地方经济社会发展为目标，真正建立起与地方政府和企业深层次、宽领域、全方位的战略伙伴关系，通过拉动灾区经济增长，促进地方社会进步，赢得政府和企业的支持，赢得社会的尊重。

（二）高校创新运用抗震救灾精神的对策

1. 明确高校弘扬抗震救灾精神的社会职责

抗震救灾精神是优秀传统民族精神的当代凝现，展现了中华儿女在自然灾害面前具有的团结奋进、顽强拼搏、无私奉献的高尚品质。伴随人类历史进程的灾难，警醒我们每个人都要树立灾害意识，接受专业灾害教育，尽可能地规避自然灾害给人类带来的损失，建立一系列事前、事中和事后的防范体系和迅速反应机制，这也迫切需要对灾害危机进行超前的研究探索，主动开启灾难的课程，使全人类具有灾难认识、具有科学预防灾难的知识和技术、具有避免和战胜灾难的信心和能力。高校作为传播知识、培养人才的摇篮，作为知识创新、科技创新的高地，作为传承文化、弘扬文化的平台，最应该，也最有实力和能力在引领社会进步、促进世界可持续发展、解决重大全球性问题尤其是重大灾害预警、危机应对以及灾后重建等工作中作出自己应有的贡献。因此，高校在实现中华民族伟大复兴的历史进程中，担负着弘扬抗震救灾精神的崇高历史使命，应该自觉明确高校创新运用抗震救灾精神的独特社会责任，根据经济社会发展的需要和民族应对灾害的能力需求，制定学校发展的战略规划，充分体现高校的社会职能。

2. 完善高校践行抗震救灾精神的学科建设

学科是现代高校提升核心竞争力的关键要素，在做好学校发展顶层设计的过程中，要遵循高等教育规律，积极推进高等教育改革，推进高校学科构建的科学化。依据应对灾害和服务灾后重建的现实社会需要，高校在学科发展中，发挥现有的学科优势，将“知识形态”“组织形态”和“活动形态”三要素相结合，围绕抗震救灾和抗震救灾精神，制定高校学科发展的政策规范框架，确定科学的理论指导，完善高校相应的学科建设，健全应有的知识体系、机构设置、课程安排、制度规范和人才培养等，形成较为完备的学科结构体系，为高校预防自然灾害、参与抗震救灾、统筹灾后重建等活动提供人才和学科支撑。

3. 加强高校彰显抗震救灾精神的科学研究

高校是社会的人才培养机构和学术组织，随着高等教育的快速发展，高校科研活动有了长足发展，基于高校的自身发展和社会职责，应该继续加强高校科学研究的能力和水平。以彰显抗震救灾精神为契机，高校加强创新性的知识传播、生产和应用，对于延伸高校社会服务功能，应对自然灾害和服务灾后重建具有重大的作用。高校具有多学科综合发展的先在条件，鼓励师生结合专业知识和学科特点深化科学研究，通过设置防灾、抗灾、减灾的相关课题，申报各级各类项目，开展实地调研，进行专业研究等方式，就灾害信息预测监测、应急管理、医药卫生、生物与生态环境、地质水利、建筑与规划、灾后工业、新闻传播、历史文化、心理服务等问题进行系统而深入的研究，一方面激励高校提升相关学科的研究能力和水平，另一方面为人们培育灾害意识、提高灾害应急能力、凝聚社会共识等提供科学指导和智力支持。

4. 转变高校培育抗震救灾精神的传统模式

抗震救灾伟大实践及其精神为高校思想政治教育提供了宝贵资源和丰富内容，以此为契机，应该转变传统的思想教育方式，尤其是思想政治理论课，坚持与时俱进，丰富教学内容，加强大学生的爱国主义、社会主义和灾害意识教育。在抗震救灾的伟大实践和灾后重建的活动中，当代大学生表现出较高的文化素养、独立的人格特征、鲜明的时代特色，高校在发挥自身的思想教育功能方面，应该主动调适教育理念、调整教育方式，在深入研究和挖掘抗震救灾精神的基础上，尊重学生个体差异，立足现实生活，吸收先进文化，坚持思想教育的政治性与人文性相统一、指导性与选择性相结合、理论性与选择性相一致、稳定性与开放性相协调、针对性和现实性相促进，引导大学生以科学的理论武装自己，以高尚的精神塑造自己，不断提升当代大学生的理论修养和精神品质，将大学生对抗震救灾精神内涵的深刻理解转化为自强不息、勤奋学习、开拓创新的动力，转化为热爱祖国、热爱人民、热爱社会主义的情感。

5. 拓展高校运用抗震救灾精神的有效合作

团结合作是高校持续发展的内在动力，也是抗震救灾精神的重要内涵。抗震救灾精神突出展现了全党、全军、全国各族人民在应对自然灾害时的团结奋进、众志成城的聚合状态，抗震救灾斗争的伟大胜利更是联合、凝聚了各领域人们的力量，因此，高校在创新运用抗震救灾精神的过程中，不仅要突出团结协作的精神实质，更要在实践中发挥自身所具有的人才、学科、专业优势，加强院校、校际、地区性、全国性乃至国际性的交流合作。抗震救灾伟大斗争是一项长期、复杂的系统工程，需要社会各领域提供人力、资金、物质、技术等支撑，没有社会各界的鼎力支持，人们难以抵挡自然灾害的侵袭。高校创新运用抗震救灾精神的过程，也是加强高校交流合作、促进自身发展的过程，通过联合校友力量，团结兄弟院校，拓展社会和企业合作，加强与国内、国际其他高校的交流访问，在项目合作、信息共享、资金支持等方面扩大高校的影响力，进而提升以高校为引领的社会凝聚力，增强防控自然灾害的社会力量。

第九章　抗震救灾精神与国企转型的东汽经验及现实运用

当前，我国经济发展正处于增长速度换挡期、结构调整阵痛期、前期刺激政策消化期的“三期叠加”阶段。更确切地说，正如习近平在《关于〈中共中央关于制定国民经济和社会发展第十三个五年规划的建议〉的说明》中所指出的那样：“我国经济发展表现出速度变化、结构优化、动力转换三大特点，增长速度要从高速转向中高速，发展方式要从规模速度型转向质量效率型，经济结构调整要从增量扩能为主转向调整存量、做优增量并举，发展动力要从主要依靠资源和低成本劳动力等要素投入转向创新驱动。”[①]这是我国经济发展进入新常态的显著特征。对于国企来说，企业转型是积极适应新常态的客观要求和理性选择。企业转型指的是企业为了增强对经济发展环境的适应性、提高自身的竞争力以及更好地实现自身的生存和发展目标，在企业外部环境或者内部情况发生改变时，对企业自身的资源、能力、行为、绩效等方面所进行的调整、改进和发展的过程及其结果。

一、国企转型需要精神的引领和推动

企业转型是当前国民经济发展中的一个重点问题、难点问题、紧迫问题、焦点问题。近年来，由于受到国际经济环境、国内宏观经济等一系列因素的影响，许多国有企业要么利润下滑，要么亏损增多，其深层次原因在于这些国有企业对企业转型的重视不足、对企业转型的动力不够、对企业转型的举措不力。因此，必须发掘国企转型过程中产生优良实效的典型经验。在国外，“Prahalad 和 Osterveld 通过对大量企业转型实践的观察和思考，辨识并总结出了成功企业转型所应具备的五大特点：(1) 转型不仅仅是通过削减成本而提高效率或业务流程再造，而应是在新的思想、新的机会观念驱动下对企业战略和管理过程的革新；(2) 转型必须涉及企业整个组织，即全方位的而不仅仅是局部的改良，因此，要求企业高级管理层必须全面改变整个企业组织的价值观，规划一个新的企业远景并在企业整个范围内广为传播和分享；(3) 转型必须触动企业深层次的内容，如企业信念和行为并促使其转变；(4) 转型需要构筑和培育一个面向新远景的新的能力结构、业务结构和竞争战略，以确保新目标的实现；(5) 转型必须构筑一个新的

① 习近平：《关于〈中共中央关于制定国民经济和社会发展第十三个五年规划的建议〉的说明》，《理论学习》，2015 年第 12 期，第 20 页。

管理系统和运营系统，含业绩评估、激励、员工职业生涯规划管理以及产品发展及运营等”①。从中可以看出，企业精神内含在企业转型的整个过程中，并且发挥着不可替代而又不容忽视的功能。在国内，近年来，以企业精神促企业转型发展是很多企业的共识，比如，陕西煤炭企业认为，煤炭工业已进入“大矿时代”，从而提出“必须弘扬山西煤炭精神推动转型跨越发展”；再比如，中石化西南油气田专题研讨“弘扬石油精神转型提质增效发展”。东方汽轮机有限公司（以下简称“东汽”，隶属于中国东方电气集团有限公司）是研发、设计和制造大型火电、风电、燃机以及核能发电设备的国有高新技术骨干企业，也是全国机械工业100强企业和全国三大汽轮机制造厂家之一。在2008年的“5·12”汶川特大地震中，东汽虽然是损失最严重的国企，但依然在抗震救灾中书写了辉煌的历史，并迸发出独特的“东汽精神”。东汽坚持培育、践行和弘扬东汽精神，以精神引领方向，以精神凝心聚力，以精神激活载体，从而促进了企业转型并且取得显著成绩，其经验值得总结和借鉴。

二、抗震救灾精神在东汽转型中的运用与发展

东汽在弘扬抗震救灾精神中，迸发并凝练出了东汽精神。在东汽精神的指引中，重建家园→开疆拓土→深化改革，顺利实现了企业的转型，促进了企业的可持续发展。

（一）彰显抗震救灾精神，迸发并凝练出东汽精神

2008年，突如其来的汶川大地震是一场自然浩劫，汉旺广场的时钟永远定格在2008年5月12日14点28分，东汽汉旺生产基地遭到了毁灭性的劫难，东汽人经过40余年辛辛苦苦建设起来的美好家园遭受前所未有的重创，“十里东汽”一片废墟，东汽的主机一分厂、主机三分厂、焊接分厂、叶片分厂、船机分厂、金工分厂、铸造公司、培训学校、东汽中学、家属楼几乎被夷为平地，东汽有300余人遇难、1000余人受伤，东汽的直接资产损失多达几十亿元，从而成为“5·12”特大震灾中受损最为严重的大型国企和中央企业。但是，“东汽真是泰山压顶不弯腰……地震灾害使我们东汽受到了严重损失，东汽的广大干部、职工发扬了泰山压顶不弯腰的精神”②（胡锦涛语），组织不散、队伍不乱、精神不倒，在悲痛中坚强地站立起来，化悲痛为力量，在废墟上抗震救灾和恢复重建。“东汽人是压不垮的，东汽人是站起来的一个真正的巨人!”③（温家宝语）。在九洲电器集团有限公司、东方汽轮机有限公司，李长春走进车间，详细了解生产情况，对不怕牺牲、敢于胜利，坚韧不拔、艰苦创业，自主创新、勇攀高峰的“东

① 李烨、李传昭：《透析西方企业转型模式的变迁及其启示》，《管理现代化》，2004年第3期，第42页。

② 东方电气集团有限公司：《泰山压顶不弯腰的“东汽精神”》，《思想政治工作研究》，2017年第3期，第33页。

③ 《温家宝再访汉旺镇：东汽压不垮　汉旺人英雄》，中国新闻网，http://news.cctv.com/china/20080523/105657.shtml，2008年5月23日。

汽精神”给予高度评价。① 值得指出的是，“东汽精神是东汽人48年文化结晶，是东汽人最宝贵的精神财富，它涵盖了东汽发展各个时期丰富的文化特性，把东汽精神的历史渊源和现实意义有机统一在一起”②。换言之，东汽精神由历史铸就、由时代催生；这种精神平常中历练、在灾难中迸发；东汽精神支撑东汽从小到大、由弱到强，引领东汽在灾难中锻造脊梁、从危难走向曙光。

作为东汽最宝贵的精神财富，东汽精神不仅彰显了“万众一心、众志成城，不畏艰险、百折不挠，以人为本、尊重科学”的抗震救灾精神，并且是抗震救灾精神的重要组成部分以及进一步丰富和拓展。时任中共中央政治局常委、中央书记处书记、国家副主席习近平同志在视察东汽时说：东汽精神，就是一种泰山压顶不弯腰、奋力拼搏、迎难克艰的这样一种革命英雄主义精神！③ 习近平希望东汽继续弘扬东汽精神，再接再厉，奋力拼搏，继续拿出中国工人阶级的气势来，在国际市场上树立我们的品牌和形象，在国内推动科学发展，加快转变经济增长方式，做好排头兵，走在前列。④

（二）坚持东汽精神，在灾后重建机遇中开疆拓土

在灾难降临时，如何站起来？在危机袭来时，如何站起来？这对企业来说也是一道难题。“5·12”特大地震之后，东汽就面临这样的难题。应当看到的是，在抗震救灾中迸发出的东汽精神，激励着东汽人走出悲痛、团结一致、艰苦奋斗、众志成城地重建家园。正是在东汽精神的支撑和鼓舞下，东汽边建设、边搬迁、边安装、边生产，最终得以凤凰涅槃、浴火重生，并且成为灾后重建的典型代表。对此，时任中央书记处书记、中宣部部长刘云山在东汽指导工作时感慨地指出：“地震虽然给东汽造成了巨大损失，但是东汽人充分发扬了伟大抗震救灾精神和东汽精神，仅仅用了1年零9个月时间，一个新的东汽就重新屹立在世人面前。党和国家领导人多次亲临东汽给予东汽精神很高的评价，这次来东汽感受东汽精神的实质内涵，值得我们深刻学习和领会。”⑤

第一，恢复生产。8.0级大地震使东汽面临前所未有的困难局面，大部分厂房、办公楼垮塌，2000余台生产装备严重受损，使地震前接到的客户订单无法按时完成。东汽人以“大干100天、突破100亿，感谢党中央、回报全社会”的口号鞭策自己。⑥ 地震后仅3天，东汽人擦干泪水，强忍悲痛，重整旗鼓二次创业，拿下高达3亿多元的风力发电机组订单；地震后第7天，东汽人即使在许多亲人还埋在废墟底下的情况下，仍

---

① 《李长春四川考察强调：要深入学习实践科学发展观》，新华网，http://www.china.com.cn/news/txt/2009-02/14/content_17278020.htm，2009年2月14日。

② 东方汽轮机有限公司宣传部：《岁月积淀下的东汽精神——东方汽轮机有限公司企业文化建设创新与实践》，《中外企业文化》，2016年第2期，第30页。

③ 夏小强：《镌刻在时代上的精神诗篇》，《机械政研会》，2016（2）。

④ 《中共中央政治局常委、中央书记处书记、国家副主席习近平视察东汽》，东方电气集团东方汽轮机有限公司网站，http://www.dfstw.com/show.aspx?articleid=1011。

⑤ 转引自刘志前等：《东汽精神在构建社会主义核心价值体系中的传承与弘扬》，天地出版社，2013年，第258页。

⑥ 刘利、刘晓梅：《东汽，站起来的新巨人》，中国共产党新闻网，http://dangjian.people.com.cn/GB/14668635.html，2011年5月18日。

然不惧余震和厂房危险，争分夺秒地抢修设备，夜以继日地抢救生产资料，并且24小时轮班进行生产；震后第8天，东汽灾后的第一批产品起运出厂；震后第12天，东汽“抗震救灾、恢复生产、重建家园”誓师动员大会在德阳基地举行，东汽同时还签订了13亿多元的火电和风电机组合同；震后1个月，东汽大部分关键设备恢复运转，总体产能恢复到震前50%以上。2008年，东汽完成108亿元产值，比2007年增长了13%，并且刷新历史纪录；2009年，东汽的工业总产值150亿元，取得同比增长50%的成绩。

第二，重视人才。2008年地震后，东汽引进的高层次人才，不仅悉数报到，还有一些与其他企业签约的优秀人才放弃良好工作环境为身处灾难中的东汽贡献一分力量。高素质人才的涌入得益于东汽精神的强大吸引力和感召力，得益于“企业树人，人才兴企”的人才理念，得益于东汽“用事业造就人才，用环境凝聚人才，用机制激励人才，用法制保护人才”的人才工作思路，得益于东汽科学合理的选人机制、用人机制、育人机制，也得益于东汽重视企业建设和发展急需的专业技术人才、经营管理人才、技能人才以及复合型人才的人才机制。

第三，重塑形象。震前的东汽虽然已经是我国三大发电设备制造基地（哈汽、上汽、东汽）之一，承担全国三分之一汽轮机制造任务，但是在“三足鼎立”之势中仍处于相对劣势地位，整体实力较为薄弱。地震把这个身居汉旺偏僻之地的三线企业推到世人面前，得到了前所未有的关注。东汽人紧紧抓住灾后重建这个绝佳机遇，在党和国家领导人的亲切关心和巨大激励下，充分利用各种政策优势，经过艰苦卓绝的努力，在德阳市迅速建起了一座现代化的新基地，创造了让人惊叹的“东汽速度”和“东汽效率”，创造了恢复重建的“东汽奇迹”。在此过程中，“东汽不仅高速度、高质量、高水平地全面完成了灾后重建的各项任务，同时也在灾后重建中从大灾难走向大发展，成功实现了企业的蜕变和升级：装备水平达到世界一流，工艺流程更加合理，技术创新能力不断加强，综合实力大幅提升，切实为企业的可持续发展奠定了坚实的基础”①。东汽成了我国发电设备制造三大极中的重要一极。

（三）持续深化改革，始终强化精神，促企业转型

“当前，国际国内经济形势的剧烈变化导致制造业特别是重型装备制造业进入了转型升级的拐点，企业发展遇到了前所未有的压力和挑战，改革已势在必行。面对复杂多变的市场形势，东汽顺应潮流主动出击，变压力为动力、化挑战为机遇，从历史使命和未来愿景的战略定位中寻求发展路径，在‘东汽精神’和企业文化的落地中寻找内驱动力，充分发挥‘东汽精神’在建设一流企业中的强大精神引领作用。”② 东汽通过对东汽精神的宣传与弘扬，使得东汽精神能够在东汽永续传承，也使得东汽精神成为社会各界认识、认知、认同东汽的特有“文化名片”。不仅如此，东汽精神促使东汽的改革思想、创新精神、竞争意识、开拓劲头更加必要、更加明确，还成为促进东汽转型的强大精神力量，为东汽改革创新和转型发展增添了强大活力和不竭动力。

---

① 孙岩松、万勇：《灾后重建助推东汽发展升级》，《企业文明》，2011年第5期，第65页。

② 彭嘉：《以弘扬东汽精神为载体大力推进企业文化落地》，《企业家日报》，2015年12月26日第6版。

第一，坚持技术自主创新。习近平指出："实施创新驱动发展战略，最根本的是要增强自主创新能力，最紧迫的是要破除体制机制障碍，最大限度解放和激发科技作为第一生产力所蕴藏的巨大潜能。"[①] 习近平还指出："创新是引领发展的第一动力。抓创新就是抓发展，谋创新就是谋未来。适应和引领我国经济发展新常态，关键是要依靠科技创新转换发展动力。"[②] 对于企业来说，要想打造核心竞争力、提升竞争优势、增强发展后劲，必须推进技术创新特别是技术自主创新。东汽在坚持技术自主创新的过程中，无论是观念创新、管理创新，还是体制创新、机制创新，都始终贯穿着东汽精神，始终受到东汽精神的莫大激励，从而培育了重视创新和鼓励创新的理念，营造了良好的创新氛围，让创新的动力根植于每个东汽人的心中。20 世纪 80 年代，我国还没有自主研制的 30 万千瓦火电机组。东汽人勒紧裤带，自筹数百万元科研经费，从零开始进行研发研制。1983 年，东汽人成功自己研制出我国第一套 30 万千瓦火电机组。30 多年过去了，东汽自主研发的 30 万千瓦机组已研发至第十代，目前，东汽已研制出世界最先进的百万千瓦超超临界火电机组。东汽的火电机组形成了冷凝、空冷、供热、背压等多种类型的完整产品系列。2009 年，东汽试制出国内首根重型燃机转子。2011 年，东汽自主研制的国内首根核电焊接转子通过专家验证。2012 年 11 月，公司在国家第三代核电压水堆示范工程——山东石岛湾 CAP1400 项目中中标，这是国内首台自主设计、具有完全自主知识产权的核电项目，标志着东汽在核电自主研发上取得重大突破并在国内取得领先地位。燃气轮机号称"世界工业皇冠上的明珠"，其研发难度极高，研发时间长、投资巨大。现有的核心技术都为国外少数几家企业垄断，东汽矢志自主创新，决定自主研发重型燃气轮机，这与《中国制造 2025》可谓是不谋而合，即"推动大型高效超净排放煤电机组产业化和示范应用，进一步提高超大容量水电机组、核电机组、重型燃气轮机制造水平。推进新能源和可再生能源装备、先进储能装置、智能电网用输变电及用户端设备发展。突破大功率电力电子器件、高温超导材料等关键元器件和材料的制造及应用技术，形成产业化能力"[③]。2014 年，东汽全面启动了对国内首台具备完全自主知识产权的重型燃机的研发，预计 2020 年投入商用，这将突破国际装备制造巨头对重型燃机核心技术的垄断，推动我国燃机产业迈上新台阶。东汽在坚持自主创新的同时，也十分注重并大力推行产、学、研、用的协同创新，与一些高等院校和科研院所建立了长期而又稳定的战略合作关系。东汽还紧紧瞄准现代先进技术和世界一流企业，以引进消化吸收再创新为手段，坚持与日本、德国、美国、英国等知名企业"强强联合"，以便站在巨人肩膀上攀登更高山峰。总而言之，"面对市场激烈竞争和经济全球化重大进程，只有依靠创新精神激发的创造活力才能推动企业发展和社会进步，真正与世界强国和跨国公司同台竞技，在驾驭市场走向和历史潮流方面取得一定的话语权和主导权，这也是

① 中共中央文献研究室：《习近平关于全面建成小康社会论述摘编》，中央文献出版社，2016 年，第 22～23 页。

② 中共中央文献研究室：《习近平关于全面建成小康社会论述摘编》，中央文献出版社，2016 年，第 34 页。

③ 参见国务院：《国务院关于印发〈中国制造 2025〉的通知》，中国政府网，http://www.gov.cn/zhengce/content/2015-05/19/content_9784.htm，2015 年 5 月 19 日。

东汽精神的一个核心要义和应有之义"①。

第二，打造产业结构升级版。当前，我国经济发展进入新常态，转型升级成为企业的必然选择和可持续发展的关键。2015 年 5 月，国务院印发了《中国制造 2025》，这是我国实施制造强国战略第一个十年的行动纲领，其中明确提出了创新驱动、质量为先、绿色发展、结构优化、人才为本的指导思想，旨在使我国的制造业走创新驱动的发展道路、走以质取胜的发展道路、走生态文明的发展道路、走提质增效的发展道路、走人才引领的发展道路。② 2015 年 10 月，党的十八届五中全会提出了"创新、协调、绿色、开放、共享"五大发展理念。这些为国有企业破解转型难题指明了方向和路径。新形势下，东汽以独特视角、战略思维，前瞻性地研判国家电力工业发展趋势，努力顺应市场需求和能源结构的调整变化，及时作出并且大力实施"多电并举"的发展战略，做优火电、做强核电、做精气电、做好风电，拓展新能源，不断促进产品和产业结构的优化升级，从而引领着企业的改革创新和转型发展。在"5·12"特大地震之前，东汽就占据着国内大型汽轮机市场的 1/3 份额，东汽并没有故步自封，而是自觉克服对过去成绩的陶醉和沉湎。随着国际和国内经济形势的变化，传统的火力发电机组的市场需求有所下降，但东汽接获的巨额订单却有增无减，这主要得益于东汽及时提出"绿色动力、造福人类"的发展宗旨，不断研发和制造更加清洁、更加高效、更加经济、更加安全的大型火电机组。与此同时，东汽不断研发能够提高经济性能、降低热耗，减少环境污染的发电设备，加大对风电核电太阳能发电等领域的发展力度，正所谓"东方不亮西方亮"，东汽这一未雨绸缪的产业结构调整策略显示了强大的威力，使东汽在市场变动中始终占据主导地位。首先，在风力发电设备方面，风力发电领域成为东汽另一个重要产业板块。东汽目前已掌握各种类型 1MW～3MW 风力发电机组成套技术，并自主研制出 5.5MW 海上风力发电机组，已具备兆瓦级风电机组的设计、制造、整机装配、调试和售后服务的全套技术能力，经济规模已不亚于汽轮机。其次，在核电方面，作为国内最先具有百万核电机组制造能力和业绩的汽轮机制造企业，东汽率先实现了核电机组的批量化生产，已具备年产 4 台百万等级核电汽轮机的制造能力，形成了 100 万千瓦等级全系列的核电产品。目前，东汽已制造出世界单机容量最大的第三代 170 万千瓦等级核电汽轮机，东汽的核电机组市场占有率居国内首位。此外，东汽积极主动地致力于新能源与可再生能源装备的开发研制，"基本铺就了立足西部、辐射全国、面向世界的新能源产业格局和发展道路"③。例如，东汽也已形成了太阳能工程成套设计和施工能力。东汽精神推动着东汽"从硬件条件到软实力上创办'技术一流、管理一流、装备一流、质量一流'，以及一流人才队伍和员工素质的'国际一流电力设备企业'的理想信念，东汽精神激励东汽人从未停止过开拓创新的前进步伐，不断增强发展意识、危机意识、市

① 刘志前等：《东汽精神在构建社会主义核心价值体系中的传承与弘扬》，天地出版社，2013 年，第 33～34 页。

② 参见国务院：《国务院关于印发〈中国制造 2025〉的通知》，中国政府网，http://www.gov.cn/zhengce/content/2015-05/19/content_9784.htm，2015 年 5 月 19 日。

③ 何显富、朱贤滨、刘志前、孙岩松：《东汽精神的传统本色与时代特征——写于东汽抗击"5·12"特大震灾三周年之际》，《企业文明》，2011 年第 7 期，第 36 页。

场意识、竞争意识、超前意识和创新意识，始终坚持‘生产一代、开发一代、储备一代、构思一代、创新一代’以及力求批量生产、规模效益的产品研发战略思想，使东汽机组不仅遍布全国，并对国民经济发展和电力工业建设作出了重要贡献，也使产品辐射海外，让东汽跻身世界强手之林，成为研发大型发电设备的国际重要厂商”[①]。东汽积极实施“走出去”战略，统筹利用两种资源、两个市场，将引进来与走出去更好结合，努力提升对外开放的层次、水平和效益，在国外市场开拓了新天地。东汽是国内首个拿到欧洲三代核电机组项目的制造厂家，进一步拓展了国际市场空间。“东方电气从20世纪80年代就开始走出国门，是我国首批走出去的企业集团之一，累计出口发电设备装机容量超过8000万千瓦，产品和服务已覆盖全球70余个国家和地区。”[②]

第三，促进管理方式精细化。东汽根据企业转型和企业整体发展的实际需要，深入实施“创新、质量、人才、品牌”四位一体的管理战略，“坚持把创新作为推动企业发展的引擎和发动机，千方百计不断提高产品研发、技术开发、管理进步的创新能力；坚持把质量看作企业生存和发展的生命线，看作企业最重要的形象和企业最可靠的广告，注重用先进现代的科技手段与铁面无私的奖惩管理手段强化完善质量管理体系；坚持将人力资源视为企业的第一资源与赢得市场竞争和开发高水平技术、高质量产品的决定性因素，坚持不懈地搞好人才的引进培养并努力为优秀人才脱颖而出营造有用武之地的良好环境；坚持将品牌当作企业的无价之宝和无形生产力，牢固树立品牌意识，把东汽机组这个重大装备品牌做大叫响，使它在技术先进、质量优良以及安全性、经济性和性能可靠方面赢得信任、享誉四方”[③]。在实施“四位一体”这个科学的管理战略的过程中，东汽还致力于精细化管理，这种管理方式与以东汽精神为核心的东汽企业文化建设共同构成东汽转型和发展的“双发系统”。不仅如此，通过对东汽精神的弘扬，东汽的企业管理水平也得到了有效提升，达到了新的高度，这为谋取企业的更好转型和加快转型添加了重要砝码。正是由于企业管理方式的精细化与企业精神的支撑和引领，使得东汽能够居于行业发展的前沿和领跑位置，从而确保东汽能够为促进国家经济发展和提升民族工业的国际竞争力作出更大贡献。

三、抗震救灾精神运用于东汽转型的主要经验

抗震救灾精神用于东汽，通过组织和制度的推进，凝练了东汽文化，实现了企业的转型，形成了可资借鉴的经验。

（一）强化组织领导，在职能发挥上提升协同

践行和弘扬东汽精神是一项与东汽转型密切相关的系统工程。为确保践行和弘扬东

---

① 何显富、郝跃南、刘志前：《传承与弘扬东汽精神》，《天府新论》，2011年第5期，第16页。

② 东方电气集团中央研究院、国际工程分公司：《“东汽精神”蕴含的国有企业创新基因》，《思想政治工作研究》，2017年第3期，第41页。

③ 何显富、朱贤滨、刘志前、孙岩松：《东汽精神的传统本色与时代特征——写于东汽抗击“5·12”特大震灾三周年之际》，《企业文明》，2011年第7期，第36页。

汽精神有序推进并取得实效，东汽成立了以党政主要领导为组长、全体公司领导为成员的领导小组，对以东汽精神为核心的企业文化建设工作进行群策群力、统一部署、系统规划和组织协调，领导小组下设形象策划组、理论成果组、文化宣教组、督导检查组等职责明确而又通力配合的专业工作组。东汽专门成立了企业文化室，配备了36个文化专员，负责相关工作的推进实施。不仅如此，东汽充分发挥宣传部、党政办、组织部、纪委、工会、人力资源部、团委等部门齐抓共管和优势互补的综合效能，注重调动基层单位的积极性和自觉性。因此，东汽形成了“一级带着一级干，一级做给一级看”和“心往一处想、劲儿往一处使”的求真务实而又真抓实干的良好氛围，践行和弘扬东汽精神与东汽转型发展的合力形成了。

（二）厘清目标定位，在建设思路上不断创新

东汽在转型发展的过程中始终以如何优化地践行和弘扬东汽精神为基本目标，其建设思路是坚持以企业发展实际为立足点，以问题意识为导向，紧紧围绕推动经营发展、凝聚员工思想和塑造品牌形象这三个重点，专门制定了整体推进方案和各阶段工作的要点，创造性地提出和实施了“内化于心、外化于行、行化于品、品化于形”的循序渐进思路：从“内化于心”使全体员工共同认知价值追求，到“外化于行”使全体员工共同遵从行为规范，再到“行化于品”使全体员工共同塑造企业品格，最后到“品化于形”使全体员工共同维护企业品牌。由此，东汽践行和弘扬东汽精神与促进东汽转型的频度、强度和持久度得以有机结合。在具体执行过程中，不仅坚持每个工作阶段制定明确的目标、详细的规划、系统的总结，而且坚持每月制定工作计划、工作目标、工作总结。与此同时，东汽勇于推陈出新、开拓进取，不断创新践行和弘扬东汽精神的方式方法，从而确保践行和弘扬东汽精神不仅能够紧跟东汽转型发展的目标、方向、形势和步伐，而且有效提高了东汽的知名度、美誉度以及凝聚力、创新力，进而在更高层次、更高水平、更高要求上不断增强东汽的市场竞争力、国际竞争力和核心竞争力乃至综合实力。

（三）健全机制架构，在运作方式上确保常态

在践行和弘扬东汽精神以促进东汽转型发展的过程中，东汽探索出了一系列坚实可靠的长效机制，保证了东汽精神在东汽转型发展过程中能够常态践行和常态弘扬。在工作机制上，坚持以企业文化建设为纲、党政群共推进为轴、全员广泛参与为根、主题实践活动为线。在调研机制上，通过开展企业文化建设问卷调查、基层文化建设测评等，对东汽转型发展时期的思想文化建设状况进行评估分析，适时地查找问题、筛选对策、总结经验，使东汽的企业思想文化建设既能更好地为东汽生产经营工作服务，又能更加贴近职工实际。例如，《东汽员工思想动态》为东汽各方面工作提供了改进的依据和方向。在考评机制上，东汽注重建立健全有东汽特色、符合东汽实际的考评体系，积极开展工作督导检查、员工行为规范检查，并且将考核与监督、奖惩等手段联合运用。其中，东汽明确将践行和弘扬东汽精神作为“四好”班子建设、干部绩效考核、“双文明杯”评比和企业文化建设的重要内容，这些为切实加强、改进及完善东汽精神的践行和

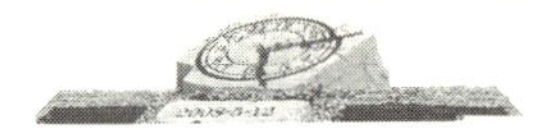

弘扬工作提供了有效的指导标准和评价依据。在员工成长机制上，东汽对新员工进行企业文化培训，公司的书记和总经理都会对以东汽精神为核心的企业价值观进行讲解，这不仅使新员工明确了东汽的发展历史和发展愿景，而且引导新员工将东汽精神融入个人的职业生涯规划，并将个人的职业生涯规划与企业发展结合在一起；东汽还给每一个新员工配备了文化导师，从而以传帮带的方式保证新员工能够正确把握和自觉践行东汽精神以及为企业不断转型发展而不懈奋斗；东汽在践行和弘扬东汽精神的过程中非常重视老员工，按照“授人以渔”的理念，经常开设专题性文化学习营，促使老员工能够持续学习、践行和弘扬东汽精神。

（四）丰富宣传路径，在营造氛围上增进认知

宣传是引领人、凝聚人、激励人的重要手段。丰富宣传的路径，是东汽有效促进东汽精神进一步发扬光大的重要方式。在营造宣传的研究氛围方面，东汽人领衔担纲主持和完成了国家社科基金重点项目“东汽精神在构建社会主义核心价值体系中的传承与弘扬”，出版发行了《东汽精神在构建社会主义核心价值体系中的传承与弘扬》一书，另有近 20 万字的东汽精神研究成果发表在多种学术期刊上。在营造宣传的实践氛围方面，东汽将宣传重点对准企业生产第一线，深入挖掘班组、个人的工作亮点和技艺技能，展现广大员工的优秀品质。在营造宣传的榜样氛围方面，东汽开展“弘扬东汽精神典范人物”评选活动，制作典范人物视频合集、典范人物卡通宣传画、典范人物图文集，增强了典范人物的影响力和感染力。

（五）打造专项活动，在精细落实上彰显特色

东汽通过脚踏实地开展一系列切实可行而又行之有效的专项活动，发展和丰富东汽精神的内涵，提升了员工社会公德、职业道德、家庭美德、个人品德，使践行和弘扬东汽精神得以细化落实。在阐释东汽精神方面，主要打造了东汽精神高峰论坛、东汽精神宣讲团、东汽大讲堂等；在学习东汽企业文化方面，主要开设了东汽企业文化学习营、东汽厂情厂史教育、东汽形势教育、东汽新员工入职教育、“做一流员工，树央企形象”主题活动，例如，东汽自创了首部厂史教育大型纪录片《脊梁》，员工的参与人数超过 6000 人次；在树立模范人物方面，主要开展了“弘扬东汽精神典范人物”评选活动、“感动东汽”人物评选活动；在纪念日活动方面，主要开展了“5・12”感恩纪念活动、“11・25”厂庆活动。例如，东汽在汉旺厂区废墟上建起了“东汽精神”雕塑（宣誓台）、感恩墙、东汽厂史教育室、“丁一小道”等富有特色的东汽文化纪念地，并与原主机一分厂、叶片分厂等厂房废墟一道，构成了东汽汉旺三线工业地震遗址，该地震遗址于 2012 年被纳入全国第四批“爱国主义教育示范基地”，成为国家唯一的工业地震遗址。东汽把地震遗址打造为东汽爱国爱厂教育基地，定期开展“重回汉旺故里、不忘创业艰辛、实现绩效目标”主题实践活动，先后到此接受教育的东汽青年员工超 4000 余人，从而增强了员工的大局意识和责任意识，激励着东汽和东汽人不断前进；在致敬劳动方面，主要开展了“中国梦・劳动美”主题活动、“东气好技艺”活动；在社会志愿服务方面，主要开展了学雷锋活动、帮扶共建活动、道德经典诵读、文明风尚传播；另

外，东汽还积极参与玉树、舟曲、芦山等重大灾害的救援工作，组织开展困难职工慰问、助留守儿童圆梦、资助贫困学生、义务服务社区等公益活动，得到了社会各界的一致认可和高度评价。

（六）激活载体运用，在喜闻乐见上深下功夫

在践行和弘扬东汽精神的过程中，东汽努力确保各类载体能够最大限度地喜闻乐见，助力打造务实东汽、奋进东汽、文化东汽、节约东汽、美丽东汽。一是激活图书史料的正能量。例如，东汽精神的典型代表、全国劳动模范、东汽早期的领导者和奠基人丁一所著的《丁一回忆录》使东汽人深刻领悟到东汽精神的珍贵和东汽转型发展的使命；东汽创作了四川抗震文学书系中的长篇报告文学作品《浴火重生》和《走向永恒》，激励着东汽实现转型发展和建成世界知名企业。二是激活电影和歌曲的正能量。东汽策划推出了东汽首部微电影《曙光》，从编导到演员再到拍摄，全部由公司员工担任。电影通过一家三代东汽人的故事，真实地展现了东汽人矢志不渝的创业史、奋斗史。东汽还创作了《东汽之歌》《东汽精益之歌》，这显著增强了东汽精神的可视性、直观性、生动性。三是激活新媒体的正能量。东汽创办了“东汽蓝精灵”官方微博和微信平台，其中设有《文明东汽》《东汽人的故事》《东汽青年》《每天一点正能量》《健康生活》等栏目，这有助于传播和展示东汽精神的特色和亮点。四是激活项目研究的正能量。东汽专门设立思想政治工作创新项目，其选题方向中设置了企业管理变革、企业转型升级等诸多涉及公司发展的主题。

（七）融入企业发展，在实际效果上统筹考量

践行和弘扬东汽精神，只有与东汽转型发展的战略要求和具体实践紧密联动，才能真正产出价值，因而“出实招、干实事、求实效”是重中之重。结合自身转型发展的实际，东汽巧妙地将东汽精神融入研发制造、生产经营、技术创新、产品升级、产业拓展、管理提升、质量改进、服务优化、党建工作、文化建设、作风建设等企业工作领域，大力倡导精益文化、质量文化、绩效文化、品牌文化、创新文化，以此深入诠释和全面解读东汽精神，将东汽精神根植到了员工的内心深处，从而提升了东汽员工的道德素养和工作水平，提升了东汽的产品质量、社会形象，提升了东汽的文化软实力、核心竞争力、企业效益，推动着东汽持续稳定健康发展。例如，东汽人的责任感与主人翁意识在日常工作中尤其是重点项目的突破中有了明显的体现，东汽员工的凝聚力和企业战斗力显著增强。据统计，90.04%的东汽员工认为东汽员工的行为和素质都得到一定程度的提升。例如，精益制造是东汽近年来促进提质增效的重要策略，东汽把精益文化的培育作为新时期企业转型发展的新内容，通过将精益文化与东汽精神的内涵有机衔接，非常有效地树立起了人人认清形势、人人关注绩效的舆论导向和操作方式，为东汽的转型发展之路和东汽的知名度、美誉度和社会公认度提供强大的精神动力。

四、东汽经验在国企转型中运用的思路与对策

国企运用东汽经验，需要厘清思路，找准对策。在普遍性的可资借鉴的经验中，东汽也是个案，需要抽象化。同时，在东汽气个案经验抽象化中，各企业也有自身的具体情况，需要具体化。思路和对策是必须要认真研究的。

（一）基本思路

当前中国经济进入新常态，一些国企陷入产业发展困境，基础性产品产能过剩，高端产业链有待延伸，国企转型迫在眉睫。在这种特殊背景下，国企转型面临一系列阻力和压力。对转型认知不足，认为在如此艰难的环境下，当务之急是稳定；伴随着市场和竞争机制引入，国企转型势必要进行利益重新分配，这引发了一些既得利益者的强烈不满和反抗；国企转型是中央政府自上而下提出的策略构想，国家无法给每个企业绘制量身定做的转型路线，这就成了一些国企不积极、不作为、不转型的借口。以上种种现象和问题，究其根本就是人的问题，是人的思想这个“总开关”出了问题，与国企转型方向背道而驰。人是生产投入要素中的核心要素，不解决人的思想观念问题和精神面貌问题，国企的顺利转型就无法实现。在国企转型的艰难时期和关键时期，要坚定信心，充分发挥企业精神的引领、凝聚和带动作用，理直气壮地做强、做优、做大国企。为此，企业要坚定文化自信，将中华传统文化与企业自身特点相结合，提升企业文化内涵，建设具有中国特色的企业文化体系。首先，要将企业精神融入企业生产管理经营全过程，创新体制机制，以此形成一致性认可的工作与管理理念，使员工获得归属感与存在感，乐于为企业发展挖掘自身潜力，为企业实现长期稳定发展创造条件。其次，要大力发扬企业家精神，加强企业思想政治教育，提升管理者的素质、能力和思想观念，使他们能够以身作则，身先士卒，激发人才的创新和知识价值，以文化创新推动企业转型。第三，企业在管理制度上应当坚持“以人为本”的管理模式，在企业的重大决策和整体规划的讨论中，应当为员工扩大参与的渠道，促使员工在工作中能够得到实现价值的自我满足感，从而激发内心热情工作的使命感，增强员工主人翁意识，使其能够努力投身岗位工作，全面发挥自身能力，积极迎接工作中的机遇和挑战，在岗位工作中创造实现自身价值，为行业的发展贡献力量，从而增强企业凝聚力，塑造良好企业形象。最后，企业应重视榜样的力量，在企业精神建设中善于塑造典型、宣传典型、推广典型，善于发现职工中的先进思想和先进事迹，进行大力表彰和推广，发挥典型的示范作用，推动企业各项工作的开展。

（二）主要对策

1. 深刻认识企业精神建设在国企转型过程中的重要作用

企业转型的关键是提升企业的市场竞争力和由此促成的综合实力。“市场竞争表面看是商品实物品质、销售价格等要素的竞争，实质是制造技术、加工质量、售后服务、经营管理、资本运作，以及思维方式、价值观念等体现企业研发综合实力和员工素质的

全方位、深层次竞争。”[①] 一个企业所具有的能够在市场竞争中立于不败之地的核心竞争力来自哪里呢？它既来自企业拥有的研发能力、生产技术、产品质量，还来自企业具有的独特的企业精神。其中，企业精神不仅是企业核心竞争力及其得以不断提升的根基、源泉，而且是企业核心竞争力及其得以不断提升的关键动力、主要保证。与此同时，企业精神在彰显企业经营理念、树立企业社会形象、打造企业自主品牌等方面具有支撑、感召、引领、凝聚和推动作用。正因为如此，国企在转型过程中的任何时候和任何环节，都不能丢掉企业精神这面旗帜。也就是说，国企的转型不仅始终不能离开企业精神，而且应当始终把企业精神建设作为一件大事来抓。为此，第一，国企在转型过程中要高度重视企业精神；第二，国企在转型过程中要深入理解企业精神；第三，国企在转型过程中要科学凝练企业精神；第四，国企在转型过程中要始终坚守企业精神；第五，国企在转型过程中要不断丰富企业精神；第六，国企在转型过程中要持久践行企业精神。

2. 合理统筹企业精神建设在国企转型过程中的整体布局

国企转型过程中的企业精神建设是一项复杂的系统工程，因而应当逐步形成和不断完善企业精神建设的合理布局。为此，第一，要统筹好国企转型过程中企业精神建设的理论研究和具体实践，积极探索、深入总结和科学运用企业精神建设的规律；第二，要统筹好国企转型过程中的企业精神建设和企业文化建设、企业精神建设和企业家精神建设、企业精神建设和企业生产经营、企业精神建设和企业管理；第三，要统筹好国企转型过程中企业精神建设的工作布局，确保各部门和全体员工共同参与、齐心协力，从而形成合力效应。

3. 不断完善企业精神建设在国企转型过程中的宣传体系

广泛的宣传和有效的宣传是国企转型过程中企业精神建设的重要基础和基本保障。为此，第一，应当不断完善党委领导下的有专业人员、有明确目标、有阶段顺序、有具体步骤的宣传工作体系；第二，应当不断完善契合国企转型实际和国企员工特点的宣传活动体系，不断满足国企转型时期的精神建设需要和广大员工的精神文化需要；第三，应当不断完善切实可行而又行之有效的宣传方法体系，以丰富多彩、有声有色、喜闻乐见、不断创新和亮点突出的活动扎实推进国企转型过程中的企业精神建设；第四，应当不断完善适用、科学、高效的宣传载体体系，既要充分利用广播、电视、电影、歌曲、著作、论文、报纸等传统宣传载体，又要创造性地利用微博、微信、微电影等新媒体的特色与亮点。

4. 科学建构企业精神建设在国企转型过程中的考核制度

国企如何转型以及国企转型的成效如何，都应当而且可以进行具体的考核，作为国企转型过程中不容忽视的企业精神建设也应当而且可以进行具体的考核。为此，第一，必须明确地将企业精神建设纳入国企转型工作之中，并且突出企业精神建设在国企转型过程中的支撑、感召、引领、凝聚、推动等作用；第二，必须注重在国企转型过程中将

① 刘志前等：《东汽精神在构建社会主义核心价值体系中的传承与弘扬》，天地出版社，2013年，第258页。

企业精神建设与企业管理提升的结合情况、与企业绩效改善的结合情况、与企业人才建设的结合情况、与企业改革发展的结合情况，从而积极引导全体员工在价值观念上的认同感和工作行为上的规范性，以此树立国企转型过程中良好的员工形象、产品形象和企业形象；第三，必须适时建立并健全国企转型过程中企业精神建设的规章制度，科学构建一系列科学化、规范化和常态化的监督制度、测评制度、奖惩制度等，有效增强国企转型过程中企业精神建设的规章制度的针对性和导向性。

5. 有效增进企业精神建设在国企转型过程中的实际效果

在国企转型过程中，不仅需要注重企业精神建设的实际效果，而且需要增进企业精神建设的实际效果。为此，第一，需要在融入和引领国企转型全过程中有效增进企业精神建设的实际效果，这要求企业精神建设必须围绕企业的发展战略，找准企业精神文化建设与企业发展的结合点，将企业精神建设与企业的研发制造、技术创新、生产经营、产品升级、产业拓展、管理提升、质量改进、服务优化、党建巩固、文化构建、道德建设等工作领域有机结合；第二，需要在适应和提升广大员工的获得感中有效增进企业精神建设的实际效果，这要求多倾听广大员工的呼声，为员工多做好事、多办实事，从而提升广大员工在企业精神建设中的积极性，提升广大员工在企业精神建设中的认同度，提升广大员工在企业精神建设中的参与度，提升广大员工在企业精神建设中的执行力，提升广大员工在企业精神建设中的自觉性；第三，需要在优化和实施企业文化建设的最佳方案中有效增进企业精神建设的实际效果，这要求对国企转型过程中企业文化建设的状况、思路、方式等进行深入调查、科学分析和准确评估，并在此基础上制定与企业文化建设有机贯通的企业精神建设的清晰目标、合理计划、正确方案、有效措施。

6. 自觉彰显企业精神建设在国企转型过程中的社会辐射

国企在社会发展中具有特殊而又重要的地位与作用，因而将企业精神的内涵和影响力辐射到社会，是国企转型过程中的一个重要方向和应尽责任。为此，第一，国企转型过程中的企业精神建设应该从整个社会发展的视阈去考量、履行和彰显国企的社会使命和使命担当；第二，国企转型过程中的企业精神建设应该彰显出对于社会转型以及社会转型过程中的精神文明建设的拓展、丰富和提升；第三，国企转型过程中的企业精神建设应该通过形式多样的具体措施和实实在在的具体行动去影响社会、服务社会、回馈社会并且推动社会的整体建设、全面发展和不断进步。

结语　弘扬抗震救灾精神助力实现百年梦想

十年前，汶川特大地震铸就了“万众一心、众志成城，不畏艰险、百折不挠，以人为本、尊重科学”的伟大抗震救灾精神；十年后，在抗击九寨沟强烈地震的斗争中，伟大的抗震救灾精神再次迸发出耀眼的光芒，焕发出巨大的精神动力，凝聚起抢险救灾的强大力量，赢得抗震救灾的最后胜利。这是伟大精神的又一次彰显，凸显了历史的进步，明确了奋斗的目标。

一、十年中的历次抗震救灾彰显了抗震救灾的伟大精神

十年中的历次抗震救灾，让人们再次看到了中国人民“万众一心、众志成城”的强大力量。从汶川到芦山，从芦山到九寨沟，每次特大灾害面前，我们总能看到全国人民万众一心、举国上下众志成城，为赢得抗震救灾的伟大胜利铸就起的血肉长城：党中央、国务院作出紧急指示，各级政府积极应急响应，人民子弟兵冒死奔赴灾区，白衣天使争分夺秒抢救伤员，各方力量千里驰援，各界爱心奔涌汇聚……这些行动集中体现危难时刻中华民族强大的凝聚力。

十年中的历次抗震救灾，让人们再次看到了中国人民“不畏艰险、百折不挠”的英勇气概。从汶川到芦山，从芦山到九寨沟，每一次抗震救灾中，我们总能看到不畏艰险、百折不挠的光辉事迹和英雄人物。十年前在汶川：我们决战唐家山、鏖战都汶路……五年前的芦山：我们徒步挺进“生命孤岛”，告别亲人奔赴一线……今天的九寨沟：我们徒步在森林中上演生死时速，在滑坡飞石中上演最美逆行……一个个英雄事迹、一幕幕感人场景，展现了中国人民不畏艰险，攻坚克难的超人勇气和大无畏精神。

十年中的历次抗震救灾，让人们再次看到了中国人民“以人为本、尊重科学”的时代风貌。习近平总书记说：“人民对美好生活的向往，就是我们的奋斗目标。”① 从汶川到芦山，从芦山到九寨，每一次抗震救灾中，我们总能看到“人民至上”“尊重科学”的批示和行动。从“只要有一线希望，我们就要尽全部力量救人”② 到“尽最大努力保障人民群众生命财产安全”，从“各方救援各自为政”到“科学决策、科学组织、科学施救”……这些行动让生命至上的旗帜高高扬起，科学救援的理念深入人心。

① 《习近平：人民对美好生活的向往就是我们的奋斗目标》，人民网，http://cpc.people.com.cn/18/n/2012/1116/c350821-19596022.html，2012年11月16日。

② 《网友感言：今夜难眠　总理救灾在前线》，人民网，http://politics.people.com.cn/GB/1025/7235579.html，2008年5月14日。

二、十年中的历次抗震救灾凸显了抗震救灾的历史进步

从汶川到芦山，从芦山到九寨沟，每一次抗震救灾都是一次精神的彰显与实践，也是一次精神的弘扬与教化。实践已经证明，十年四次大地震，已经让这种精神深入了人心，融入了社会，取得了历史性的进步。

内化于心，成为人们的思想意识。精神只有内化成人的思想意识，才能产生强大的精神力量。与十年前相比，面对九寨沟地震，人们思想更加理性。九寨沟地震发生后，人们没有慌乱到“六神无主”，而是自发投入到传递真相、求证问题的网络热潮中，抵制谎言和谣言，传递正能量，抒发真感情。无论是灾区现场，还是全国各地，人们多了理性，少了迷茫；多了自信，少了惊慌；多了分析，少了困惑。

外化于行，成为社会的自觉行动。精神只有外化成社会的自觉行动，才能产生巨大的现实力量。与十年前相比，面对九寨沟地震，救援更加迅速，行动更加自觉。九寨沟地震发生后，全社会都统一地行动起来，抢修公路和电路，开通绿色通道和线路。各类企业和人民群众踊跃捐款捐物，共同为灾区祈祷，一起为灾区祈福，汇聚起巨大的现实力量，治愈灾害的创伤，抚慰受伤的心灵。

固化于制，形成高效的救援机制。精神只有固化成高效的救援机制，才能产生高效的救援行动。与十年前相比，面对九寨沟地震，救援更加高效、专业、规范。中央和地方在第一时间启动应急预案，以最短时间驰援震区抢救人民生命和财产，以最快时间疏散转移游客和灾民。救援团队的经验更加丰富、技术装备更加先进，救援行动更加专业；救援过程既分工明确，又秩序井然；既有实地救援，也有心理疏导；既协调安置游客，又保障当地群众。

三、明确了未来奋斗的目标任务

在党的十九大胜利召开后，我们应该大力弘扬抗震救灾精神，把万众一心、众志成城的民族精神转化为团结奋进的强大力量，把不畏艰险、百折不挠的民族品格转化为开拓创新的坚定意志，要把以人为本、尊重科学的时代精神转化为关爱生命、崇尚理性的实际行动，为取得抗震救灾的最终胜利，帮助灾区民众脱贫致富，实现中华民族的伟大复兴提供强大的精神动力和现实力量。

取得抗震救灾最终胜利需要理性态度和科学措施。十年来，我们战胜了一个一个的地震灾害，抗震救灾取得一个阶段一个阶段的胜利，但灾难究竟还在，它需要我们把它当成一个任务，高度重视。我们必须万众一心、众志成城，动员一切可以动员的力量，投入到抗震救灾的艰苦斗争中，把确保人民生命财产安全作为首要任务，把部署灾后重建任务提上议事日程。坚持减灾与防灾并重，坚持救援与重建同行，力争在最短时间内取得抗震救灾的最终胜利，力争用科学的态度和措施去赢得灾后重建的辉煌。

帮助灾区民众脱贫致富是全面小康的重大任务。党的十八大明确指出，2020 年的奋斗目标是全面建成小康社会。灾区往往地处偏僻，大多数属集中连片深度贫困区，实现灾区民众脱贫致富对于维护区域稳定，增进民族团结，建成小康社会具有重大的现实意义。因此，要把灾后重建和精准扶贫紧密地结合起来，充分利用国家给予的优惠政策、划拨的财政资金以及社会及企业的捐赠，精心部署，科学规划，严格落实，力争在未来几年致富地震灾区，到2020年实现同步建成小康社会的奋斗目标。

实现中华民族伟大复兴是历史赋予的光荣使命。习近平同志在参观《复兴之路》展览时，提出了“两个百年”的奋斗目标，实现中华民族伟大复兴是中华民族近代以来最伟大的梦想。民族复兴之路，不可能是一片坦途，而是充满荆棘的征途。一次次的强烈地震，是历史对国家和民族的一次次检验。它不仅检验国家发展取得的成就，更是检验民族复兴坚定的信念。我们必须从灾难中汲取信心与力量，把抗震救灾精神转化为实现民族伟大复兴的坚定意志、实际行动和强大力量，力争在中华人民共和国建国100周年时，国家富强、民族复兴、人民幸福。

附件一　访谈提纲

受访人：
采访人：
采访时间：
采访地点：

1. 您的家乡是哪里的？离汶川远不远？
2. 地震的当天您是在家乡还是在外地？
3. 地震发生那天的上午您在做什么？有没有一些和平时不一样的感受？
4. 当您意识到地震的时候您正在做什么？
5. 当您确定是地震的时候，您看到了怎样的情景？您第一时间想到的人或者事情是什么？
6. 当您想到这些的时候，您的第一反应是做什么？
7. 地震发生时您是一个人还是与家人同事在一起？
8. 地震发生一刹那，你和周围的人各有什么样的表现？
9. 地震发生之后有没人组织疏散？

——如果有，当时有没有让您印象深刻的人或者事迹？

10. 您是怎样安全脱离的？
11. 您是什么时候与家人取得联系的？您的亲人情况怎样？
12. 您或者亲人的房屋有没有发生倒塌？地震发生以后那段时间您和家人是怎样解决吃饭和住宿问题的？
13. 在解决吃饭和住宿问题方面，当时有没有人帮助您或者您的家人呢？比如领导、援建单位和志愿者，有没有让您印象很深刻的人、事、物？
14. 地震发生多久之后，您想到把灾区的情况传播出去？（请您详细描述一下）当时您是发起人还是参与者？
15. 怎样发起的？具体过程如何？（包括地震和余震期间）
16. 您在此过程中担任什么？具体任务是什么？具体是怎样做的？
17. 您所在的援建单位有没有获得相关荣誉？
18. 在这 9 年期间，你们这个团队还有没有持续关注你们所援助的灾区发展情况？
19. 地震发生后的一段时间内您和您的亲人或者同事心理和身体上有没有发生较大变化？（比如睡眠质量、精神状态，有没有身体或心理上的突发情况）

20. 地震发生多久以后您才逐渐恢复正常的工作生活状态？（请您说得更具体一些可以吗？）

21. 当您恢复到正常生活以后，您的亲人（特别是老人）心理上有没有什么心理异常情况？

22. 当生活稳定以后，有没有相关人员为你们做心理疏导工作？（如果有，您觉得有没有帮助？）

23. 地震已经过去9年了，您或者您的亲人心理上是否已经逐渐平复？

24. 您觉得您的家乡现在恢复重建得怎样？

25. 此刻，您最想对那些帮助过您的人说些什么？

26. 此时此刻，当您回想到这些事情的时候您最大的感受是什么？

附件二　各组调研概况（2017 年 3 月—4 月）

组别	带队老师	组员	调研时间及地点
第一组	李瀚	章静 刘伟 焦梅	2017 年 3 月 11 号（上午）：四川大学江安校区文科楼 2017 年 3 月 12 号（下午）：四川大学江安校区文科楼 2017 年 3 月 23 号（上午）：彭州市白鹿镇中心小学 2017 年 3 月 25 日（上午）：彭州市白鹿镇回水村（访谈对象 2 名） 2017 年 3 月 25 日（上午）：彭州市白鹿镇回水村广播站
第二组	吴国富	姜力月 郑雯 王俊柯	2017 年 3 月 17 日（下午）：四川大学江安校区文科楼二区 514 室 2017 年 3 月 20 日（下午）：四川省都江堰市都市美好花园 2017 年 3 月 24 日（上午）：成华区双林路 99 号成都电视台一楼直播间 2017 年 3 月 25 日（上午）：四川省成都市金牛区交岳巷 2017 年 3 月 26 日（上午）：四川大学江安校区文科楼二区 514 室 2017 年 4 月 1 日（中午）：汶川七一映秀中学英语组办公司（访谈对象 2 名）
第三组	刘正芳	林锦松 赵敏	2017 年 3 月 21 日（晚上）：四川师范大学狮子山校区聚贤楼一栋 2017 年 3 月 22 日（晚上）：四川大学望江校区《四川大学学报（哲学社会科学版）》编辑部会议室 2017 年 3 月 25 日（上午）：江油市北川县尔玛小区 G 区东哥茶楼 2017 年 3 月 25 日（中午）：绵阳市北川县尔玛小区 G 区东哥茶楼 2017 年 3 月 25 日（下午）：绵阳市北川县尔玛小区 D 区龙尾街 2017 年 3 月 26 日（下午）：江油市江油火车站旁休闲茶庄
第四组	何志明	符腾 左露	2017 年 3 月 19 日（上午）：四川大学江安校区法学院 2017 年 3 月 23 日（晚上）：四川大学江安校区法学院 2017 年 3 月 28 日（下午）：四川省志翔职业技术学校（双流县） 2017 年 4 月 2 日：茂县凤仪镇壳壳村上组（访谈对象 4 名）
第五组	张瑾	梁苗苗 岑福雯	2017 年 3 月 18 日（上午）：四川大学江安校区法学院一楼（访谈对象 2 名） 2017 年 3 月 18 日（下午）：汶川县水磨镇阿坝师专图书馆（访谈对象 2 名） 2017 年 3 月 18 日（下午）：汶川县水磨镇古庄饭店 2017 年 3 月 18 日（晚上）：汶川县水磨镇街道 2017 年 3 月 19 日（上午）：汶川县映秀镇 2017 年 3 月 19 日（下午）：映秀镇到水磨镇的车上

续表

组别	带队老师	组员	调研时间及地点
第六组	徐冠楠	韦志文 张雪丹 高杨族	2017 年 3 月 22 日（下午）：阿坝州茂县七一中学门卫室 2017 年 3 月 22 日（下午）：阿坝州茂县八一民族中学家长接待室 2017 年 3 月 22 日（下午）：茂县民族中学家长接待室 2017 年 3 月 22 日（晚上）：茂县聚友串串店 2017 年 3 月 22 日（晚上）：金牌鱼面小吃店 2017 年 3 月 29 日（下午）：四川大学江安校区西园九舍
第七组	丁郁	武文韬 胡群钗	2017 年 3 月 19 日（上午）：德阳市迪欧咖啡厅 A01（访谈对象 2 名） 2017 年 3 月 19 日（下午）：德阳市迪欧咖啡厅 A01 2017 年 3 月 21 日（下午）：四川大学望江校区文理图书馆二楼 2017 年 3 月 27 日（晚上）：四川大学江安校区（电话采访） 2017 年 3 月 28 日（下午）：四川大学江安校区西园 9 舍
第八组	李敏	秦晨 罗瑶	2017 年 3 月 19 日（下午）：德阳市迪欧咖啡厅 A01 2017 年 3 月 25 日（上午）：北川中学 2017 年 3 月 25 日（下午）：绵阳市北川中学（访谈对象 3 名） 2017 年 3 月 26 日（上午）：绵阳市李小平老师家 2017 年 3 月 26 日（下午）：北川中学
第九组		罗迹联 何莉琼	2017 年 3 月 18 日（下午）：四川大学望江校区体育馆 2017 年 3 月 18 日（晚上）：四川大学江安校区西苑食堂（访谈对象 2 名） 2017 年 3 月 19 日（下午）：四川大学江安校区文科楼 2017 年 04 月 01 日：成都市青羊区小南街 28 号（访谈对象 2 名）

附件三　重点人物调研情况

2017 年 4 月 28 日对四川大学校长谢和平院士进行了采访。抗震救灾精神口述史料研究课题组组长刘吕红和成员吴国富完成此次采访，包括问题设计、人员联系和稿子的整理。采访的方式是课题组设计提问，谢校长笔答，经过四川大学校办整理，形成了 6000 多字的采访稿。

2017 年 8 月 3 日上午对东方汽轮机有限公司党委办彭嘉书记等人进行了采访。抗震救灾精神口述史料研究课题组组长刘吕红，以及成员阙敏、郭绍均、丁婧等共同完成访谈。本次采访的地点是东汽党委工作部办公室，参与的人员有东汽党委工作部党支部书记彭嘉、东汽党委工作部企业文化室主任刘岗、东汽党委工作部宣传干事周亚飞。本次访谈及相关调研主要针对三个方面的问题。第一，“东汽精神与抗震救灾精神之间的关系”“东汽精神在东汽抗震救灾和恢复重建过程中的作用”；第二，“东汽精神在促进东汽转型过程中的作用”“东汽精神促进东汽转型的实例”；第三，“东汽在转型过程中弘扬东汽精神的思路和措施”。

2017 年 8 月 21 日上午 11 点，抗震救灾精神口述史料研究课题组组长刘吕红和成员阙敏、余红军在光华大道四威南路宽庭公园采访了四川省委党校“5・12”汶川地震灾害应对研究与培训中心王春英教授。本次采访的主要目的是收集汶川大地震中党员干部的典型事迹，为深入研究抗震救灾精神提供丰富的资料、有益的借鉴和启示。

2017 年 9 月 7 日晚上，抗震救灾精神口述史料研究课题组组长刘吕红、工作人员丁婧在东方电气集团党校副校长办公室对何显富副校长进行了近 2 个小时的访谈。访谈围绕抗震救灾精神纪念展开，聚焦在汶川地震十周年纪念的问题上，中心是回答为什么纪念、纪念什么、怎么纪念三个问题。

参考文件

[1] 民政部　财政部　国家粮食局关于对汶川地震灾区困难群众实施临时生活救助有关问题的通知（民发〔2008〕66 号）.

[2] 汶川地震灾后恢复重建条例（国务院令第 526 号）.

[3] 关于地震灾区恢复生产的指导意见（国办发〔2008〕52 号）.

[4] 关于支持汶川地震灾后恢复重建政策措施的意见（国发〔2008〕21 号）.

[5] 关于做好汶川地震灾后恢复重建工作的指导意见（国发〔2008〕22 号）.

[6] 汶川地震灾后恢复重建总体规划（国发〔2008〕22 号）.

[7] 关于汶川大地震四川省“三孤”人员救助安置的意见（2008 年 6 月 4 日）.

[8] 教育部关于做好教育系统灾后重建对口支援工作的通知（教发〔2008〕18 号）.

[9] 教育系统做好灾区师生安置和恢复重建准备工作的方案（教办〔2008〕4 号）.

[10] 国务院关于支持汶川地震灾后恢复重建政策措施的意见（国发〔2008〕21 号）.

[11] 四川省人民政府关于支持汶川地震灾后恢复重建政策措施的意见（川府发〔2008〕20 号）.

参考文献

[1] [英] 保尔·汤普逊. 过去的声音：口述史 [M]. 覃方明，渠东，张旅平，译. 沈阳：辽宁教育出版社，2000.
[2] [德] 黑格尔. 小逻辑 [M]. 贺麟，译. 北京：商务印书馆，1980.
[3]《汶川地震灾后恢复重建生态修复专项规划》出台 [N]. 中国绿色时报，2008-11-14.
[4] 白洁. 中国首次与国际救援人员合作开展救灾 [N]. 人民日报，2008-05-17 (004).
[5] 本书编写组. 思想道德与法律基础 [M]. 北京：高等教育出版社，2013.
[6] 蔡尚伟，等. 汶川地震后四川及成都形象重建策略 [J]. 今传媒，2008 (8).
[7] 曹顺庆. 生命之歌：四川大学"5·12"地震文集 [M]. 成都：四川大学出版社，2008.
[8] 曹正勇. 浅析灾后四川省产业结构的优化与高度化 [J]. 农村经济，2008 (8)：31-32.
[9] 陈墨. 口述史学研究：多学科视角 [M]. 北京：人民出版社，2015.
[10] 陈珊. 我国自然灾害事件下社会救助法律体系研究：基于汶川地震的实证分析 [M]. 北京：中国政法出版社，2013.
[11] 陈学良，徐超，夏珊，等."5·12"汶川地震灾评工作中的几点认识 [J]. 国际地震动态，2008 (7)：24-29.
[12] 陈一鸣，等. 关爱无疆界 善举暖人心——汶川大地震国际救援行动大纪实 [N]. 人民日报，2008-5-30.
[13] 陈毅. 走出集体行动困境的四种途径 [J]. 长白学刊，2007 (1)：59-62.
[14] 陈正权，肖旭."五彩石"活动实务：心理、教育与文化建设 [M]. 成都：电子科技大学出版社，2013.
[15] 陈正权. 汶川地震灾区文化生态建设 [M]. 成都：电子科技大学出版社，2009.
[16] 程显煜. 汶川大地震灾后重建研究 [M]. 成都：四川人民出版社，2008.
[17] 戴伍闻. 关于罗江全域建设中国幸福家园的思考 [N]. 四川经济日报，2010-05-28.
[18] 当代口述史丛书编委会. 青史留真（第二辑）[M]. 成都：四川人民出版社，2015 年.
[19] 当代上海研究所. 口述历史的理论与实务 [M]. 上海：上海世纪出版集

团，2007.
[20] 定宜庄，汪润. 口述史读本 [M]. 北京：北京大学出版社，2011.
[21] 东方电气集团有限公司. “东汽精神”蕴含的国有企业创新基因 [J]. 思想政治工作研究，2017 (3)：41－42.
[22] 东方汽轮机有限公司宣传部. 岁月积淀下的东汽精神——东方汽轮机有限公司企业文化建设创新与实践 [J]. 中外企业文化，2016 (2)：30－33.
[23] 杜义飞，李仕明，李爽，等. 地震灾后产业重建中的“破窗”机制研究——基于德阳市磷化工产业灾后重建实践考察与探讨 [J]. 管理评论，2008，20 (12)：50－54+64.
[24] 方美燕，吴海民. 汶川震灾后龙门山经济圈的产业链重塑 [J]. 经济管理，2008 (17)：80－83.
[25] 费志荣，刘伟，严进. 地震灾后产业恢复重建思路与建议 [J]. 宏观经济管理，2008 (8)：20－22.
[26] 傅林. 教育的使命：汶川地震灾后学校教育的反思与重建 [M]. 北京：科学出版社，2011.
[27] 甘薇薇. 解读《关于汶川大地震四川省“三孤”人员救助安置的意见》[J]. 社会福利，2008 (6)：21－23.
[28] 高中伟，纪志耿. 抗震救灾恢复重建的伟大胜利展现“中国精神”的强大凝聚力 [J]. 思想政治工作研究，2013 (5)：14－15+49.
[29] 龚波，杨熙. 关于震区灾后教育重建的理性审视 [J]. 中国教育学刊，2008 (11)：9－12.
[30] 龚平，等. 大爱无边与公民之善——弘扬抗震救灾精神和促进公民道德建设研究 [M]. 北京：中国社会科学出版社，2015.
[31] 光明日报评论员. 汶川地震三周年：灾后重建彰显伟大力量 [N]. 光明日报，2011－05－09.
[32] 何显富，郝跃南，刘志前. 传承与弘扬东汽精神 [J]. 天府新论，2011 (5)：16－21.
[33] 何显富，朱贤滨，刘志前，等. 东汽精神的传统本色与时代特征——写于东汽抗击“5·12”特大震灾三周年之际 [J]. 企业文明，2011 (7)：36－49.
[34] 胡锦涛在抗震救灾先进基层党组织和优秀共产党员代表座谈会上的讲话 [N]. 人民日报，2008－07－01.
[35] 黄承伟，李海金. 汶川地震灾后贫困村恢复重建案例研究概论 [M]. 武汉：华中科技大学出版社，2012.
[36] 黄宏. 抗震救灾精神 [M]. 北京：人民出版社，2008.
[37] 黄新初. 大力弘扬伟大的抗震救灾精神 [J]. 求是，2008 (17)：16－18.
[38] 吉文昌，曾宁波，赖长春，等. “5·12”地震灾后四川教育重建振兴研究报告 [J]. 教育科学论坛，2009 (12)：61－63.
[39] 纪志耿. 汶川大地震的经济反思及灾后发展模式转型问题研究 [J]. 当代财经，2008 (10)：64－69.

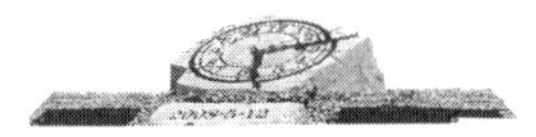

[40] 江世勇，代礼胜．国外灾后教育重建经验：综述与启示［J］．长春理工大学学报（社会科学版），2010，23（6）：45－47.

[41] 江文泽．总理五日［M］．北京：中国华侨出版社，2008.

[42] 姜锵．北川政法委书记被困75小时获救　大批领导仍然失踪［N］．南方都市报，2008－05－16.

[43] 教育部人事司．大力弘扬伟大抗震救灾精神——记抗震救灾中的英雄教师［M］．北京：人民教育出版社，2008.

[44] 李宏，张向达．自然灾害与国民财富损失研究［J］．地方财政研究，2009（10）：24－28.

[45] 李建文立体突出，筑起生命通道——10万解放军武警官兵投身抗震救灾［N］．人民日报，2008－05－17.

[46] 李立国．民政事业在服务大局服务人民中创新发展［J］．党建研究，2012（10）：17－19.

[47] 李梦，蒋晓娟．我做的事微不足道［N］．成都商报，2008－05－21.

[48] 李向平．口述史研究方法［M］．上海：上海人民出版社，2010.

[49] 李烨，李传昭．透析西方企业转型模式的变迁及启示［J］．管理现代化，2004（3）：42－45.

[50] 连莲友佳．汶川大地震灾后教育重建及其模式研究——以四川省什邡市为例［D］．成都：西南交通大学，2011.

[51] 梁小琴．快！快！楼上还困着两个学生［N］．人民日报，2008－05－17.

[52] 刘波．集体主义价值观的当代阐释［M］．南京：江苏人民出版社，2013.

[53] 刘国新，等．中华人民共和国史长编（2002—2009）（第6卷）［M］．天津：天津人民出版社，2010.

[54] 刘健．区域技术创新与绵阳［M］．成都：巴蜀书社，2010.

[55] 刘静，李杨．破土而出　废墟中刨出自己［N］．成都晚报，2008－06－01.

[56] 刘世庆．四川工业：从灾后重建走向产业复兴［J］．西南金融，2008（7）：15－18.

[57] 刘堂江，等．热血师魂［M］．济南：山东文艺出版社，2008.

[58] 刘铁．对口支援的运行机制及其法制化：基于汶川地震灾后恢复重建的实证分析［M］．北京：法律出版社，2010.

[59] 刘伟．“全域景区”的汶川魅力［N］．四川日报，2012－04－25（004）.

[60] 刘裕国．北川人民心中的好县长——兰辉［N］．绵阳日报，2013－06－29.

[61] 刘振伟．万事根本（续集）［M］．北京：中国农业出版社，2013.

[62] 刘志前，等．东汽精神在构建社会主义核心价值体系中的传承与弘扬［M］．成都：天地出版社，2013.

[63] 龙德灿．阿坝州灾后产业恢复重建的调查与对策建议［J］．四川行政学院学报，2008（6）：95－98.

[64] 罗江．“火凤凰”飞向“幸福家园”［N］．四川日报，2010－05－05.

[65] 罗鸣．东汽精神：中华民族的时代强音［M］．成都：四川人民出版社，2009.

[66] 马灿荣. 我在德国当大使 [M]. 上海：同济大学出版社，2015.

[67] 马洪江. 生命不息，奋斗不止：以抗震救灾精神引领学校发展 [M]. 北京：中国文史出版社，2015.

[68] 马玉宏. 地震灾害风险分析及管理 [M]. 北京：科学出版社，2008.

[69] 潘强，董建国. 让抗震救灾的“精神旗帜”高高飘扬 [N]. 乐山日报，2015-04-20.

[70] 彭嘉. 以弘扬东汽精神为载体　大力推进企业文化落地 [N]. 企业家日报，2015-12-26.

[71] 人民日报社评论部：人民日报任仲平 80 篇 [M]. 北京：人民日报出版社，2013.

[72] 申荷永. 三川行思：汶川大地震中的心灵花园纪事 [M]. 广州：广东科技出版社，2009.

[73] 沈学明. 中华人民共和国图像日志：解说词 [M]. 北京：中央文献出版社，2010.

[74] 时代最强音：抗争救灾斗争铸就伟大抗震救灾精神 [M]. 北京：人民日报出版社，2008.

[75] 四川大学马克思主义学院. 高校思想政治理论课教学案例集：震撼的力量——“5・12”汶川特大地震抗震救灾精神 [M]. 北京：高等教育出版社，2015.

[76] 孙闻. 那一刻，他张开双臂护住 4 个学生 [N]. 人民日报，2008-05-15 (011).

[77] 孙岩松，万勇. 灾后重建助推东汽发展升级 [J]. 企业文明，2011 (5)：65-67.

[78] 唐华清，赵江. 围绕宏伟蓝图依法行权——罗江县人大常委会着力推进“中国幸福家园”纪实 [N]. 人民权力报，2010-12-08.

[79] 唐纳德・里奇. 牛津口述史手册 [M]. 宋平明，左玉河，译. 北京：人民出版社，2016.

[80] 唐正芒. 中国共产党革命精神巡礼 [M]. 湘潭：湘潭大学出版社，2015.

[81] 陶鹏，童星. 灾害概念的再认识——兼论灾害社会科学研究流派及整合趋势 [J]. 浙江大学学报（人文社会科学版），2012，42 (2)：108-120.

[82] 万众一心，托起生命的希望——献给英勇抗击汶川地震灾害的中国人民 [N]. 人民日报，2008-05-26.

[83] 王彬彬. 地震灾区产业恢复与重建研究：以四川汶川地震为例 [M]. 北京：经济科学出版社，2010.

[84] 王冬梅. 生死不离：中国汶川抗震救灾纪实 [M]. 上海：上海大学出版社，2008.

[85] 王光龙. 加快盆地丘陵区工业化城市化是四川灾后重建的最优路径 [J]. 中共成都市委党校学报，2008 (4)：66-67.

[86] 王明浩. 爱是一种朴素的奇迹 [N]. 人民日报，2008-05-25 (004).

[87] 王素英. 收养汶川地震孤儿应该充分尊重被收养儿童的权益 [J]. 中国民政，2008 (7)：35-36.

[88] 王熙章. 他用生命诠释师德 [N]. 四川政协报，2008-05-22.

[89] 王曦影. 从零开始：汶川地震社会工作案例集 [M]. 北京：中国社会出版

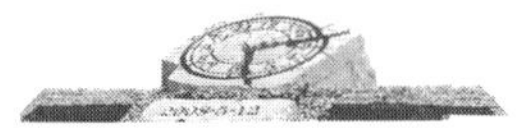

社，2012.

[90] 王一儒. 大力弘扬伟大抗震救灾精神，深入推进党的建设新的伟大工程——胡锦涛在地震救灾先进基层党组织和优秀共产党员代表座谈会上的讲话 [M]. 北京：人民日报出版社，2008.

[91] 魏星奎. 追记优秀共产党员、北川因公殉职副县长兰辉 [N]. 绵阳日报，2013-05-29.

[92] 吴凤. 英雄雷达：快当父亲了 他却倒在救灾路上 [N]. 成都商报，2008-06-15.

[93] 吴潜涛. 一方有难，八方支援——社会主义互助精神的生动体现 [N]. 人民日报. 2008-05-21.

[94] 吴兴人. 废墟上的升华：汶川大地震新闻时评选 [M]. 成都：四川人民出版社，2008.

[95] 伍江川，李晓东，董世梅. 走进绵阳：凤凰涅槃，科技城再出发 [N]. 四川日报，2009-09-14.

[96] 习近平谈治国理政 [M]. 北京：外文出版社，2014.

[97] 夏征农. 辞海 [M]. 上海：上海辞书出版社，1989.

[98] 肖春飞，汪涌. 北川折翅"小天鹅"重新起舞 [N]. 四川日报，2008-09-07.

[99] 肖旭，陈正权，贺蓉南. 汶川大地震心理与文化重建的实践与思考 [M]. 成都：四川大学出版社，2012.

[100] 肖旭，陈正权. 开放式叙事——灾后心理重建"五彩石"活动镜像 [M]. 成都：电子科技大学出版社，2011.

[101] 谢和平. 大地震中升华的川大精神 [N]. 光明日报，2009-01-21.

[102] 谢和平. 中国的力量：从汶川与海地地震后 20 天看中国的制度、文化和精神 [M]. 成都：四川大学出版社，2010.

[103] 新华社. 托起生命的希望 [M]. 北京：新华出版社，2008.

[104] 徐玖平，王鹤. 汶川特大地震灾后基础教育重建的系统分析 [J]. 世界科技研究与发展，2008，30 (6)：831-837.

[105] 徐晓军. 灾后财富分配与流动：汶川地震个案研究 [M]. 武汉：华中师范大学出版社，2011.

[106] 徐永鹏. 民族精神的张扬 [N]. 人民日报，2008-05-27.

[107] 杨爱祥. 汶川地震 15 天 [M]. 北京：中国发展出版社，2008.

[108] 杨大正. 抗震救灾志愿者雷达的葬礼. [N]. 南方日报，2009-04-05.

[109] 杨耕. 文化的作用是什么 [N]. 光明日报，2015-10-14.

[110] 杨珂，张跃伟. "最坚强女人"龚天秀：我觉得对不起儿子 [N]. 齐鲁晚报，2009-05-12.

[111] 杨遂全. 地震灾后热点法律问题解析 [M]. 成都：四川大学出版社，2008.

[112] 杨祥银. 美国现代口述史学研究 [M]. 北京：中国社会科学出版社，2016.

[113] 杨振中. 地震灾后四川高技术产业布局 [J]. 决策咨询通讯，2008 (S1)：72-73.

[114] 姚志文. 抗震救灾精神读本 [M]. 成都：四川人民出版社，2009.

[115] 尹安学. 12 岁小学生废墟下咬破腮帮饮血自救 [N]. 羊城晚报，2008-05-21.
[116] 卢向前，秦磊，李文学. 用生命连线——记在汶川大地震中英勇献身的刘建秋 [J]. 通信与信息技术，2008 (3)：25-27.
[117] 余翔. 发展型社会政策视野下的省际对口支援研究：基于汶川地震灾后重建案例 [M]. 杭州：浙江大学出版社，2014.
[118] 袁北星. 汶川地震考量政府应急机制 [N]. 温州日报，2008-06-09 (004).
[119] 灾情紧急，成都的哥雨夜驰援 [N]. 成都商报，2008-05-16.
[120] 张波波，顾新. 基于产业转移的灾后重建 [J]. 四川省情，2008 (9)：31-33.
[121] 张良. 汶川地震 168 小时 [M]. 南京：凤凰出版社，2013.
[122] 张亦萌. 大爱无疆：汶川大地震新疆抢险救灾行动纪实 [M]. 乌鲁木齐：新疆人民出版社，2008.
[123] 张由琼. 造血功能成败决定重建产业命脉——调结构、转观念、谋发展，广东与汶川共寻灾区产业发展原动力 [N]. 南方日报，2011-05-10.
[124] 张玉玲. 新东汽：站起来了 [N]. 光明日报，2010-05-11 (003).
[125] 张忠，孔祥武，等. 汶川彰显“中国精神”(巨灾重建　五年回眸)——写在汶川特大地震五周年之际（上）[N]. 人民日报，2013-05-12.
[126] 赵汝鹏. 四川：地震新增“三孤”人员通过多种形式妥善安置 [N]. 四川日报，2009-04-30.
[127] 赵亚辉. 把生的希望留给学生 [N]. 人民日报，2008-05-29 (013).
[128] 郑德刚，贺广华. 柴刀劈出生命路 [N]. 人民日报，2008-05-18.
[129] 郑德刚，魏贺，王云峰，等. 急赴汶川灾区 [N]. 人民日报，2008-05-13.
[130] 郑德刚. 10 万救援部队开进所有重灾乡镇 [N]. 人民日报，2008-05-16.
[131] 郑剑. 灾害面前人为本 [N]. 人民日报，2008-05-26 (011).
[132] 中共中央马克思恩格斯列宁斯大林著作编译局. 马克思恩格斯全集（第 34 卷）[M]. 北京：人民出版社，2008.
[133] 中共中央马克思恩格斯列宁斯大林著作编译局. 马克思恩格斯选集（第 1 卷）[M]. 北京：人民出版社，2012.
[134] 中共中央文献研究室. 毛泽东文集（第 3 卷）[M]. 北京：人民出版社，1996.
[135] 中共中央文献研究室. 毛泽东文集（第 6 卷）[M]. 北京：人民出版社，1999.
[136] 中共中央文献研究室. 毛泽东文集（第 7 卷）[M]. 北京：人民出版社，1999.
[137] 中共中央文献研究室. 习近平关于全面建成小康社会论述摘编 [M]. 北京：中央文献出版社，2016.
[138] 中央电视台新闻专题部. 铭记：5·12 汶川大地震口述历史 [M]. 北京：中国言实出版社，2009.
[139] 中央教育科学研究所. 关于四川地震灾区教育重建的调查与研究 [J]. 四川行政学院学报，2010 (3)：19-22.
[140] 中央文明办组织. 抗震救灾英雄少年 [M]. 成都：四川少儿出版社，2008.
[141] 朱丹枫，等. 四川回答世界：来自灾后重建的报告 [M]. 成都：四川文艺出版

社，2011.

[142] 邹声文，黄全权，等. 生死竞速72小时——四川汶川大地震救援纪略 [N]. 人民日报，2008-05-16.

后　记

在2018年钟声即将敲响之际，我们《十年再回眸：汶川大地震亲历者讲述抗震救灾精神》一书的书稿终于完成。这本书是在许多人的共同努力下完成的。极短的时间，极重的任务，没有他们的支持和努力，本书不可能完成。

感谢四川大学马克思主义学院的吴国富、何志明、李敏、刘正芳、徐冠楠、李瀚6位老师。我们在相互鼓励、相互切磋之中，带领学生进行了采访和资料整理工作，共同完成了本书的写作工作。其中，吴国富老师和刘正芳老师完成了第三章；何志明老师和李敏两位老师完成了第二章和第三编；徐冠楠和李瀚两位老师完成了第一章；我和我的研究生们一起完成了第四章和第四编，他们分别是余红军博士、丁婧博士，以及我2015、2016级的硕士研究生。

感谢四川大学马克思主义学院何洪兵教授、羊绍武教授、冯兵副教授、付志刚副教授、沈影副教授、罗静老师、张践老师，他们在我们进行问题论证中，给予了极大的支持和帮助，书中有些文字还浸透着他们的汗水。

感谢四川大学前校长谢和平院士对本书“川大范本”一章写作工作的大力支持，感谢他在百忙之中接受我们的采访，并亲自把关、审阅定稿。感谢四川大学校长办公室肖杰博士在此项工作的联络和文稿交接中给予的帮助。

感谢东方电气集团有限公司党校副校长何显富同志（“5·12”地震发生时任东方汽轮机有限公司党委书记）、东方汽轮机有限公司党委办彭嘉书记及团队、东汽实业开发有限责任公司孙岩松总经理，感谢他们让我深入了解了抗震救灾精神在东汽的弘扬情况。

感谢四川省委党校王春英教授，感谢她对汶川地震灾区口述史收集方面宝贵经验的无私分享。

感谢滇西科技师范学院彭文斌教授，感谢他专程从云南临沧赶回来为学生志愿者们进行口述史采集的培训工作。

感谢四川大学历史文化学院刘世龙教授，他的鼓励和帮助是我完成这本书的动力，在我要放弃时，他总能够给予我们团队力量，给予我力量。他在《汶川大地震十年祭——来自亲历者的口述》一书长达100万字的写作工作中一丝不苟的精神让我感动，该成果也对本书的写作给予了有力的支撑和帮助。

感谢郭绍均和李亚博士，在对东方汽轮机有限公司的采访中给予的帮助。

感谢我们的学生志愿者们，他们分别是张瑾、丁郁、罗迹联、韦志文、胡群钗、章静、左露、梁苗苗、岑福雯、林锦松、刘伟、焦梅、姜力月、郑雯、王俊柯、赵敏、符腾、张雪丹、高杨族、武文韬、秦晨、罗瑶、何莉琼。在专业口述材料采集培训后，他们进行了为期一月的访谈和访谈资料整理工作，并在为期半年的口述材料整理工作中给予了极大的配合，从而为本书的写作奠定了坚实的基础。

感谢四川大学社科处对本书出版工作的资助，感谢姚乐野教授的帮助。

感谢在访谈中给予我们帮助和支持的所有受访人和受访单位。

本书在写作中参考了相关专家、学者和广大社会工作者的优秀研究成果，在尽可能全面罗列参考文献的情况下，也不免有疏漏，敬请谅解。

抗震救灾和抗震救灾精神的研究是一个宏大的课题，而我的水平和能力还十分有限，加之时间紧张，研究中尚存在一些问题。敬请同行专家和广大学者提出批评意见，我们将诚恳接受。

刘吕红写于 2018 年伊始